Los centroamericanos
(antología de cuentos)

Los centroamericanos

(antología de cuentos)

Selección y prólogo de José Mejía

Los centroamericanos (antología de cuentos)
© José Coronel Urtecho, Francisco Méndez, Ramón H. Jurado, Joaquín Pasos, Augusto
Monterroso, Carlos Francisco Changmarín, Alfonso Kijadurías, Jorge Medina García,
Ernesto Endara, Luis de Lión, Sergio Ramírez, Carlos Cortés, Roberto Castillo, Horacio
Castellanos Moya, José Ricardo Chaves, Jacinta Escudos, Rodrigo Soto, Claudia Hernández,
Maurice Echeverría, Uriel Quesada.

ALFAGUARA

© 2002 José Mejía

© De esta edición:

2002, Editorial Santillana, S. A.
30 Avenida 16-41 zona 12,
Guatemala ciudad, Guatemala, C. A.
Teléfono (502) 475 2589. Fax: (502) 471 7407
E-mail: santillana@santillana.com.gt

- Santillana Ediciones Generales, S. L.
  Torrelaguna, 60. 28043 Madrid
  Teléfono 91 744 9060
  Telefax 91 744 9224
- Santillana Ediciones Generales, S. L.
  Torrelaguna, 60. 28043 Madrid
  Teléfono 91 744 9060
  Telefax 91 744 9224
- Aguilar, Altea, Taurus, Alfaguara, S. A. de C. V.
  Avda. Universidad, 767, Col. del Valle,
  México, D.F., C. P. 03100. México
- Distribuidora y Editora Aguilar, Altea, Taurus,
  Alfaguara, S. A.
  Calle 80 nº 10-23
  Santafé de Bogotá, Colombia
- Aguilar, Altea, Taurus, Alfaguara S. A.
  Beazley, 3860. 1437 Buenos Aires, Argentina

Primera edición: noviembre de 2002

ISBN: **99922-788-0-3**.

Diseño:	Proyecto de Enric Satué
Diseño de cubierta:	Augusto Rodríguez–Palacios
Fotografía de cubierta:	Carlos Sebastián
Diseño de interiores:	Heller–Palacios, Multimedia y Diseño
Revisión editorial:	José Luis Perdomo Orellana

Hecho en Guatemala

Índice

Cuadrante

Para conocer una tradición literaria no basta ser un testigo, todo lo apasionado y hasta implicado que se quiera; hay que haber vivido y participado en ella, haberle dedicado nuestros mejores esfuerzos, haberla asumido radicalmente desde el interior. Centroamérica no permite, como tal, esta experiencia privilegiada. Lo permiten las parcelas que se llaman Honduras, Costa Rica, El Salvador… Centroamérica es, ciertamente, una unidad histórica, pero la vivencia de la totalidad no nos es posible más que de derecho, confinados como estamos al país que nos tocó. La historia de la patria grande, descuartizada por los enemigos externos y sus aliados criollos, desde la época del nacimiento de nuestras repúblicas hasta nuestros días, nos impone una situación de mutilados del resto de la región, a la cual no escapan los hacedores de literatura. Bien al contrario, la condición de archipiélago cultural, común a toda Hispanoamérica, se agrava particularmente en las pequeñas repúblicas del centro. Un escritor hondureño tiene más oportunidad de descubrir lo que se está haciendo en España que lo que ocurre en El Salvador, a menos que se traslade a vivir a este último país; un costarricense ignora todo lo que ocurre en la literatura de Nicaragua, salvo lo que circula por la gran edición. Nuestros países son verdaderos fosos, alejados los unos de los otros, más que del resto del mundo.

Esta desventurada situación me obligó
–obligación venturosa– a buscar la ayuda de
algunos amigos, que fueron mis guías en esta
riesgosa aventura. La mención de Carlos Cortés,
Manlio Argueta, Sergio Ramírez y Roberto Castillo
se impone como un deber de reconocimiento. La
simple mención de estos nombres basta como
referencia. La literatura para esta gente no es
profesión, sino destino. Las limitaciones y los
defectos de la empresa me corresponden enteramente. Una tentativa como la presente coincide,
necesariamente, con el espíritu unionista del
pasado. A finales del siglo XIX, y primeros años del
XX, varios fueron los escritores que no se
contentaron con la experiencia de un solo pedazo
hispanoamericano y ensancharon sus horizontes y
fecundaron a las naciones de la gran familia
dividida. José Martí, Rubén Darío, José Joaquín
Palma, Porfirio Barba Jacob fueron esos nómadas
que sería más adecuado calificar de habitantes de
una patria espiritual por encima de las estrecheces
nacionalistas. Este país, sustentado en una unidad
histórica y cultural, lejos de descuartizar la región,
suele ensancharla, anexándose a Panamá, por
motivos que no se limitan a la mera geografía.

La historia reciente, que llevó al éxodo a
poblaciones enteras, devastadas por el genocidio,
le impuso el exilio individual a muchos habitantes
de los países azotados por la guerra, algunos de ellos
intelectuales y artistas. Entre los que sobrevivieron
a la gran catástrofe, están los que se refugiaron en
otro país centroamericano. Numerosos fueron los
guatemaltecos que encontraron asilo en Costa Rica
o Panamá, los salvadoreños que se fueron a vivir a

Honduras o Costa Rica, etc. A pesar de sus desventuras, el exilio resulta, a la larga, beneficioso para la literatura. El exilio se parece extrañamente a la condición humana y el tema de la literatura no es otro sino esta última, con su ciclo de morir para renacer, en muchos aspectos. Sin entrar a fondo en esta problemática, quiero recordar que, entre los amigos mencionados arriba, todos han vivido en más de una patria centroamericana, con excepción de Carlos Cortés, que cuenta, en cambio, al igual que Sergio Ramírez, con una experiencia europea.

En 1997, con ocasión del programa *Les belles étrangères*, del Centro Nacional del Libro, del Ministerio de Cultura de Francia, que fue dedicado ese año, gracias al entusiasmo de María Cortés, a los países centroamericanos, pude volver a encontrarme, tras largos años de ausencia, con Manlio Argueta, a reanudar mi trato con Sergio Ramírez, a estrechar mis vínculos con Carlos Cortés, que residía en París, y a descubrir a Roberto Castillo –entre otras experiencias agradables. Nació entonces en mí el deseo de ahondar en las literaturas centroamericanas, especialmente de ficción, y elaboré un proyecto para hacerlo, que sometí a consideración de un organismo guatemalteco de promoción cultural. La comisión encargada de juzgar el interés de las propuestas tiró mi solicitud a la basura, pero mantuve los contactos centroamericanos y mi afán encontró finalmente su camino, por otras vías, las mismas que ahora me conducen a esta antología.

Expongamos algo de lo que ha sido el esfuerzo individual del antólogo, desde el interior. La intención inicial fue reunir un conjunto de obras extraordinarias, entresacadas de la producción cuentística de los seis países del istmo, durante más o menos una media centuria, aunque con una preferencia por lo reciente y actual. No es ésta una antología de carácter histórico y, por esta razón, las corrientes, los movimientos y hasta el resto de la obra de los autores de los cuentos seleccionados, pasan aquí a segundo término. No hemos buscado ni siquiera una proporción equitativa entre los países y el número de las obras escogidas. Nuestro norte magnético, al que hemos volado, con algo de la buena suerte de los pájaros, ha sido la seducción que nos provoca cada creación individual y el efecto que gana dentro del conjunto. Antologías del cuento centroamericano las hay, excelentes, con una concepción distinta de ésta. Puedo recomendar, por su carácter exhaustivo, la que Sergio Ramírez preparó para Educa, hace ya algunos lustros, y, más recientemente, la serie de *cuentos escogidos*, de la misma casa editora, consistente en un libro por país. La colección quedó, lamentablemente, inconclusa. Carlos Cortés prepara otra, cuyas diferencias con ésta no pueden sino ampliar el conocimiento de los lectores.

Nuestra preocupación era, y sigue siendo, otra: recoger lo vivo. Para lograrlo, no existe fórmula alguna establecida. Ciertas obras del pasado poseen actualidad, mientras otras, cronológicamente cercanas, son obsoletas. Hemos querido retomar el pasado vigente, no las grandes páginas del pasado ya tornadas (la referencia obligada en esto último, sobra aclararlo, es el dios Asturias),

como también localizar, en la anárquica producción
contemporánea, las obras que perpetúan la tradición, renovándola, esas creaciones cuya novedad
nos es familiar, como el árbol que sale del árbol.
Para conjugar estos fenómenos había que contar,
como condición indispensable, pero no suficiente,
con lo que voy a llamar la sedimentación de las
obras en la vida, que no es posible improvisar.

Algunos libros se han ido abriendo paso en
nosotros, a través del tiempo, han ido educando
nuestras preferencias y nos deparan un reencuentro
permanente, siempre distinto. Todo lector apasionado ha vivido esta experiencia. Todo lector es un
antólogo, puesto que tiene preferencias, y goza
compartiéndolas, es decir, escoge y divulga.
Lectores somos. Apenas hace falta agregar que *el
panorama* presentado aquí reposa sobre las capas
profundas de esta experiencia inveterada, sin la
cual no es posible captar, en toda su magnitud, el
presente haciéndose. Sobre esta base, indispensable,
pusimos manos a la obra. Al hacerlo, surgieron
algunas dificultades.

Toda antología es un terreno minado. Tal
como se me presentaban las cosas en ésta, el
problema con las obras del pasado consistía más
bien en qué desechar, mientras el presente (el
pasado inmediato, mejor) conllevaba, descontando
algunos casos inexorables (Castellanos Moya,
Sergio Ramírez), la dificultad opuesta: qué incluir.
Digámoslo sin ambages: para encontrar una
estrella, una medusa, un modesto anillo incluso, es
necesario remover montañas de basura impresa,
labor extenuante y desconsoladora. El esfuerzo fue
recompensado: Claudia Hernández, Jacinta Escu-

dos, Uriel Quesada, me revelaron su excelencia. Más difícil fue renunciar a algunas obras del pasado que cuentan para mí. No puedo evitar la mención de, por lo menos, tres nombres: los nicaragüenses Juan Aburto y Mario Cajina Vega, y el guatemalteco José María López Valdizón, el de *La vida rota* específicamente, donde está lo mejor suyo.

Simplemente, no es posible incluir en una antología todo. Algo sobra y algo falta, siempre, sobre todo si nos aferramos al prejuicio, bastante arraigado, de que una antología es un decreto de validez (casi de existencia) que un señor, supuestamente autorizado para hacerlo, le extiende a unos cuantos, en perjuicio de muchos otros. Es éste un equívoco tenaz. No estoy pensando sólo en algunos especímenes de la farándula provincial, que se incluyen ellos mismos entre los presuntos mejores, sino en iniciativas tan ilustres y tan universalmente conocidas como "Las Cien Mejores Poesías de la Lengua Española", cuya temeridad comienza por el título y que, desde el título mismo, revelan sus limitaciones: para el caso, la superstición decimal. ¿Por qué tendrían que haber *cien* mejores que *todas* las otras? ¿Por qué no noventisiete o ciento tres?

Suele decirse, para impugnar los presuntos actos de injusticia que conllevan o son por entero las antologías, que el tiempo, antólogo único o absoluto, tiene la palabra definitiva. Algo, por supuesto, hay de cierto en esta perogrullada, pero se olvida que, dentro de este orden de cosas, las antologías parecen más bien esfuerzos por contener, o rectificar, la acción devastadora del Gran Destructor. El *tiempo* en cuestión no es una conciencia absoluta, omnisciente e infalible, sino una serie de procesos, sujetos, como nosotros mismos, al azar y la adversidad. ¿Cómo creer que de las cerca de novecientas comedias de Lope que desaparecieron, ninguna mereciera formar parte de las más o menos setecientas que se conservan, o que todas éstas estén al mismo nivel de *Fuenteovejuna* o *El caballero de Olmedo*?

En el polo opuesto, está la reivindicación del gusto personal del antólogo como criterio de validez absoluta. El asunto está bien cuando el antólogo en cuestión se llama Ezra Pound o Jorge Luis Borges, porque sus preferencias nos ilustran sobre ellos mismos. Casos hay todavía más radicales. En sus juicios críticos, Vallejo le puso objeciones a Neruda y a Borges, y exaltó a Pablo Abril de Vivero. Pero todo lo que se refiere al genio nos interesa. Un escalón más abajo, la cuestión comienza a ser discutible, no por capricho del gusto, ni por las fallas de lo que suele llamarse ridículamente un criterio autorizado, sino porque en toda selección se entromete inevitablemente lo obvio. A un joven entusiasta, que me contaba cierta vez que había escrito un ensayo que se llamaba "Los poetas del Gran Fulano de Tal", le preguntaba yo, crítico malvado que soy, quiénes eran los susodichos poetas, y luego de escuchar la respuesta le comenté: "es decir, los poetas de todo el mundo". Al recordar esto, en días pasados, a propósito de esta antología, había decidido llamarle a esta introducción algo así como "Olvidos y Mediterráneos".

Por supuesto que hay aquí algunos Mediterráneos. Por supuesto que algunas de las obras incluidas en estas páginas admitirían la irrisoria condición de ser a la vez las que prefiere el señor José Mejía y las que prefiere toda la gente. Ahora bien, para conjurar esta limitación de todas las antologías (todas: que yo sepa, nadie ha intentado hasta ahora la de las obras maestras desconocidas) disponía yo de un recurso de oficio: mis notas introductorias. En ellas he tratado de aprehender el principio interno de duración que es el de las obras decisivas, lo que equivale a situarlas en una nueva perspectiva y ser contemporáneos suyos, a cada nueva generación. La novedad es efímera; este principio activo, no. Las grandes obras se consolidan cuando la agitación de la moda se desvanece, y el paisaje mental se crea sobre los sedimentos aluviales de las vanguardias (no de las convenciones) del pasado.

La imagen que se han dado de sí mismas las literaturas del pasado no corresponde jamás enteramente a la que nosotros nos hacemos de ellas, en el presente. De ahí que el valor de una antología no esté en la recuperación de los distintos pasados que la conforman, en apariencia, sino en su capacidad para hacer convivir con ellos nuestro presente. Más que un compromiso, hemos procurado que se establezca entre las obras de distintas épocas recogidas en estas páginas, un pacto. No hemos interrogado las obras movidos por el renombre que tuvieron en un momento determinado sus autores, sino por el valor que aquéllas siguen teniendo. Más que justificar la elección, las notas intentan describir la especificidad individual de los cuentos seleccionados. Las que tuvieron poca difusión fuera de la región o de un país determinado validan, sin necesidad de argumentación, el hecho de volver a ser publicadas aquí.

La pasión del coleccionista me parece, finalmente, más adecuada para describir la actividad del antólogo que el absolutismo del gusto o la autoridad. El coleccionista no quiere imponer nada y no lo mueve más que la singularidad inimitable de cada joya por separado y la diversidad prodigiosa de *su* colección. Hay que darle curso a esta pasión sin dejar que se inmiscuyan cálculos interesados, simpatías, antipatías, concesiones, intimidaciones impuestas por la industria del renombre, o lo que sea. Pero debo recordar, asimismo, otras limitaciones inherentes a este tipo de actividad. Las más típicas son 1) la que relaciona la cantidad con la calidad de las obras seleccionadas, equilibrio siempre complejo, ya que el aumento de la primera puede corresponder ya sea al aumento de la segunda como a su merma, en tanto promedio del conjunto; 2) la que vincula la connotación sociológica de la muestra a su valor como literatura. Etnia, sexo (lo que ahora llaman *género*), grupo cultural, clase social, etc., enriquecen literariamente un conjunto sólo en la medida en que no constituyan exigencias extraliterarias. La facilidad con que algunas personas critican este tipo de obras exclamando, de entrada en materia, ¿por qué hay tan pocas mujeres (o mayas, o lo que fuere) aquí?, no tiene que ver con la literatura; sin embargo, 3) lo literario mismo se vuelve un obstáculo cuando es proclive a la monotonía de estilo, escuela, época y hasta preferencia personal; 4) hasta el número de páginas es un arma de dos filos: la limitación cercena, la profusión disminuye el rigor de la selección.

Por fortuna, antologar no es un imposible: la fuerza categórica, elemental, irrefutable de las obras mismas la justifica y un conjunto no vive por lo que el antólogo se ha visto obligado a dejar de lado, sino por lo que se reúne y, para el caso presente, comenta.

JOSÉ MEJÍA
París, abril, y Guatemala, mayo del 2002

El mundo es malo

JOSÉ CORONEL URTECHO

(Nicaragua)

Para ser aceptable, el experimento literario debe ahondar el goce de la lectura sin complicarla, es decir, su comprensión por parte del lector tiene que ser inmediata. En este cuento singular, Coronel Urtecho consigue uno de los mejores experimentos que se han inventado en el dominio de la voz de los personajes. El diablo pronuncia algunos parlamentos en presencia de más de uno de los seres de la ficción, ajustándose a la convención tipográfica del estilo directo, o sea que el acontecimiento de palabra ficticio se representa como si se tratara de una cita textual de lo dicho por el personaje, como en los diálogos teatrales. El entramado de estos diálogos en El mundo es malo *subvierte este tipo de figuración cuando nos damos cuenta de que la voz del Maligno es escuchada, y respondida, por unos personajes, e inadvertida por otros, que están igualmente presentes en la escena narrativa. Este espejismo receptivo implica al lector. Este último se desdobla: con uno de los personajes asiste al diálogo que, simultáneamente, ignora con el otro. El caleidoscopio de voces va permutando los roles y contando la historia a base de estos diálogos singulares, con muy pocas intervenciones de la voz narrativa. Anterior al auge de la experimentación en las letras hispanoamericanas, este artificio, sutil y desconcertante, del gran poeta nicaragüense, nos sigue maravillando por su ingenio y originalidad.*

Coronel nació en Granada, en 1906, y murió en la misma ciudad, en 1994. Es uno de los grandes poetas hispanoamericanos de este siglo. Considerado como el maestro del prosaísmo poético en su país, antecesor indiscutible de Cardenal en esta línea, Coronel ensayó también otras tendencias poéticas diversas. Su prosa muestra la misma versatilidad y su genio innovó también en este terreno, como lo prueba El mundo es malo, *que figura en varias antologías, si bien es desconocido fuera de Centroamérica y, en todo caso, sorprendente, hasta para quien lo lee por enésima vez.*

–PITIRRE conoce un nido de chorchitas –decía el diablo.

–Pero Pitirre no se lo enseña a nadie –decía el niño.

–Sólo por cinco cigarros –decía el diablo.

–Si faltan los cigarros me cuerea mi papá –decía el niño.

–Tu papá anda bebiendo guaro en La Azucena –decía el diablo.

El niño miraba la gaveta.

–Ya las chorchitas están emplumadas –decía el diablo.

El niño abría la gaveta.

–Quién anda en la gaveta –gritó desde la cocina la mamá.

–Decí que andás buscando tu cortaplumas –decía el diablo.

–Yo mamá, que ando buscando mi cortaplumas –gritó el niño, metiéndose los cigarros en el bolsillo.

Pitirre estaba a la orilla del río.

–¿Qué estás haciendo? –dijo el niño.

–Nada –dijo Pitirre.

–Vos conocés un nido de chorchitas –dijo el niño.

–¿Quién dice? –dijo Pitirre.

–El diablo –dijo el niño.

–Mentiras –dijo Pitirre.

–Juralo –decía el diablo.

–Por ésta –dijo el niño.

–Ya juraste en vano –dijo Pitirre.

–Decile me condeno –decía el diablo.

–Me condeno –dijo el niño.

–Te condenás –dijo Pitirre.

–Sacá un cigarro –decía el diablo.

El niño sacaba un cigarro.

–Dame la chiva –dijo Pitirre.

–Si me enseñás el nido –dijo el niño.

–Pues no –dijo Pitirre.

–Pues no fumás –dijo el niño.

–Ni vos –dijo Pitirre.

–Masiemos que fumo[1] –dijo el niño.

–No tenés fuego –dijo Pitirre.

–Voy a traer un tizón –dijo el niño

–Si me das cinco cigarros te enseño –dijo Pitirre.

–Bueno –dijo el niño.

–Andá, trete el tizón –dijo Pitirre.

El niño no se atrevía a entrar en la cocina.

–En la cocina está mi mamá –decía el niño.

–Llamá a la Socorrito que te lo saque –decía el diablo.

La muchachita estaba junto a la puerta de la cocina.

El niño la llamaba por señas desde largo. La muchachita lo miraba desconfiada.

–Vení –dijo el niño.

–¿Qués? –dijo la Socorrito.

–Vení –dijo el niño.

La muchachita se le acercaba.

–Andá treme un tizón a la cocina –dijo el niño.

–Andá vos –dijo la Socorrito.

–Pegale –decía el diablo

–Si no vas te pego –dijo el niño.

–¿Para qué querés tizón? –dijo la Socorrito.

–Para prender un cigarro –dijo el niño.

–Si me das uno –dijo la Socorrito.

–Bueno –dijo el niño.

–A ver –dijo la Socorrito.

–Andá primero –dijo el niño.

La muchachita se iba a traer al tizón a la cocina.

–¿Te gusta? –decía el diablo.

–Sí –decía el niño.

La muchachita volvía con el tizón.

El niño cogía el tizón.

–A ver mi cigarro –dijo la Socorrito.

–Decile sólo que juguemos a los casados –decía el diablo.

–Sólo que juguemos a los casados –dijo el niño.

–Dame primero mi cigarro –dijo la Socorrito.

–Tomalo –dijo el niño.

El niño y la muchachita encendían sus cigarrillos con el tizón.

–Vamos pues, a jugar a los casados –dijo la Socorrito.

–Primero vamos a ver un nido –dijo el niño.

Pitirre los esperaba a la orilla del río.

–A ver mis cinco cigarros –dijo Pitirre.

–Tomalos –dijo el niño.

–Ónde está el nido –dijo la Socorrito.

–¿Cuál nido? –dijo Pitirre.

–El nido –dijo el niño.

–Te engañé, baboso –dijo Pitirre.

El niño cambiaba de colores.

–¿Son mentiras? –dijo la Socorrito.

–¡No pues! –dijo Pitirre.

–A ver mis cigarros –dijo el niño.

–Tomá –dijo Pitirre, haciéndole la guatusa.

—Mentale su mama[2] –decía el diablo.

—Tu mama –dijo el niño.

—La tuya –dijo Pitirre.

—Decile tu papa es ladrón –decía el diablo.

—Tu papa es ladrón –dijo el niño.

—Y tu papa es picado[3] –dijo Pitirre.

—Más picado es el tuyo –dijo el niño.

—Tu papa tiene cara de lechuza –dijo Pitirre.

El niño estaba enfurecido. Pitirre se reía. La muchachita los miraba al uno y al otro. El niño se contenía para no llorar.

—Tu papa le pega a tu mama –dijo Pitirre.

—También mi papa le pega a mi mama –dijo la Socorrito.

El niño estaba ciego de rabia.

—Cortalo con tu cortapluma –decía el diablo.

El niño estaba sacando su cortapluma. Pero Pitirre era más fuerte, le arrebataba el cortapluma y le pegaba.

El niño, dando gritos, corría en busca de su madre.

—Ya salió llorando –dijo Pitirre.

—Cochón –dijo la Socorrito.

Cuando quedaron solos Pitirre y la muchachita, el diablo quedó con ellos, mirándolos y sonriendo.

—¿No tenés nido, pues? –dijo la Socorrito.

—Tres tengo –dijo Pitirre.

—Dame uno –dijo la Socorrito.

—Sólo que hagamos aquello –dijo Pitirre.

—Primero dame el nido –dijo la Socorrito.

—Después –dijo Pitirre.

—Juralo –dijo la Socorrito.

—Por ésta –dijo Pitirre.

—Bueno –dijo la Socorrito.

El diablo nada tenía que decir y se pasaba la lengua por el hocico. Tenía sueño y se durmió.

NOTAS

[1] Apostemos a que fumo.

[2] El lector no debe sorprenderse de encontrar tanto las formas acentuadas agudas "papá", "mamá", como las graves, "tu mama", "tu papa", acompañadas del posesivo, que son más coloquiales.

[3] Borracho.

El clanero

FRANCISCO MÉNDEZ

(Guatemala)

Las voces y el tiempo son tratados de manera innovadora en El clanero *(1957), la obra maestra de Francisco Méndez. Publicado apenas tres años después de* Pedro Páramo, *este cuento difiere, por la índole de su experimentación, de las grandes innovaciones del maestro mexicano. De Rulfo a Vargas Llosa, el lector es confrontado a una suerte de salto fantasmal entre épocas distintas, que se entrecruzan vertiginosamente en la lectura. En contraste con estas transiciones súbitas, Méndez efectúa otras, paulatinas, casi imperceptibles, pero no menos fantásticas para la recepción. Acosado, herido de muerte, el personaje se desangra, escondido entre la maleza, para burlar a los cazadores humanos que lo buscan afanosamente. Mientras esto ocurre, el pasado adviene, en una suerte de círculos concéntricos que emanan del epicentro de la agonía, en diferentes lapsos de duración que remontan al momento del disparo fatal, unos segundos antes, o bien a las circunstancias de la vida del personaje que definen su condición de fabricante de aguardiente clandestino ("clanero"). El tratamiento argumental bifurca en dos registros de lenguaje, modulados por la magnitud cronológica de lo narrado, ya a la escala del horario; ya a la del calendario, que se entretejen como las líneas melódicas de la composición en la polifonía musical.*

Francisco Méndez (Joyabaj, Quiché, 1907– Guatemala, 1962) fue poeta. Aparte de algunas plaquettes publicadas en vida, la totalidad de su obra lírica apareció en el diario El Imparcial, *donde fue jefe de redacción. Una selección póstuma, de Lionel Méndez Dávila y José Mejía, fue publicada por la Universidad de San Carlos (Guatemala, 1975). En narrativa, sus dos libros* Trasmundo *y* Cristo se llamaba Sebastián *aparecieron por primera vez, juntos, con el intermedio de* El clanero, *en el volumen* Cuentos, *del Ministerio de Educación, Guatemala, 1957, con la obra de otro cuentista, Raúl Carrillo Meza.*

¡Malhaya sea cuando no le hizo caso a la prudencia y salió de juida por el guatal! ¡Malhaya sea cuando se enredó en el cerco de alambre con el ala de su chaqueta! ¡Malhaya sea el condenado cus, el cus hijo de puerca, que al verlo trabado en las púas, se agachó detrasito del guayabal y con mampuesta le tiró el pepitazo!…

La cárcel no come gente. Él lo sabe que no come gente. No será como estar en la posada, pero es mucho mejor que estar muerto, o herido que es casi haber muerto. El tiro del condenado cus, se le clavó abajo del hombro, de seguro entre las costillas. Le duele. Al principio fue un golpe caliente en la espalda y un alfilerazo que lo atravesó de parte a parte. Cayó bocabajo.

—Ya me chivó el cus hijo de sesenta mil. No, no fue sólo el susto el que te votó, Xoy; fue un semillazo…

Recordaba haber visto al del resguardo que lo seguía de cerca, agazaparse rápidamente cuando él volteó la cara para ver en qué gancho del alambre estaba trabado; miró la boquita redonda de la tercerola, que más bien era ojo, buscándolo entre las ramitas del guayabal. Luego, el estampido.

Se levantó pronto, volvió a arrojarse al suelo. Otro tiro se enterró cerca. Había visto la dentellada, el rayón del tiro sobre el talpetate. Comenzó a huir a gatas, entre lo espeso del matorral. La mano derecha le dolía; todo el brazo derecho se le estaba inutilizando. Oleadas de dolor salían del hoyito de la bala hacia todas partes, pero sobre todo hacia el brazo derecho. Debían ser como hormigas. Cada vez más hormigas iban saliendo del hoyito de la bala, alborotadas, locas, huyendo lejos. Oleadas de dolor y de sangre. La cárcel no come gente. ¡Si lo sabrá él! ¿Para qué huir? ¿Para qué? Oleadas de dolor y de sangre. La camisa se le fue poniendo roja. Era una manchita que se le iba extendiendo por el trapo sucio de la camisa, lo mismo que tinta en papel secante. Pero el dolor se extendía con más rapidez. Se agrandaba en círculos, en ondas. El cuerpo debía ser como el agua de blando, de bofo; el tiro, una pedrada. El dolor, los círculos que se van agrandando y agrandando sobre el agua golpeada, mientras la piedra cae al fondo.

No come gente la cárcel. Hubiera sido mejor dejarse coger, sin que le dispararan. Se pudo haber quedado allí, cerca de la chifurnia, en cuanto vio que ya no le quedaba tiempo para romper con el garrote todas las ollas repletas de chicha, todos los pelones llenos de clan. Al fin y al cabo, era poco lo que quedaba y como la sentencia se basa en el cuerpo del delito… ¡Pero ese miedo irrazonable a ser apresado por los del resguardo de hacienda, los condenados cuses!… Cuando se percató había emprendido la carrera para alcanzar el otro lado del río. ¡Agárrenlo! ¡Agárrenlo! Sonaban los tiros en el aire. El terror le acalambraba las piernas. A ver, qué es la cárcel. ¿No es un gran muro donde hay muchos hombres sentenciados por diferentes delitos? ¿No es un cuarto oscuro, sin puerta a la calle, del que no se puede salir? Pero no come gente.

Es verdad que cuando a uno lo acaban de capturar, por dentro se derrumba el valor, la honra, la hombría. Los cuses descargan sus baquetas en la espalda del clanero, sin misericordia; el sargento ordena que le amarren las manos hacia atrás y cuando la cosa está hecha, se acerca para dar al preso unas cuantas cachetadas. Y por muy hombre que sea, el preso no chista palabra, no trata de defenderse. La saliva huye de la boca. Los oídos son una ronronera. La cara se pone blanca, blanca; del color de una pared recién encalada.

—A ver, clanero pícaro, decí quiénes son tus cómplices —grita el sargento, a tiempo que abofetea.

Y el más bragado no es capaz siquiera de callar su propia garganta, que empieza a hablar y hablar; a denunciar.

La cárcel no come gente y el tiro, en cambio, sí que se lo está comiendo, aunque de seguro no le quedó en el cuerpo. Es el hoyito, la pequeña boca que dejó la bala la que se lo está comiendo. Con la mano izquierda se tentó la zona dolorosa. ¡Ay! ¡Pero callate, Xoy bruto! ¿No ves que los condenados andan cerca? Es verdad que el matorral donde por fin encontró guarida es espeso y no lo hallarán fácilmente, pero no hay que fiarse. Los cuses no dejarán la presa así nada más. Varias veces han estado cerca, buscándolo pulgada a pulgada. Uno pasó casi tropezándose con él. Se le detuvo el resuello. Aunque el resuello lo siente apretado, dificultoso, duro, a causa del dolor. Resollar, de ordinario tan sencillo, ahora que la bala le atravesó el cuerpo, se ha vuelto un martirio. La respiración le desgarra algo allá dentro. El aire entra como si fuera una estaca.

Él sabe que la cárcel no come gente. Las veces que estuvo preso, volvió sin novedad; hasta más gordo. Sin embargo, no se puede vencer el terror de que el resguardo lo capture a uno. Uno huye en cuanto los mira. Sobre todo cuando son de la montada. No come gente, pero es mucho más sabroso estar libre, aunque sea con la zozobra de verse perseguido, con la espina de que de un rato a otro la montada lo vaya a capturar. El sargento hace hablar al preso, por las buenas o por las malas; por las buenas es cuando lo cuelgan después de haber hecho la denuncia; por las malas es primero la colgada. Los policías sacan un lazo del morral, lo prenden de una rama, le quitan los pantalones al clanero, le amarran la entrepierna, y empiezan a tirar, a tirar… El preso pende de sus propias verijas. Aúlla. Dice lo que quieren que diga.

Ya tiene toda la camisa empapada de sangre. Por la espalda, por los vellos del pecho le resbalan riachuelos de sangre. En vano aprieta el agujero con la mano. La sangre se empecina en salir por entre los dedos.

Y cuando el sargento manda que lo descuelguen, le ponen los pantalones y lo echan a andar, amarrado de las manos. No es fácil trotar al paso de los cuses y de sus caballos, cuando se tiene el cuerpo todo descoyuntado. Hay que sufrir baquetazos, hasta que se recuperan las fuerzas. Lo mismo que una vaca cuando la llevan al matadero. Y falta todavía la humillación de llegar al pueblo codo con codo. Las gentes sacan el pescuezo en las ventanas, en las puertas. Los perros ladran desesperadamente; algunos vienen a oliscar las piernas del preso. Y la chiquillada aumenta a cada rato. Salen de las casas, sin decir palabra, espantados; rodean a la escolta en silencio; trotan, trotan, hasta la puerta de la cárcel. Y a veces hasta los zopilotes participan en la expectación.

Si la cárcel comiera gente, la de veces que él estaría comido.

—A ver, Xoy, a ver —se dijo, con un asomo de pánico— decí si no preferirías que te hubieran cogido los condenados cuses, sano y salvo, y no tener este pepitazo, y no estarte vaciando poco a poco.

No come gente la cárcel, no come; apenas mastica. Los primeros momentos son también desastrosos adentro. La cárcel del pueblo tiene muy mal olor. Es oscurísima. Apenas un cuarto donde uno vive y duerme, come, hace todas las necesidades, y sin agua. Cuando el carcelero cierra la puerta de madera enrejada, se le viene a uno materialmente un peñasco encima. Se va la respiración, se paraliza la sangre. La sangre. A él se le está yendo a chorros la sangre por el agujero que le dejó el tiro del condenado cus. A veces las ollas de chicha resultan con pequeñas reventaduras, con hoyitos por donde se escapa el líquido; es preciso buscar un pedazo de cera de abejas o mejor cera de cohete para taponar, de lo contrario la olla queda vacía. Debía haber un pegamento, una brea para cerrar los hoyuelos de las balas. Tío Maco decía que en las heridas, lo más peligroso era la sangre que se derramaba hacia dentro; pero él esperaba que en su herida, no tuviera hemorragia interna. No iba a ser tan torcido. A la verdad, él, Xoy, no era lo que se dice un hombre torcido. Haber estado preso cinco o seis veces por clanero, no era prueba de buena fortuna, pero tampoco de muy mala. A otros les sucedían cosas peores. Ahí tenemos al pobre Inés. Inés mató a Loreto porque Loreto lo agredió con un cuchillo y cuando se lo quitó, cogió todavía un puño de tierra y se lo tiró en los ojos. Entonces Inés sacó el revólver y lo mató. Y estuvo preso cuatro años. Salió libre. Venía gordo, colorado, contento. "No maté por mala fe; maté en ley" –decía a quienes lo oían. Y no se gloriaba de nada. Venía humilde. Entonces Polito se tomó unos tragos y fue a buscarlo a su posada. "No, Polito, no tengo nada que sentir de vos; estás tomado, es mejor que vengás cuando estés bueno". Polito no quiso entender. Sacó el tacifiro y se lanzó sobre él, le rasgó la camisa. "Contenete Polito ¡por el amor de Dios!" Y Polito lo quiso puyar otra vez. Inés iba para atrás y para atrás. Se enredó en un banco y cayó. Polito se le echó encima. Inés tuvo tiempo de sacar la pistola y disparó. Cinco años en la cárcel. Inés salió libre de nuevo. Se negó a tomar aguardiente. Se negó a salir. Se encerró con su mujer en la posada. Llegó a buscarlo Escolástico. "Inés, me gusta tu mujer, la Chusita". Inés se quedó callado. "¡Lo oíste, Inés! Te digo que la Chusita me gusta. Ve si me la das." Inés sintió una oleada de sangre, pero se contuvo. "¡Colaco, hemos sido amigos; no me jurgués, por el amor de Dios!". Escolástico se tiró una carcajada. La Chusita asustada, asomó la cara en el corredor. Colaco se le arrimó. "Me gusta la Chusita, Inés o me la regalás o me la prestás…" "Te digo por última vez, Colaco…" Colaco se tiró otra carcajada. "Te lo repito, o me la regalás o me la…" Un tiro en el pecho y Colaco se derrumbó. Seis años en la chirona. Salió; ya estaba viejo. Muy panzón, muy canoso. "Ahora, ni onque me vengan a pedir que les empreste a mi madre", dijo Inés, para demostrar que estaba cansado de reyertas. No lo vino a buscar ninguno por muchas semanas. No salía. No asomaba la cara. Y aquella mañana en que dispuso oír misa, le vino la pulmonía... Inés sí era hombre de mala suerte. Pero él, Xoy, no era de mala suerte, a pesar de haber estado preso por clanero cinco o seis...

Pero debía haber un tapón para cerrar el hoyito de la bala. Un taponcito delgado, suave. Porque la bala en sí, no mata; el dolor de estar agujereado tampoco mata. Lo que mata es que uno se va vaciando, se va vaciando.

Probó a erguirse y se le oscurecieron los ojos. ¡Ay! ¡Pero no hablés, Xoy bruto! La cosa se está poniendo fea. Se está debilitando. Se le va asonsando poco a poco la cabeza. Y la sangre sigue saliéndole por el hoyito de la bala. En chorros calientes, mero como cuando el chirís que uno está cargando lo orina. Si hubiese una cera, un tapón, un olote para tapar el hoyo de la bala. Y la cárcel no come gente, porque Inés salió vivo todas las veces, y él, Xoy, también ha regresado como si tal cosa. Lo desagradable es cuando a poco de estar en la chirona del pueblo, viene Lipa, su mujer, y asoma la cabeza entre las rejas. "Ya ves, Xoy, pa'qué no se te quita la maña de hacer clan. El clan es salado, entendelo. Tanto que te fregás trabajando día y noche y nunca hacemos nada. Y dijera yo no ganás con la venta del clan. Pero mi mamá dice que el pisto del guaro tiene sal, está maldecido"... Y él tiene que consolar a su buena mujer. "Será salado el clan, pero es honrado. Contimás que uno no le roba a ninguno. Es un trabajo tan bueno como los demás. Lo que pasa es que los cuses, los condenados, le llevan tirria al clanero". "Sí, Xoy, pero el gobierno ingrato no cree que el clanero es honrado y por eso lo persigue y hasta lo mata. Me tenés que jurar que cuando salgás libre ya no vas a hacer más guaro de olla. Mejor andate pa'la capital, buscá trabajo ¡onque sea de chonte¹!".

¡Con sólo que el condenado hubiera errado el tiro, otro gallo le cantara! Oyó bien cuando el cus movió el montante, con seco restregar de fierros; cuando se sobaron unos resortes; cuando el dedo del cus apretó el gatillo; cuando la bala salió frotando el aire… No se acuerda cómo llegó hasta aquí. Arrastrándose, no cabe duda, pero en cuánto tiempo, cómo se le ocurrió, cómo pudo sin ser descubierto, no sabe. Y de seguro fue el tiro que le salió por el pecho, el que cayó casi al mismo tiempo que él, entre las hojas de chilacayote. Y en una hoja había un goterón de sangre. Entonces fue cuando se paró, y cuando sonó el otro tiro. Otro, otros. Los caballos corrían por todos lados y también las gentes de a pie. Era espantoso. "Me van a matar". Pero ya estaba herido. Ya había pasado lo peor.

Tampoco le gusta el sermón de Nicolasa, su suegra. La vieja Nicolasa hace una mueca horrible cuando llega a su nariz el mal olor de la chirona; se lleva la orilla del rebozo a la nariz y a la boca, para que no penetre el mal olor. Y así habla, a través de la tela. "El clan da tres vicios, pa'que lo sepás: el vicio de tomarlo, el vicio de venderlo y el vicio de hacerlo. Preferiría que fueras como don Tocho, que está enviciado a tomar; o la señora María Jiménez, que tiene el vicio de venderlo en su fonda; o más que sea que tuvieras el de otros claneros, que sólo tienen el vicio de hacer el clan. Pero vos tenés los tres, vos tomás, vos vendés y vos hacés el clan. Sos más pior que el Enemigo Malo, que Dios sea con nosotros". Sí, de seguro es el diablo el que enredó esta mañana todas las cosas para él, para Xoy. Comenzando porque no tenía que ir a la chifurnia a esas horas, pues la sacada iba a empezar cayendo el sol. La pena de ir a ver si la tuba ya estaba de punto. Y por averiguar si algún indio ladrón no le había robado uno de los pelones llenos que tenía escondidos bajo un montón de leña. Y luego haber corrido en cuanto los de la montada aparecieron en la otra falda de la loma...

A la semana de estar preso en el Quiché, la cárcel se va volviendo acogedora, familiar. Desde luego, la llegada es horrible. El soldado abre la gran puerta enrejada, con traquido de hierros; se presenta el encargado de la prisión y el alcaide le ordena: "Métame a este clanero hijo de puerca en el calabozo de los indios". El encargado, un prisionero con prerrogativas, recibe al nuevo con una buena patada en las posaderas. "Estos claneros hijos de sesenta mil, me caen como pedrada en la espinilla. ¡Mejor robaran! ¡Mejor mataran! Y no que hacen una cosa que es y no es delito, y ni siquiera huyen de la montada. ¡Se dejan agarrar como pajaritos!". El encargado manda que todos los presos se pongan en fila. "Vaya, muchachos, les doy permiso pa'que le den una patada en el culo al nuevo, en gracia a que es cushushero[2]". Lo que es justo es justo; no todos los presos toman en serio el permiso para la patada. Y pobre del nuevo que se hace el arrecho y se vuelve para contestar los golpes, porque lo crucifican a acialazos...

Son como chorritos de agua caliente, más bien goterones de sudor los que van saliendo de la herida. Resbalan a lo largo de la espalda, del pecho. Espesos. Pegajosos. Igual que el clan cuando lo está sudando la panza del perol. Se le volvió a oscurecer la vista. Feo, feo, se está poniendo. Siquiera una tuza, un papel, un trapito para tapar el hoyo. ¿Por qué no servirá la mano para eso? Con la mano derecha no hay que contar, por supuesto; casi no la puede mover. La izquierda sana, buena, parece que perteneciera a otro cuerpo y no al suyo que está herido y en peligro; sin embargo, cuando la arrima a la zona golpeada, ella se retira, por sí sola, rápidamente. Es torpe. Solamente llega a la región herida a provocar más dolor. Y su cabeza ya no es cabeza, es un tecomate, un tol vacío.

La primera semana en la prisión, todo es quedarse viendo a lo alto del muro, contar las nubes que pasan, envidiar a los pájaros que a veces cruzan por el pedacito de cielo, desear ser aunque sea uno de esos zopilotes que se detienen por ratos en el borde de la muralla. Hasta que viene el encargado con el látigo: "¡Vaya, clanero sebón, cogé l'escoba y barreme el patio y no estés allí, elevado, haciéndote la vieja!" Los chicotazos del encargado duelen mucho, pero duelen más que todo porque el encargado es un lamido, un hijo de mala madre. Barrer es oficio de mujeres y uno se siente humillado de que lo obliguen a barrer, a recoger toda la basura, las chencas, los palitos de fósforo, los papeles sucios. Los prisioneros antiguos celebran aquello con chacotas quemantes. "¡Linda, aseame bien la casa; dejame el suelo como un espejo, que aquí te tengo enrollado tu premio!" Y pobre del nuevo preso que se permite lanzar una mirada de reto. El encargado ordena al indio más astroso, al último de los presos:

"Ve, Manuel, te doy permiso pa'que le des un soplamocos a este clanero hijo de puerca…" Si uno trata de evitar el soplamocos, intervienen todos: ";Dale, Manuel, no le tengás miedo; tantito te levante la mano, lo machucamos a patadas. No le tengás miedo, que la cárcel no come gente. Y además que ya'stamos todos adentro y onque nos soplemos a este jodido, más adentro no nos pueden meter!"

Con sólo que hubiera un taponcito… Sabroso estar sentado en el corredor de la casa, en el banco. Luego viene la Lipa con una jícara de agua de masa, caliente y azucarada. Lipa, apurate con el agua de masa porque traje mucha sed de la chifurnia. Con la carrereada que me metieron esos cuses condenados. Y quesimasito me mete un pepitazo el maldito; yo que me trabo en el cerco de alambre y el maldito que me tiende la tercerola. ¡Huy, Xoy, bendito sea Dios que no te pegaron! Me apuntó al pecho, figurate Lipa. Es por la maña de andar haciendo clan; tanto que te he rogado que dejés ese oficio. No es oficio de cristiano. Es pisto salado el que se gana con el clan… Pero la Lipa no viene con la jícara de agua caliente y yo me estoy muriendo de sed. Si tuviera a la mano un taponcito para taparme el hoy… Apurate Lipa, que se me está poniendo la boca seca; siento el galillo enchichicastado de la sed; la cabeza se me está poniendo hueca. Grandota siento la cabeza de la pura sed. No es cabeza. Es más bien un tol grande, un bodoque tecomatoso.

Pero ahora se fija que está hablando con una mata de chilca y no con la Lipa, su mujer. La mata de chilca menea todas sus ramas, sus millares de hojas, al paso del viento. Sus oídos se van poniendo cada rato más despiertos, más agudos. Oye perfectamente el sonido del aire en la mata de chilca. Oye el zumbar de las nubes en el cielo. Oye el pasito de las hormigas en los cogollos del zacatal; oye el pasito de las hormigas, oye que una hormiga viene subiendo por sus pantalones, clavando sus uñas en la tela, tocando cautelosamente la tela con sus barbas antes de avanzar, todo lo cual produce un ruidillo ahogado, un acezo. Y si tuviera un pedazo de papel, lo enrollaría para hacer un tapón. Entonces vendrá la Lipa con la jícara de agua de masa. Sabiendo que se está muriendo de la sed, ¿por qué no le trae la turumba de agua? Pero mejor sería de agua fría, de agua de la tinaja. Otra vez será más prevenido y traerá el cacho con clan. Mucho mejor un buen trago de clan que una jícara de agua. ¡La tontería de haber dejado el cacho colgado de un clavo, cerca de la cama! Los chorritos de sangre salen y salen y salen. Ahora toda la pechera de la camisa está colorada de sangre. No, pero no es colorada, es morada, es negra. Sus ojos comienzan a ver con más agudeza las cosas, casi le duelen de la fuerza con que miran, de los aluviones de luz que se le derraman por los ojos. La chilca no es propiamente verde, es entre blanca y azul. Las hojitas parecen dedos. Las ramas tiesas, disparadas para arriba; los tallos no son verdes, son grises, con grietas, miles de grietas; es la cáscara, la corteza. Los tallos de la chilca se parecen en pequeño a los troncos del roble. Y las hormigas mueven sus patitas con prontitud. La cintura de la hormiga es un hilo. Y los ojos, qué feos. Esa nube blanca de tarlatana; así mero es el algodón que venden en la botica. El algodón. ¿Por qué no un poco de algodón, para hacer el taponcito? El algodón chupa la sangre, se la bebe; es un animalito lleno de sed, se parece a las ovejas que arrean los indios chiquimulas. El algodón no es algodón, es un chivo con sed. Pero la Lipa no viene con la jícara de agua de masa. Y si hubiera traído el cacho lleno de clan, otro gallo le cantara. En la cárcel del Quiché, los presos juntan reales y reales para comprarle guaro a los guardianes; los guardianes traen el guaro en tripas de coche, que se enrollan en la cintura o cerca de las verijas. Es feo el trago en tripa, pero al fin es trago y en pasando por el gaznate, quita la sed. Ahora es el olfato el que habla, el que domina. La chilca tiene un olor suave. No huele lo mismo la hoja que el tallo, el olor del tallo es más concentrado. Y la hormiguita que camina por esa hoja, huele a algo, ¿a qué? Por Dios que huele a algo, más bien hiede a chivo, a meados. Y el olor de la tierra sí es sabroso. Si estuviera mojada la tierra olería mejor, uf, mucho mejor. Es sabroso el olor de la tierra seca, pero el agua le agrega no sé qué. El agua. La Lipa se está tardando con el agua y ya se le acabó la saliva. ¿Eh? Y se le viene durmiendo la lengua. Aunque la lengua no se duerme, sólo se pone estropajosa, como si uno tuviera adentro un pedazo de hule. Tiene sabor a algo la lengua. Don Roque, el maestro, dice que uno siente los sabores con la lengua; y ahora él se está dando cuenta de que también la lengua tiene sabor. ¿Y con qué saborea el sabor de la lengua? Y si se comiera una hoja de chilca, le sentiría sabor a verdolaga, o a berro; aunque más amargo. El sabor de la hormiga tiene que ser de anisillo, tal vez de píldora. Una píldora de Ross le caería bien. Tío Maco dice que siempre es bueno purgarse. Si te pica un alacrán, lo primero purgarte y luego una mordida de panela. Si se te embola la cabeza, una purga; si estás aventado o acedo, una purga. La sed es lo que me molesta. Si no fuera por la sequedad de la boca… Lo bueno de Tío Maco es que no receta nunca vomitivos. El vomitivo no es de mal sabor, sobre todo el de ipecacuana que tiene jarabe. Lo malo es que lo hacen tomar muchos vasos de agua a uno, hasta que se revuelve el estómago y es necesario deponer. Aunque fuera un taponcito de olote. Duele la panza de tanto deponer con el vomitivo. Duelen los riñones de estar embrocado deponiendo. Duelen los ojos de la fuerza de la deposición. Duele el pecho. Y el hoyito se va adormeciendo. Es casi sabroso sentirlo ahí, en la espalda, en el pecho. No es dolor, no es ardor, es comezón. Tal vez el hoyito de la bala se haya vuelto pulga. Debe ser negro, debe ser saltarín y brioso. Y qué bonito que pegara un salto y se fuera y le dejara tapado ahí. ¡Apúrate Felipa, ni que hubieras ido a sembrar el maíz hasta ahora! Si no viene luego la sed me va a chivar. La sed ha de ser como el algodón, chupa y chupa. Bonito lo que contó Teresón del tecomate con agua. ¡Ja, ja! Teresón dejó colgado en la viga del rancho el tecomate lleno de agua, en lo que salió a dar una vuelta a la milpa. Y cuando regresó, el comején se había comido el tecomate. ¡Ja, ja! Se había comido todo el tecomate y sólo estaba colgando el agua… O una pita para amarrar la boca de la herida. La sed lo está matando, lo está matando. Vení Lipa; acercate. Pero qué querés, hombre; no mirás que'stoy atareada con el torteado. Si sólo quiero que te agachés tantito, que me tentés los pies; siento que se me están enfriando. Una helazón me sube por los pies; por las canillas. Feo, feo. Una gran helazón. Y otra vez estoy platicando con la mata de chilca. Si me mirara la gente, dirían que me estoy chiflando. Eso sí que no me había pasado, de hablar solo y de hablar con una macolla de zacate. Lo mismo que Abelino Airehelado, cuando pasa por la calle platicando con su mano derecha. O como Daví, el loco, cuando tira su ropa al río y dice: "Que te vaya bien, calzoncillo; que te vaya bien, camisa…" Igual a la Tulixpán, cuando se voltea para la pared a regañar al Asombro…

—¡Aquí vino a pelar rata! —dijo el cus a sus compañeros, a gritos—. ¡Vení mirá, Pantaleón, al clanero hijuecién!… ¿Qué lo íbamos a encontrar entre el chilquerío?

—Cabalito se lo mandó al plato el Tixudo —comentó Pantaleón, alborozado—. Ese Tixudo tiene un pulsito… ¡De ésta le dan las vueltas de sargento! ¡Tixudoooó!… ¡Corré Tixudo, vení mirá la palomita que te soplaste!

Descendieron de sus caballos. El sargento sacó un trozo de papel, del tamaño de un sobre y sin más letras que un sello de hule impreso en la mitad. Con un alfiler prendió el papel a la camisa manchada de sangre.

—¡Parte sin novedá!… —anunció.

—¿Y no tenemos que dar aviso, mi sargento?

—Cuando bajemos al pueblo, podemos hablar con el alcalde, siquiera por humanidad, pa'que levanten el cadáver.

—Creí que yo tenía que ir a declarar —vaciló el Tixudo.

—¿Y a cuenta de qué? Nosotros somos autoridá. Además que de declarar sería yo. Vos no hacés más que obedecer mis órdenes. Y ni yo tengo que ver. La orden que me dio el comandante de armas es: clanero visto, clanero muerto…

NOTAS

[1] Despectivo: policía. (Nota del compilador.)

[2] La *cushusha* es otro nombre del aguardiente clandestino, o *clan*. (Nota del compilador.)

Herenia, la lejana

RAMÓN H. JURADO

(Panamá)

Herenia, la lejana *es una extraña criatura de la imaginación. Sus figuraciones sombrías y dolorosas colindan con lo fantástico, sin rebasar esa zona incierta, esa penumbra en que se mezclan la realidad y el sueño. La construcción opera en dos niveles: una pareja conversa, en uno de ellos. Una de las voces de este diálogo, Herenia, le relata a su interlocutor (y al lector) una historia, donde planea un terror indefinible, que termina por contaminar el presente donde se inscribe el diálogo. El nombre mismo de la protagonista resuena como un eco lejano de las mujeres de Edgar Poe, sutiles y, como dijera Darío, casi inmateriales; el de este cuento, parecería emparentarlo con el de Julio Cortázar, que está en* Bestiario (Lejana). *En la línea de los grandes narradores de lo fantástico moderno, Jurado juega con la incertidumbre, con la no vida, con la no muerte de las criaturas de su imaginación.*

El autor, nacido en 1922, murió en 1978, y publicó sólo un libro: Un tiempo y todos los tiempos, *tres años antes de su fallecimiento.*

A Boris Zachrisson

Me aproximé con sigilo. Seguro estoy que no sospechaba mi cercanía. Sin embargo, con precisión increíble, tomó el rostro, clavándome sus ojos hondos, tristes como la distancia. Mirándome indefinidamente, sin asombro por mi insólita aparición, dijo bajo la mirada imprecisable:

–Vienes como desde el tiempo.

Me aterró semejante recibimiento. En realidad habían ocurrido tantas cosas que, en cierto modo, éramos sobrevivientes. En el mismo tono de cansancio agregó:

–¿Dónde estuviste toda esta eternidad?

Me resultaba difícil encontrar respuesta para sus palabras. Me llegaban envueltas en un aire de fatalidad y no encontraba el modo de penetrar esa densa soledad que la envolvía.

–Ni yo mismo lo sé.

Y como si no hubiese entendido mis palabras, insistió:

–¿Qué te trajo desde tan lejos?

–No me encontraba lejos –respondí de inmediato tratando de romper el halo fatal que la arrastraba.

–Ah –dijo–. Yo te veía caminando siempre hacia mí, siempre, de día, de noche, a todas horas y nunca he podido comprender por qué no llegabas...

–Soñabas y a veces los sueños pierden... –Y como si hablara con otra persona, expliqué: –Jamás podríamos encontrarnos porque andábamos por mundos distintos.

–Es cierto. –Y como si su voz me llegara con neblinas: –Han pasado tantas cosas...

–Lo sé. Por eso estoy aquí.

–¿Y eso qué soluciona?

–Nada. Pero conversar ayuda....

–Es cierto.

Tras esas palabras, se abrió un espacio. Yo sentía que no sólo era obra del silencio que se alargaba en ese atardecer sin luz ni ruidos, sino algo físico, sólido, como si sucesivas olas de tierra nos alejaran. Entonces sentía que desde esa otra orilla en donde ya se dibujaba me llegaban sus palabras. Eran hojas enloquecidas que vientos extraños lanzaban contra mí.

–¿Crees que la muerte rejuvenece? –la oí decir desde tan lejos.

–No sé. Todo lo que tiene que ver con la muerte es misterioso...

–Pues sí, rejuvenece –me replicó, segura de sí. Y prosiguió: –¿Recuerdas la noche aquélla, la última en que tú y yo nos vimos, cuando inesperadamente apareció ante nosotros...?

Reconstruyo el grotesco espectáculo. Ella, muy junto a mí, hablaba cosas de su inmensa imaginería. De pronto surgió él, frente a nosotros. Ella no hizo el más leve movimiento. Ni siquiera cesó de hablar. Cuando se detuvo fue para levantar lentamente la mirada hacia él y sostener el silencio. Entonces no sé si asustado por su irreverencia o decidido a lo irreparable, dijo: "Decídete. Te quedas con él o vienes conmigo." Él, allí, de pie, muy cerca, aguardando el infinito; ella, con la mirada perdida en su rostro agredido por las sombras, silenciosa también, y el tiempo paralizado. Entonces con esa misma voz que ahora me habla, dijo: "Espérame". Y volviéndose a mí simplemente agregó: "Adiós". Desde entonces son muchos los años transcurridos.

–Desde luego, la recuerdo –respondí como quien despierta.

–En ese momento decidí de una vez por todas mi vida. Cuando me alejaba hacia él y permanecías a mis espaldas sentí que un manojo de hilos azules –¿por qué serían azules?– se rompían uno a uno. Cuando estuve a su lado, vi cómo te devoraba la lejanía.

Hizo una pausa como de ausencia y yo la oía, sin atreverme a interrumpirla, porque su voz me llegaba desde la otra orilla. Siempre con un dejo indeciso entre el cansancio y la agonía, prosiguió:

–Vino aquello horrible del matrimonio y los enormes años. Los días como desiertos... las noches eran silencios largos donde los recuerdos ni siquiera se aproximaban.

Volviéndose repentinamente hacia mí dijo:

–¿Recuerdas bien cómo era?

–Sí. –respondí.

–Era normal. Más bien feo, pero de un contorno agradable. Y como tú... Es más... diría que era más joven.

–Es posible.

–Pues bien, un día cualquiera descubrí un hecho curioso. Lo encontré en un detalle insignificante, tan insignificante que no puedo memorizarlo. Pero era evidente el acontecimiento:

¡Envejecía! Envejecía ardientemente. El descubrimiento desató en mí una insana curiosidad. Desde ese momento me di a perseguir la más mínima señal en su rostro, en su andar, en sus brazos. Así constaté, por ejemplo, que los ojos se le achicaban; que los brazos enflaquecían vertiginosamente; que la cara se le encogía, se achicaba velozmente. Era un proceso raudo, sencillamente monstruoso. En ocasiones le decía: "¿Te sientes bien?" Y él respondía: "Perfectamente". Yo lo acosaba: "¿No te notas nada extraño?" "Absolutamente" –respondía mientras me reprochaba: "Tú siempre andas viendo cosas".

En este momento hizo una larga pausa, buscando sabe Dios qué recuerdos en el horizonte. Yo no atinaba a decir nada, ni a tocarla siquiera, porque para entonces, crecía en mí la convicción de que no era otra cosa que un recuerdo que me hablaba. Regresó desde lo más extraño y dijo, mirándome, por vez primera, fijamente a los ojos:

–Yo te diría que fue cuestión de días. Envejecía aterradoramente. Era tan obvio el hecho que todos callaban por compasión. Sólo él no percibía cuanto le estaba sucediendo. Nosotros lo atribuíamos al exceso de trabajo porque, evidentemente, se entregó al trabajo con frenesí morboso. Era un trabajador perseguido por la fatalidad. Era el esfuerzo tenaz, agotador, sostenido, sin éxito. Daba dolor contemplar su afán inútil, ese diario comenzar, ese desesperado entusiasmo por empezar lo que siempre concluía en fracaso. Y él parecía comprender cuanto le sucedía, que a cada nuevo día, que al final de cada nuevo intento, su situación era más desesperada. Un día me dijo:

"–Quiero que tengas todas las cosas en orden."

"–¿Qué cosas?" –le pregunté.

"–Las cosas, pues" –fue toda su respuesta.

–No mucho tiempo después, me dice en tono grave aún, pero sin ceremonias:

"–Toma este dinero y consérvalo. Puede serte útil en cualquier momento."

"–El dinero siempre es útil en todos los momentos" –le respondí yo sin comprender si había algún significado oculto en sus palabras.

"–Yo sé lo que te digo" –agregó por toda explicación.

–Nunca supe la cantidad y por mucho tiempo olvidé definitivamente en dónde lo había colocado. Sólo aquel día, como iluminada por un reproche, recordé con una precisión increíble el sitio donde se encontraba el dinero, cuya utilidad era en esos instantes, precisamente, desmesurada. Por esos tiempos los rastros de la vejez se le acumulaban apresuradamente por todo el cuerpo. ¿Sabes...? Me duele y me desagrada hablar de estas cosas...

–A veces conviene hacerlo.

–Es cierto –repitió como en la primera ocasión–. Por eso lo hago ahora. Así, pues, sobra decirte que poco era lo que quedaba ya de su porte elegante, de su pelo rojizo, de su piel tersa, porque la ancianidad lo devoraba sin piedad. Era algo grotesco, indescriptible. A tal punto había avanzado el misterio que no era fácil reconocerle. Sólo él ignoraba cuanto le estaba ocurriendo. ¿Lo ignoraba en verdad? Un día salimos con un propósito definido que ahora mismo no recuerdo. No bien nos alejamos de la casa, me dijo:

"–Debo regresar. Olvidaba que tengo una cita y necesito unos papeles que están en casa."

"–Te acompaño" –le dije.

"–No hace falta –replicó–. Es necesario que cumplas cuanto antes ese encargo. Te veré luego".

–Sin más explicación detuvo el auto y regresó a casa mientras yo tomaba rumbo distinto. Anduve sin concierto por muchas partes. Algo me incitaba a no regresar. Pero un desasosiego mayor me indujo a volver y así –alzó hacia mí sus ojos– a poca distancia de la casa una aglomeración insólita me previno de lo sucedido. Una voz vecina me dijo: "Herenia, no sigas". Ya no tuve dudas. "Si yo no quiero seguir –le respondí–. Me quedaré en su casa". Cuando la multitud se desvanecía y todo parecía plácidamente normal, me encaminé a casa envuelta en una absoluta serenidad. Todo estaba igual allí. Hasta pensé que sólo habían sido alucinaciones, estorbos de los presentimientos. Estuve recorriendo la casa, lenta y maliciosamente, buscando algún signo que aplacara mis temores, mas nada delataba el acontecimiento. De pronto, un lamentable descuido de quienes quisieron privarme de cualquier horror, me situó frente al suceso: desde la puerta del baño, comenzaba a avanzar hacia la sala un hilo de sangre. Fue el presagio de la revelación total. Entonces alguien, ante lo irreparable, me dijo cuanto sucedió.

En ese momento comencé a sentir extrañas sensaciones en mi cuerpo, particularmente en la cara. Pequeños y sostenidos tirones bajo los ojos me hacían pensar que mi piel se estiraba. Semejante era la sensación de que se me amontonaban las arrugas. Pero esta angustia creciente se detuvo cuando nuevamente me sujetó la voz transparente de Herenia:

–Sólo volví a verlo en los funerales. Te juro que no me atrevía a aproximármele. Sin embargo, en cierto momento, algo me levantó de mi asiento y me condujo a él. Entonces lo miré detenidamente, sin asombro y sin agonías. Aquí, sobre la sien derecha, la sombra de una mancha indicaba el sitio por donde penetró la bala. Sólo eso. Pero lo insólito, lo profundo y adorable era que, así, en plena muerte, su rostro estaba envuelto en una tersa juventud. Habían desaparecido las arrugas monstruosas. La boca deformada por la ancianidad, recobró su juvenil encanto; el pelo volvió a su color rojizo, en fin, te digo, que nunca fue más joven ni más hombre que entonces, cuando la muerte había apartado de su rostro la angustia terrible de vivir...

En ese momento me levanté de improviso, aturdido por una terrible convicción, por una certidumbre que se volvía horror. No eran los huesos, ni el alma. Era mi piel la que se transformaba; sentía que el tiempo se arremolinaba en mi rostro haciendo surcos, arrugas, ojeras, manchas, escamas... Eran años y años que me aniquilaban el rostro y encogían mi cuerpo. Ya, entonces, no tuve dudas. Caminé despavorido, sin propósito, como si huyera de algo, hasta que, sin saberlo, me detuve frente a los cristales de la ventana. Allí, el temor me hizo piedra. El presentimiento me entumecía, sin que me atreviese a levantar el rostro. Finalmente, cuando de nuevo intentaba huir, tropecé con mi cara en el cristal. Fue lo último. El estupor definitivo. No había envejecido. Mi rostro estaba igual. Al volver la mirada hacia ella, lo comprendí todo: la ancianidad la había devorado.

El ángel pobre

(Nicaragua)

El ángel de Pasos es el abuelo –o el tío; en todo caso el pariente pobre, justamente, en términos del capital simbólico que constituye la notoriedad de aquel señor muy viejo con unas alas enormes, que le dio la vuelta al mundo, con los otros personajes de La increíble y triste historia de la cándida Eréndira y de su abuela desalmada. *Es interesante verificar cómo se produjo en tierras nicaragüenses este proto-garcía márquez. El cotejo de las dos obras muestra que, si bien la ejecución de la idea es superior en el colombiano, y sus detalles acentúan el humor y la poesía de la historia, todo estaba prefigurado en la concepción del nicaragüense. El encuentro de lo insólito con lo cotidiano, la novelería del vecindario, su actitud interesada, luego, y por último su indiferencia frente a lo milagroso, definen un idéntico cuadro argumental. El episodio del niño, exclusivo de Pasos, es un acierto más, pleno de ternura y profundidad. Julio Valle-Castillo señala otro antecedente del tema en Amado Nervo. El arte, es sabido, inspira al arte.*

Joaquín Pasos (1914–1947) es uno de los grandes poetas que le dio Nicaragua a la poesía de lengua española en el siglo XX. Nunca salió de su país natal. Viajó en los libros. Murió a los 32 años. Sus poemas están recogidos en dos obras póstumas: Breve Suma *(1947) y* Poemas de un joven *(1962), editada por el Fondo de Cultura Económica de México, bajo el cuidado de Ernesto Cardenal.*

El ángel que nos desespera de la vida para
librarnos de las tentaciones de la vida.

Anzoátegui

I

Tenía una expresión serenísima en su cara sucia. En cambio, una mirada muy atormentada en sus ojos limpios. La barba crecida de varios días. El cabello arreglado solamente con los dedos.

Cuando caminaba, con su paso cansado, las puntas de las alas arrastraban de vez en cuando en el suelo. Jaime quería recortárselas un poco para que no se ensuciaran tanto en las últimas plumas, que ya estaban lastimosamente quebradas. Pero temía. Temía como se puede temer de tocar un ángel. Bañarlo, peinarlo, arreglarle las plumas, vestirlo con un hermoso camisón de seda blanca en vez del viejo overol que lo cubría, eso deseaba el niño. Ponerle, además, en lugar de los gruesos y sucios zapatones oscuros, unas sandalias de raso claro.

Una vez se atrevió a proponérselo.

El pobre ángel no respondió nada, sino que miró fijamente a Jaime y luego bajó al jardín a regar sus pequeños rosales japoneses.

Siempre que hacía esta tarea se echaba ambas alas hacia atrás y las entrelazaba en sus puntas. Había en este gesto del ángel algo de la remangada de fustanes de la criada fregona.

En realidad, muy poco le servían las alas en la vida doméstica. Atizaba el fuego de la cocina con ellas algunas veces. Otras, las agitaba con rapidez extraordinaria para refrescar la casa durante los días de calor. El ángel sonreía extrañamente cuando hacía esto. Casi tristemente.

Es lógico que los ángeles denoten su edad por sus alas, como los árboles por sus cortezas. No obstante, nadie podía decir qué edad tenía aquel ángel. Desde que llegó al hogar de don José Ortiz Esmondeo –hace dos años más o menos– tenía la misma cara, el mismo traje, la misma edad inapreciable.

Nunca salía, ni siquiera para ir a misa los domingos. La gente del pueblo ya se había acostumbrado a considerarlo como un extraño pájaro celestial que permanecía a toda hora en la casa de Ortiz Esmondeo, enjaulado, como en un nicho de una iglesia pajaril.

Los muchachos del pueblo que jugaban en el puente fueron los primeros que vieron al ángel cuando llegó. Al principio le arrojaron piedras y luego se atrevieron a tirarle de las alas. El ángel sonrió y los muchachos comprendieron en su sonrisa que era un ángel de verdad. Siguieron callados y miedosos su paso reposado, triste, casi cojo.

Así entró a la ciudad con el mismo overol, con los mismos zapatos y con una gorrita a la cabeza. Con su mismo aspecto de ángel laborioso y pobre, con su misma sonrisa misteriosa.

Saludó con gestos de sus manos sucias a los zapateros, a los sastres, a los carpinteros, a todos los artesanos que suspendían asombrados sus trabajos al verlo pasar.

Y llegó así a la casa acomodada de don José Ortiz Esmondeo, rodeado por las gentes curiosas del barrio.

Doña Alba, la señora, abrió la puerta.
–"Soy un ángel pobre" –dijo el ángel.

II

La casa siguió siendo la misma casa, la vida siguió
llevando la misma vida. Sólo los lirios, los rosales,
las azucenas, sobre todo las azucenas del jardín,
tenían más hermosura y más alegría.
   El ángel dormía en el jardín. El ángel pasaba
largas horas cuidando el jardín. Lo único que aceptó
fue comer en la casa de la familia.
   Don José y doña Alba casi no se atrevían a
hablarle. Su respeto era silencioso y su secreta
curiosidad sólo se manifestaba con sus sostenidas
miradas sobre su cuerpo, cuando estaba de espaldas,
y dirigidas insistentemente sobre el par de largas alas.
   Los rosales japoneses sonreían durante toda
la mañana. Al atardecer, el ángel los acariciaba,
como cerrando los ojos de cada una de las rosas. Y
cuando el jardín dormía, extendía las alas sobre la
yerba y se acostaba con la cara al cielo.
   Al salir el sol se despertaba Jaime. Al
despertarse, encontraba al ángel a su lado, apoyado
en el hombro de su alma.
   El juego comenzaba. Bajo la sombra del
jardín, Jaime veía convertirse en seres con vida a
todos sus soldaditos de plomo, oía los pequeños
gritos de mando del capitán de su minúsculo buque,
hablaba con el chofer de latón de su automovilito
de carreras, y por último, entraba él mismo como
pasajero, a su tren de bolsillo.

La presencia natural del ángel daba a estos pequeños prodigios toda naturalidad.

III

Pero el ángel pobre era tan pobre que no tenía ni milagros. Nunca había resucitado a ningún muerto ni había curado ninguna enfermedad incurable. Sus únicas maravillas, aparte de sus alas, consistían en esos pequeños milagros realizados con Jaime y sus juguetes. Eran como las pequeñas monedas de cobre que le correspondían del colosal tesoro de los milagros.

Sin embargo, la gente no se cansaba de esperar el milagro estupendo, el gran milagro que debía ser la explicación y el motivo de la presencia del ángel en el pueblo.

El hombre acostumbra considerarse como un niño mimado por lo divino. Llega a creerse merecedor a la gracia, al amor de Dios, a los milagros. Su orgullo le esconde sus pecados, pero cuando se trata de un favor sobrenatural, entonces intenta cobrar hasta lo último de la misericordia divina.

Había algo de exigencia en la expectativa del pueblo. El ángel era ya un orgullo local que no debía defraudar las esperanzas de la población. Lo estaban convirtiendo poco a poco en algo así como un pájaro totémico. Era casi una bestia sagrada.

Se organizaron sociedades para cuidar al ángel. La municipalidad dio decretos en su honor. Se le remitían los asuntos locales para su solución. Por último, hasta se le ofreció el cargo de Alcalde.

Todo en vano. El ángel lo desechaba todo disimuladamente. Nada le interesaba, según parecía. Sólo daba muestras de una entrañable afición a la jardinería.

IV

Cuando don José se decidió a tener una entrevista con el ángel, algo serio sucedía.

El ángel entró sonriendo a la oficina. Limpió a la puerta el lodo de sus zapatones oscuros, se sacudió las alas y se sentó frente al señor Ortiz.

Don José estaba visiblemente molesto. Sus ojos bajaron varias veces ante la vista del ángel, pero al fin, con una mueca lastimosa, principió:

—"Bueno, mi amigo, yo nunca le he llamado a usted para molestarlo en nada, pero ahora quiero hablarle de un asuntito que para nosotros es muy importante".

Tos. Pequeña sonrisa.

—"Se trata —prosiguió— de que desde un mes a esta parte nuestros negocios han venido tan mal que, francamente hablando, estoy al borde de la quiebra. La Compañía Eléctrica que, como usted sabe, constituye mi única fortuna, ha fracasado totalmente y pasará a manos del Estado. Lo que el gobierno me reconozca apenas bastará para cubrir mis deudas. Ante esta perspectiva, aunque sea prestada, mi amigo, alguna platita, algo que nos saque de este apuro..."

El ángel, muy serio, se sacó las bolsas de su overol, un pedazo de pan, una aguja de tejer, un trapo, varias semillas secas y un silbato viejo.

Don José le lanzó una mirada extraña y dijo:
—"Ya sé que usted no tiene nada, pero puede pedir... yo no sé... un poco de plata, de oro, o algún milagrito, mi amigo. Algo sencillo, que no lo comprometa... Además, nosotros no diremos ni media palabra... Así se arreglaría toda esta situación y usted podría seguir muy tranquilo viviendo con nosotros como hasta ahora, como hasta ahora, mi amigo..."

Don José tenía la cara roja de vergüenza. Pero estaba decidido a jugarse el todo por el todo. Él era decente, lo sabía muy bien, y era correcto y era honrado, pero también era práctico. Tengo que ser práctico y hablar claramente, se decía. Al pan, pan.

—"Ya ve, nosotros nunca le hemos pedido nada. Jamás le hemos molestado, ¿no es cierto? Pero ahora la familia necesita arreglar este asunto, tener un poco de 'flojera', para seguir viviendo, para seguir sirviendo a Dios, mi amigo..."

¿Dónde había oído don José esta frase de "seguir sirviendo a Dios", que por primera vez pronunciaban sus labios? ¡Ah! Sonrió por dentro. El cura... aquella misa cantada... ¡el sermón!

El ángel se puso definitivamente serio. Su mirada era fija, directa.

—"José —dijo muy despacio—, ya que usted quiere que hablemos francamente, vamos a ello. Cuando yo le dije a su señora que yo era un ángel pobre, era porque en realidad soy ángel y soy pobre. Es decir, la pobreza es una calidad de mi ser. No tengo bienes terrenales ni puedo tenerlos. Tampoco puedo darlos. Eso es todo".

Pausa. Con la mirada más fija aún, continuó:

—"No obstante, como yo les estoy sumamente agradecido y veo que la vida está muy dificultosa para ustedes, les libraré de ella con muchísimo gusto, si ustedes lo desean".

—"¿Cómo? ¿Qué dice?"

—"Pues que como la vida les está siendo tan desagradable, puedo conmutarles por gracias especiales lo que ustedes ganarían ofreciendo esas penalidades a Dios, y suprimirles la existencia terrenal".

—"Es decir, ¿lo que usted se propone es matarnos?"

—"No. No lo diga así, con lenguaje pecaminoso. Simplemente se trata de quitarle la vida a usted y a su familia. Desde hace algún tiempo, José, he venido pensando llamar a usted para hacerle este ofrecimiento, pues yo les debo a ustedes muchos favores y finezas. Y ahora en estas circunstancias, sería la solución de todas las dificultades de su familia".

Los ojos de don José se encendieron. Su boca estaba seca.

—"¡Cómo va a creer! —gritó. ¡Yo entiendo que usted quiere morirse porque usted vive en la otra vida y porque, además, usted no se puede morir! Pero nosotros, ¡eso es diferente!"

—"Es natural su defensa, natural, José. Su vida pide la vida, yo lo sé, pero reflexione que esta es una doble oportunidad: la oportunidad de librarse para siempre de esos apuros materiales que tanto le intranquilizan y la oportunidad de morirse santamente. Es ventajosísimo. Yo les fijaré exactamente el día y la hora de sus muertes, y ustedes arreglarán perfectamente, y con mi ayuda, sus cuentas con Dios. Yo seré un guía para sus almas. Y no se preocupe por la muerte: yo soy un experto en el asunto, pues fui discípulo del Ángel Exterminador".

Don José estaba furioso. Sin contenerse gritó:

—"¡No señor, de ninguna manera. Mi vida vale mucho, mucho más de lo que usted piensa. Eso que usted me propone es un atrevimiento, una barbaridad, un homicidio... Un homicidio premeditado, eso es!"

—"Las muertes de todos los hombres son, José, otros tantos homicidios, solamente que no son delitos ni pecados, porque son realizados por Dios. ¡Ustedes los hombres son tan pretensiosos que llegan a creer que sus vidas son de ustedes! La muerte es necesariamente deseada por el hombre justo. El suicidio sería la solución más lógica y el fin más inteligente de las vidas de todos los hombres lógicos e inteligentes, si el suicidio fuese permitido por Dios".

—"¡Bueno! ¡Suficiente! ¡No quiero nada con usted!"

V

Los once años de Jaime vieron de otra manera el asunto.

—"Ángel, mátame hoy —le decía—, mátame bajo tus rosales japoneses, de un solo golpe de ala".

VI

Murió el niño. El ángel extendió sus alas sobre él durante la misteriosa agonía. Era una muerte suave, una muerte de pájaro. Una muerte que entraba de puntillas y sonriendo.

Cuando todo había terminado tan silenciosamente, la fuerza de la muerte invadió la casa. Un enorme regocijo comprimido estalló en el aire de la muerte. La casa entera pujaba, expandía. Un olor indefinible cubrió los objetos: se abría una gaveta y salía de ella el perfume sobrenatural; los pañuelos lo tenían y el agua y el aire lo llevaban. Parecía un incienso de ultratumba que denotaba el final de un rito desconocido y milagroso.

En el jardín, los lirios y las azucenas se pusieron más blancas, con un incontenible, un ilimitado color blanco. Y los rosales japoneses ofrecieron cada cinco minutos una nueva cosecha de rosas encarnadas.

Don José se puso como loco. Momentos antes de su muerte, Jaime se le acercó para pedirle permiso de morir. Por supuesto, le prohibió semejante locura.

Pero el niño ya tenía la vocación de la muerte, amada la muerte con todas las fuerzas de su vida.

De nada sirvieron las protestas y las lágrimas de doña Alba; y don José no encontró amenazas con qué amenazar a su hijo.

Por eso, su cólera ciega cayó sobre el ángel. Salió a la plaza rodeado por los Concejales de la Alcaldía y con lágrimas en los ojos se dirigió al pueblo en un discurso muy conmovedor, pidiendo justicia contra el ángel, a quien procesaría por asesinato premeditado, según dijo.

Pero ni el Juez ni los guardias se atrevieron a arrestar al ángel.

Fue el Alcalde quien tomó el asunto en sus manos notificando al ángel que debía abandonar la ciudad inmediatamente.

VII

A las doce del día, bajo el tremendo sol meridiano, salió el Ángel Pobre, más pobre y más ángel que nunca, del hogar Ortiz Esmondeo.

Por las calles polvorientas del pueblo iba arrastrando sus alas sucias y quebradas. Los hombres malos de los talleres de la Compañía Eléctrica se le acercaron en grupo, y con bromas obscenas le arrancaron las plumas. De los alones del ángel brotaba sangre brillante y dolorosa.

Pero al llegar al puente, los muchachos del pueblo que allí estaban se arrodillaron en línea llorando.

El ángel pasó levantando sobre sus cabezas su alón sangriento, y uno por uno fueron cayendo muertos.

El eclipse / La Mosca que soñaba que era un Águila / La tela de Penélope, o quién engaña a quién

AUGUSTO MONTERROSO

(Guatemala)

Cuesta trabajo pensar que las historias de Augusto Monterroso sean producto de la invención individual. Más bien parece que las hubiera compilado, para restituírselas, con una escritura perfecta, al acervo imaginario de nuestros pueblos, hasta tal punto su imaginación ha creado verdaderos mitos contemporáneos, que uno puede recordar sin volver a leer el texto: un maestro de capilla descubre, en una iglesia de Guatemala, los dos movimientos que le faltan a la Sinfonía Inconclusa, y su descubrimiento se pierde, no sabemos si por fatalidad o por destino; un empresario improvisado obtiene, de pronto, ganancias astronómicas, consecuentes con la visión de mundo que llamamos progreso, al mismo tiempo que pone en peligro la existencia de una población aborigen y, a lo mejor, en una próxima etapa, mundial; una primera dama pone en ridículo al dictador y a su régimen, gracias a sus iniciativas ingenuas, que incurren en la tontería, pero que la redimen ante el lector, por su lado conmovedoramente humano... Antes le llamábamos a esta forma de escribir filosófica. Hoy propendemos a un presunto gusto representativo del "gran público". Lo curioso es que Augusto Monterroso haya alcanzado una inmensa y merecida celebridad con una obra sutil, original, "minoritaria". Otro tanto puede decirse del autor: tímido, reservado y al mismo tiempo popular por su ingenio como conversador.

Se le debe también a Monterroso una colección de fábulas (o anti-fábulas) que desnudan la condición humana sin moralejas explícitas, pero que ponen en qué pensar (a veces más de lo que a uno le gustaría) y la biografía intelectual de un escritor inexistente, verdadero anti-héroe literario, único alter ego de la literatura poseedor de la virtud, casi imposible en este terreno, de la modestia. Originalísimo, le ha dado cabida en su (en la) literatura a estados de ánimo casi indecibles, como el ridículo, a todo lo efímero, ínfimo, marginal, de tono menor, tan decisivo en nuestra relación con nosotros mismos...

Sus libros-misceláneas, inclasificables, insólitos, a contracorriente, han realizado una verdadera desintegración del género narrativo que ha ido ganando terreno paulatinamente, hasta subvertir el panorama de hace unos años. Aparte sus sentencias memorables, sus ocurrencias habladas constituyen casi un género aparte, una nueva tradición oral en los corrillos intelectuales de nuestra época.

El eclipse

El eclipse *parece rectificar no sólo la historia, sino la literatura. En efecto, la anécdota del civilizado que logra engañar a los aborígenes mediante sus conocimientos astronómicos remonta a los diarios de Cristóbal Colón. Si hemos de creer el testimonio del Almirante, este recurso le habría salvado la vida en Jamaica, en 1494. La ficción ha recreado la anécdota muchas veces, de manera ortodoxa, una de ellas en la pluma de un aprendiz de escritor, de 14 años, el futuro autor de* En busca del tiempo perdido (*cf. Ferré, André,* Les années de collège de Marcel Proust, *Paris, Gallimard, 1959). La contrapropuesta escrita por Monterroso le dio muerte al tema, gracias a su verdad anticolonialista. Ninguna ficción seria osará volver a la versión anterior, después de la del guatemalteco, fincada no sólo en el humor y la imaginación que son los suyos, sino con un trasunto histórico, igualmente válido, que permite cerrar el ciclo de estas anécdotas, definitivamente.*

Cuando fray Bartolomé Arrazola se sintió perdido aceptó que ya nada podría salvarlo. La selva poderosa de Guatemala lo había apresado, implacable y definitiva. Ante su ignorancia topográfica se sentó con tranquilidad a esperar la muerte. Quiso morir allí, sin ninguna esperanza, aislado, con el pensamiento fijo en la España distante, particularmente en el convento de Los Abrojos, donde Carlos Quinto condescendiera una vez a bajar de su eminencia para decirle que confiaba en el celo religioso de su labor redentora.

Al despertar se encontró rodeado por un grupo de indígenas de rostro impasible que se disponían a sacrificarlo ante un altar, un altar que a Bartolomé le pareció como el lecho en que descansaría, al fin, de sus temores, de su destino, de sí mismo.

Tres años en el país le habían conferido un mediano dominio de las lenguas nativas. Intentó algo. Dijo algunas palabras que fueron comprendidas.

Entonces floreció en él una idea que tuvo por digna de su talento y de su cultura universal y de su arduo conocimiento de Aristóteles. Recordó que para ese día se esperaba un eclipse total de sol. Y dispuso, en lo más íntimo, valerse de aquel conocimiento para engañar a sus opresores y salvar la vida.

—Si me matáis —les dijo— puedo hacer que el sol se oscurezca en su altura.

Los indígenas lo miraron fijamente y Bartolomé sorprendió la incredulidad en sus ojos. Vio que se produjo un pequeño consejo, y esperó confiado, no sin cierto desdén.

Dos horas después el corazón de fray Bartolomé Arrazola chorreaba su sangre vehemente sobre la piedra de los sacrificios (brillante bajo la opaca luz de un sol eclipsado), mientras uno de los indígenas recitaba sin ninguna inflexión de voz, sin prisa, una por una, las infinitas fechas en que se producirían eclipses solares y lunares, que los astrónomos de la comunidad maya habían previsto y anotado en sus códices sin la valiosa ayuda de Aristóteles.

La Mosca que soñaba que era un Águila

Las fábulas de Augusto Monterroso nos permiten descubrir, en el lugar común, al menos común de los lugares. Difícil facilidad del lenguaje, tan natural como las historias juguetonas, conviviales de Monterroso, que son, casi como sin quererlo, travesuras metafísicas unas veces, otras trampas de la mala (y de la buena) fe, espejos deformantes del gran teatro de los pequeños egos, con sus eternas vanidades y maldades. Nos reímos con las fábulas de este escritor mientras ellas se ríen, algunas veces despiadadamente, de nosotros. Algo ha expresado García Márquez de esto último, en una frase famosa sobre el guatemalteco. En efecto, nada más inocente, en apariencia, que La Mosca que soñaba que era un Águila. *Nada más insidioso, sin embargo, pese del tono bonachón que llega hasta hacerle eco, en las últimas palabras, a un conocido estereotipo de la retórica sentimental del Modernismo.*

La Mosca que soñaba que era un Águila

Había una vez una Mosca que todas las noches soñaba que era un Águila y que se encontraba volando por los Alpes y por los Andes.

En los primeros momentos esto la volvía loca de felicidad; pero pasado un tiempo le causaba una sensación de angustia, pues hallaba las alas demasiado grandes, el cuerpo demasiado pesado, el pico demasiado duro y las garras demasiado fuertes; bueno, que todo ese gran aparato le impedía posarse a gusto sobre los ricos pasteles o sobre las inmundicias humanas, así como sufrir a conciencia dándose topes contra los vidrios de su cuarto.

En realidad no quería andar en las grandes alturas, o en los espacios libres, ni mucho menos.

Pero cuando volvía en sí lamentaba con toda el alma no ser un Águila para remontar montañas, y se sentía tristísima de ser una Mosca, y por eso volaba tanto, y estaba tan inquieta, y daba tantas vueltas, hasta que lentamente, por la noche, volvía a poner las sienes en la almohada.

La tela de Penélope, o quién engaña a quién

¿Y qué decir de ese Ulises furtivo, timorato, manipulado eternamente por la eterna tejedora, que decide su destino, "haciéndoles creer que tejía mientras Ulises viajaba y no que Ulises viajaba mientras ella tejía"? Este retruécano, que permuta (o confirma) el centro de gravedad de la decisión conyugal según la tradición, pondría en aprietos toda tentativa de explicación por parte de la retórica, contemporánea o no.

Hace muchos años vivía en Grecia un hombre llamado Ulises (quien a pesar de ser bastante sabio era muy astuto), casado con Penélope, mujer bella y singularmente dotada cuyo único defecto era su desmedida afición a tejer, costumbre gracias a la cual pudo pasar sola largas temporadas.

Dice la leyenda que en cada ocasión en que Ulises con su astucia observaba que a pesar de sus prohibiciones ella se disponía una vez más a iniciar uno de sus interminables tejidos, se le podía ver por las noches preparando a hurtadillas sus botas y una buena barca, hasta que sin decirle nada se iba a recorrer el mundo y a buscarse a sí mismo.

De esta manera ella conseguía mantenerlo alejado mientras coqueteaba con sus pretendientes, haciéndoles creer que tejía mientras Ulises viajaba y no que Ulises viajaba mientras ella tejía, como pudo haber imaginado Homero, que, como se sabe, a veces dormía y no se daba cuenta de nada.

Seis madres

CARLOS FRANCISCO CHANGMARÍN

(Panamá)

El tema del escritor sin obra, uno de los más trillados, puede resultar también, paradójicamente, el más provocativamente literario, en la medida misma en que la literatura (la ficción, en todo caso) no tiene como tema la literatura, sino la vida. Anti-cuento por excelencia, Seis madres es quizás la variante más radical que se haya escrito de esta tremenda paradoja. En busca del tema, ni siquiera motivado por un incentivo estético, sino para resolver un contratiempo de orden económico, el personaje-autor incurre en una búsqueda argumental donde la ficción misma es interpelada, para abrirle paso a una serie de preocupaciones prosaicas, donde no falta ni el pronunciamiento ideológico panfletario ni la cita crítica sobre la obra propia: universo impuro (le dejamos al texto las mayúsculas irregulares y otras pequeñas anomalías, por conformidad con el original) que logra afirmarse estéticamente gracias a la piedad que anima el universo de ficción y al intenso, al doloroso lirismo del estilo.

Carlos Francisco Changmarín (o Chang Marín) nació en 1922. Publicó Faragual en 1961.

Para María Escallón de Robles

Octubre se porta esta vez maravillosamente. Las horas se deslizan de las nubes en hilillos de plata. Mientras camino mi cabello se humedece y los zapatos se empapan en los charcos de agua de la calle.

Cuando la gente me observa pensará que voy complacido, porque el mes llorón se ha presentado justa y perseverantemente.

Perdiéndome en la calle miro hacia atrás. La gente sigue hablando de mí. Soy su punto de fuga, el centro de interés. Mientras, la lluvia cae. ¿Qué saben de mí? Considerarán en su cotidiana conversación que yo, por el hecho de vestir un saco de paño y una corbata, no tengo problemas que resolver. El mundo es así. El mundo de la gente que conversa en la esquina del pueblo. Esa gente está allí, sencillamente, porque tiene hambre. Yo cruzo por la calle, atareado en regresar de mi labor, porque tengo hambre. Nos diferenciamos en el hecho consistente en que yo tengo trabajo que me permite conseguir dinero y esa gente no lo tiene.

Lector, Ud. perdonará que le diga algunas razones que yo considero indispensables para que comprenda claramente por qué escribo. Ud. piensa encontrar un cuento sobre SEIS MADRES. Hasta la fecha no lo está leyendo, pero lo encontrará unas líneas adelante. Debo añadir que a medida que escribo sobre la máquina modifico lo que el año pasado construí. Pues ya este cuento lo publiqué. Lo hice, como lo repetiré adelante, para ganar un premio en un concurso que efectivamente gané. Esta corrección se debe a la conciencia que tengo de que necesitaba ser corregido. Un cuento es como todas las cosas: imperfección, evolución. Lo que hemos hecho hoy lo corregimos mañana. Bien suele ser la corrección sobre la misma pieza o en trabajos posteriores. Lo peor es que uno crea que sus trabajos están exentos de errores. Además, algunos críticos trataron de ayudarme. Por ejemplo, lea la crítica que me hizo el novelista Ramón Jurado: "el cuento de Changmarín nos pareció bueno. Por momentos llega a tonos de confidencia que apena. A ratos juega con el lector con una candidez y claridad que nos vence. Pero quisiéramos decirle a Changmarín la importancia que para nosotros tiene la forma. Hay que castigar la expresión. Ligeros descuidos marcaron párrafos de gran belleza y sentido". De otra manera el escritor Renato Ozores nos dice: "¿Qué se ha propuesto Changmarín al escribir este cuento cruel?". Y agrega: "*Seis madres* da la impresión de estar escrito a chorros, vertiendo, sin contención, una serie de emociones fermentadas en silencio y usando las palabras, no para vestir, sino para desnudar el pensamiento, como decía Unamuno". Y finaliza: "*Seis madres* no es un cuento, o al menos, no es un cuento cualquiera. Si acaso, es un gran cuento. Estilo descuidado, palabras repetidas innecesariamente, desarreglo en la forma. Todo cierto, pero ¿qué importa? Con todos estos defectos es un gran cuento, un cuento vigoroso. Hay en él una enorme sinceridad y lo importante es decir las cosas –afirma Pío Baroja, el gran desaliñado de la

Literatura– y no la manera de decirlas". Así como los autores antes enumerados concuerdan en que el cuento SEIS MADRES, que Ud. tendrá oportunidad de leer más adelante, tiene errores, también los entiendo yo. Por ello repito, mientras escribo trato de corregir lo hecho.

Hay fenómenos que semejantes a los partos de la naturaleza se dan con todo el placer y todo el dolor. Pero ello extingue, debilita, enferma. ¿Ha mirado Ud. cuando los cedros fructifican? ¿Ha observado que pierden las hojas y quedan desnudos dolorosamente? Muy a pesar de eso me propongo escribir este cuento, porque al hacerlo se desarrolla en la orilla de mis ojos una esperanza.

Mire, llego a casa: cuelgo el saco de un horcón; me descalzo y noto que las medias están íntegramente mojadas. Recuerde que estamos en el lluvioso mes de Octubre. Con unas chancletas que elaboré de unos zapatos inservibles paso el resto de la tarde. La cena está caliente; así está el catre familiar también. Son éstas dos cosas que me animan. En medio de la frialdad malárica del ambiente sorbo la sopa cálida y mastico la carne recién salida de las brasas. Pero después de la comida, la digestión se retarda bajo el peso de una verdad irreductible: ¿cuál es la realidad que mueve mi existencia?

En el pueblo, es una de sus esquinas tan bochinchosas y simpáticas, los hombres comentarán cosas diferentes mientras la "octubrera" se desliza pasmosamente. Un día lluvioso, como el que he apuntado, leo en un diario de la Capital una noticia sobre un concurso de cuentos, cuentos sobre la Madre. Gran tema. Eran cien balboas para el primer premio. Confieso que pasé varios días luchando por inclinar el testuz de mi espíritu bajo la fuerza de mi organismo, y éste venció fácilmente. ¿Qué significan cien balboas en la vida de un hombre? Cualquiera puede decir: no significan nada. Pero yo he repetido varias veces esa suma de dinero. Si yo ahora tuviera cien balboas en mis manos.... ¡cuántas cosas resolvería con ellos...! Pero, ¿habría yo de escribir un cuento para un concurso de Panamá? ¿No he oído decir que los concursos se crean para favorecer a ciertos autores? Pero es, precisamente, porque estoy convencido que con el nombre de la Madre no se va a trampear, por lo que me someteré.

El trabajo agota cuando no rinde. Eso, que le sucede a la mayoría de los hombres en Panamá, me sucede sencillamente a mí. No me quejo de mi situación, trato de resolverla. Y trato de mejorarla sabiendo que un solo hombre no puede hacer nada. Por otra parte, la familia crece; las necesidades aumentan; las tiendas venden más caro cada día. Pero no es todo. Hoy es la fiebre de mi mujer; mañana, el trancazo de la hija; después las angustias de mi madre. Mientras, la medicina está carísima y claro es que nos da un temor, un álgido temor llevar el familiar al médico. Cobro el cheque; lo distribuyo haciendo maromas entre las deudas sobre el alquiler, la comida y la luz. Los elementos básicos para subsistir. Después no me queda del cheque otra cosa que el recuerdo verde desteñido de su color. En esos ratos, se nos clavan agudos alfileres en los costados. Alguien enferma. Ud. lo ha hecho: corre a casa de un amigo que le ha de hacer un préstamo. Lo consigue. Ello da un aliento breve; el pensar que todavía hay quienes presten dinero. Se dirige Ud. a la clínica del médico. Entra a la sala de espera. Yo tengo confianza en los doctores, es verdad, pero la visita blanca me disgusta porque destruye el sentido de la sociabilidad; se visita y se paga. Hay que pagar sobre el dolor. ¿Por qué los médicos ven todo a través del dinero? Una consulta cuesta seis balboas. Luego se añaden las recetas indispensables. Parece imposible acabar con esto. Hay que gastar diez balboas mensualmente sobre medicina. En contra de los médicos no se puede hablar; tarde o temprano tenemos que caer en sus garras. Después, ha de venir, en una noche de angustia, un papelito blanco, rasgado, escrito con lápiz, en el cual se nos cobra el dinero que solicitamos. No duele el trabajo que hay que realizar para pagarlos. Ahinca en la carne la pena de no poder pagarlos a tiempo, o de no pagarlos dolorosamente. En esa forma uno se llena de largas cuentas, como el cuerpo se puebla de espesos granos, y el sueldo se mantiene extático, en sus ridículas cifras.

Los hombres tenemos que luchar por un estado, en el cual no se permita morir a nadie de hambre ni de hartazgo. Observe Ud. que son profundos los sentimientos que me arrastran a escribir el cuento que leerá por cien balboas.

Todos estos pensamientos me asaltan en las lánguidas noches de invierno. Aquí llueve, llueve todos los días. No hay manera de secar la ropa. No podemos, mi mujer y yo, lograr que mis únicos zapatos, unos chocolates que tengo, puedan secarse, deshumedecerse tan solamente. Porque puede haber aliento de vida en un hombre; confianza en el porvenir, mientras sus zapatos se mantengan cálidos y secos. La tragedia del latinoamericano consiste en caminar con los zapatos húmedos. Es que necesitamos un poco de calor bajo las suelas.

Estas noches de Octubre son así. Esto me debilita. En medio de la vida que Ud. se da cuenta que llevo, amo la belleza de la noche lluviosa con su luna mojada, el jazmín empapado y algunas que otras ranas cantarinas. Se presenta la noche colmada de encantos, porque así es Octubre, y el día desnudo, frío y lleno de necesidades, porque así es Octubre. Cuando pienso esto en mi catre, en el otro mi mujer, una hermosa muchacha, se revuelve con una barriga de ocho meses. Estira un brazo hacia abajo, tratando de asir un pedazo de manta. Allá en la cuna, habla dormida nuestra hija de año y ocho meses, una cholita. Serán entonces, las doce y media de la noche, y pienso ya que la lluvia insiste con su viento vagabundo: ¿qué será de mi Madre y mis hermanos, que viven en un estrecho cuarto de zinc, por donde se cuela el agua?

¡Sí! Es la manera como se presenta la vida. Hay necesidad de cubrir el cuerpo y dar al estómago un alivio de tortillas fritas al amanecer.

Pero al amanecer nos azuza de nuevo la belleza de la lluvia traspasada por una miseria de sol. Vislumbramos, otra vez, las deudas, la ropa insuficiente. Mi hija, que parece una muñeca sucia, me llama a gritos; luego me besa. Mi esposa prepara el desayuno. En el vientre carga un ciudadano del futuro, que ha de encontrar este mundo peor, seguramente. Si este Gobierno comprendiera el problema de una madre joven... Si calculara los fastidios y los dolores por los cuales hay que brincar para contribuir al desarrollo del nuevo hombrecito. Aquí emerge el sentido de la madre. Ella, mi mujer, que tiene una alimentación mal balanceada, está rosada y fresca. Gracias hay que darle a la naturaleza, porque es más comprensiva que los diputados, y los presidentes, muy a pesar de que ellos también tienen madre.

El ocho de Diciembre se acerca. Es el día blanco en que las gentes celebran las gracias a las madres, en el País. Mi mujer es una de ellas. ¿Con qué le haremos su fiesta? Pero creo que eso no importa. Lo primordial es vestir al niño que nacerá pronto. Lo indispensable es tener dinero para pagar el hospital, para que ella dé a luz, con las comodidades del día y con toda la previsión del caso.

Después del desayuno limpio ligeramente, con una pana, mis zapatos; descuelgo el saco del horcón; ajusto mi corbata; doy un beso a la cholita que me dice adiós desde la rejilla que la libra de la muerte por algún carro desenfrenado. Camino al lugar donde trabajo en medio de la lluvia pertinaz y de los charcos de agua. Los muchachos estudiantes me miran pasar y me saludan conjuntamente con los vecinos. Todos muestran unos rostros sonrientes. Yo sonrío también. No he de vivir triste. Amo la risa y le rindo ejercicio. Miro la mañana y el sol se despliega en mi frente. En el fondo, mi corazón me pregunta: —Oye, ¿en dónde conseguirás dinero para llevar a tu esposa al hospital? Precisamente cruzo frente al hospital Provincial y el rótulo que dice: "haga silencio" me hace pensar silenciadamente. Mi corazón insiste: —¿Con qué dinero llevarás a tu mujer al hospital?

—Irá de caridad —le contesto.

—¿De caridad? —pregunta mi corazón y agrega: —¿qué diría la gente? ¿La gente que te conoce? ¿Crees tú que no le resta mérito a tu posición?

—¡No!

—¿No te importa con la gente?

—Sí —le respondo—. Me importa la gente sobre las cosas reales, y, hasta cierto punto, sobre los asuntos morales. Pero en mi caso, el mismo médico, en la misma sala de operaciones, con los mismos instrumentos atenderá a mi esposa. Entiendo que todas las madres del país deben ser atendidas por igual. Y pienso que no deben existir salas de pensión. Por ello no me importa lo que la gente diga. La gente, en su mayoría, es tan muerta de hambre como yo; pero la vanidad, falta de educación, la ciega.

—Pero a ti también, te ciega —me contesta el corazón—. No podrás —añade— mandar a tu mujer a sala de caridad. Yo, que soy tu mantenedor, he escuchado lo que sientes cuando piensas esas irregularidades. Tú odias el término "caridad". ¿Quién da esa caridad? ¿No somos nosotros mismos? Tú sabes que mientras el Gobierno entienda como una política de caridad los servicios que tiene que prestar está procediendo injustamente, y tú no te vas a someter a una injusticia social.

Y en diciendo eso último el corazón, yo llego a mi trabajo.

En mi trabajo salta otro problema. Otro sencillamente humano. Ud. lector sabe lo que estamos viviendo de política. Los políticos tratan de hacerle favores para ver qué consiguen con ello. Esta situación se pone desagradable. Uno tiene que hacer política. Todos tienen que hacerla. Pero en eso se rodea de amigos embusteros y enemigos despiadados. Unos buscan los votos y otros, la manera de arrebatarle el medio de subsistencia.

Mi madre, en medio de su sencillez, me conversa sobre la inconveniencia de la política panameña. Pero yo insisto. Hoy, al pasar por el cuarto en donde vive, en donde lucha por existir, me dice lo de siempre: la enfermedad que la desalienta trágicamente; lo que hubiera significado, para su vida, un pedacito de "chance" de la lotería; sobre el agua miserable que, al penetrar entre las rendijas, mojó todos los catres y los banquillos. Entonces, aquí pienso vehemente en lo que significarían cien balboas en los huecos de mis amarillas manos.

Con estas esperanzas vuelvo por la misma calle de entonces. La gente que está en la esquina conversa y habla de mí por lo bajo. Yo no les tengo odio. Sé que los hombres, por muy perversos que sean, tienen, en el fondo, algo de bueno que puede ser utilizado en beneficio de la felicidad de los demás. Lo malo está arraigado, con cuernos y largos pelos, en el corazón de la sociedad, de la sociedad americana mal organizada.

Yo sigo mi camino. La gente que está allí, por ejemplo, es la consecuencia de la organización de nuestra sociedad democrática y religiosa. ¿Qué hacen ellos? Nada. No hay trabajo por aquí. No hay. Si yo que trabajo tengo mis problemas graves, ellos que no lo hacen, ¿qué tendrán? ¿Todos los días, acaso, habrá sobre la mesa un plato de sancocho? ¿Se visten sus hijos? ¿Qué clase de carne consiguen en el mercado? Ellos, que tienen menos dinero que yo, pero que necesitan mantener más hijos, ¿cómo hacen cuando los niños enferman? Seguramente irán a la Iglesia todos los Domingos y rezarán para que Dios se apiade. Es más; la religión les enseña a resignarse. ¡Dios…! Pero Dios no consigue pan y ropa. ¡No! Dios no oye... El que tiene que oír es el oído de la Sociedad y del Gobierno. Pero en esto, el hombre de América está equivocado.

Como todas las noches he vuelto hoy sin encontrar el tema para el cuento que deseo desarrollar. Necesito hacerlo, porque cien balboas aliviarán este tormento. En el cuarto, pálido por la luz de la calle, miro detenidamente a mi mujer. Sus ojos, que de día son casi amarillos y casi verdes, ahora sobre el campo del tambor representan la paz y la dulzura. ¿Qué significa la mujer de uno? ¿La esposa de un hombre pobre? Juntos los dos nos tiramos en el catre. Juntos despertamos en la fría madrugada. Nos clavamos los ojos mutuamente. Brilla el sol en las sábanas cuando empieza la brega. Crece la fatiga con el calor tropical. Viene el hambre y todo por los dos.

–¿Lo encontraste? –me dice ella.

–No –le contesto, y la miro tratando de sacar de su barro suave el asunto de mi composición.

Es una madre joven. Madre del futuro incierto de la Patria. Un futuro de hambre y enfermedades. Hoy carga en el vientre un ciudadano. Trabaja conmigo y no se queja de nada. ¿Vivirá feliz? ¿O llevará en sí una tristeza comprimida? Lo cierto es que está frente a mí, y yo la miro. Quiero ir más allá de donde se me presente, pero fracaso en el intento. De ella no puede ser. Dejémosla en la paz de sus ojos verdes.

He regresado al campo. La idea de escribir un cuento para el día de la madre inquieta. Bajo el grande espavé, con los pies en el arroyo que pasa rápido, miro el azul del cielo. Octubre está cansado de llover y hoy se presenta claro y brillante. Esta tranquilidad me agrada. El bosque espeso de higos, cedros y guayabos. Luego el llano suave, silencioso. Con el lápiz trazo paisajes en el cuaderno de apuntes.

¿Qué escribir? Yo he vivido una vida intensa, casi soy un viejo, si pienso lo que dice: "no es más viejo quien más años tiene, sino quien ha sufrido y gozado más en esos años vividos". Escudriñando, quizás en mi memoria podría encontrar el argumento. Mi madre nació aquí, en este campito abandonado. De este lugar se la llevaron cuando era bella como una paloma. Pero en el pueblo quedó callada su garganta, que en otras horas cantara alegremente. Nacieron mis hermanos. Nací yo. En el pueblo anduvimos como perros extranjeros, de cocina en cocina y de tugurio en tugurio. Así nos levantamos si a eso puede llamarse levantarse. Sola cargó con ese peso que le puso cruelmente la sociedad. Hoy está triste y enferma. ¿Quién tiene la culpa? Mis abuelos por aquel entonces, dijeron que ella. Por loca; por enamorarse con poblanos; por novelera. Pero no... La culpa es la educación mal dirigida y peor representada, que enseña al campesino los oropeles del pueblo sin estudiar la realidad rural. La culpa es del campo sin recursos. De los ganaderos que han ido extendiendo sus potreros hasta los muslos de los trabajadores del campo. Ha sido de los Gobiernos pésimos que se han repetido en la República. Gobiernos que no han podido dirigir la ganadería y la agricultura sin que una estorbe a la otra. Cuando el campo ya era una zona desértica, las muchachas y los muchachos emigraron a la ciudad. Pero en el pueblo los hombres –siempre el hombre comiéndose al hombre– hicieron esclavos a los muchachos y a las muchachas perjudicáronlas, hiciéronles hijos y las abandonaron. Si los oligarcas ignorantes o cínicos y no menos defectuosos –ha habido ciegos, sordos, cojos y esquizofrénicos– que nos han "gobernado" no han podido organizar la agricultura y la ganadería, mucho menos podrían enderezar las relaciones entre los hombres y las mujeres, que son consecuencia de la estructuración de la agricultura, la ganadería y la producción en general. Los hijos de aquellas mujeres campesinas, hermosas y trabajadoras, hemos nacido de ese modo. ¿Acaso brote la vergüenza en nuestros ojos? ¡No...! Un gran deseo tenemos: organizar el Gobierno con bases nuevas, de manera que la ganadería no acabe con la agricultura ni que los hombres estropeen las mujeres. Así que todos tengamos una cama sobre la cual descansar y no haya nadie que pueda tener más de una.

Mi madre, como todas aquellas muchachas alegres y silvestres, dio allá en el pueblo manotazos al pecho de la vida, para sacar el sustento para los hijos que los hombres no pudieron mantener, hasta que las fuerzas disminuyeron por alguna enfermedad contraída en la lucha por ajustarse. Es mi madre una gran madre a mi parecer, pero no es justo que sobre ella escriba mi cuento.

Mi vecina, la esposa del Ingeniero Martínez, es feliz. Eso piensan algunos. Tienen dinero que gastan como quieren y suplen así todas sus necesidades y hasta los deseos más extraordinarios y extravagantes.

Era lo que decía hace un rato: al pie de la miseria más alarmante, se puede hallar, en la

América, la riqueza más ostentosa. Mi vecina tiene dos hijos, rubios como dos mazorcas. Es buena, contradiciendo su afán de extremado lujo. Me ha prestado dinero cuando yo se lo he pedido. Pero en su materia algo hay, muy amargo, que la martiriza.

De labios del Ingeniero escuché decir lo siguiente:

—Los hijos me los llevaré.

—No —dijo ella—, me matarás... No... ¡Mátame mejor, ya! ¡Tú no comprendes, hombre, tú no comprendes mi caso, nunca lo comprenderás!

—Tu caso —dijo él—, es el caso de las vagabundas.

—Estúpido —contestó mi vecina.

—No grites. No escandalices más —dijo él. Y agregó— ¡Te parece poco?... ¿Yo mismo te he parecido poco, verdad? ¿Acaso no soy un hombre entero? ¿Por qué buscas amantes?

—No sé. Gertrudis... no sé. Pero no me abandones. No te voy a mentir... Lo quiero a él, de una manera distinta de como te quiero a ti. Tú no quieres comprender. Pero, mejor, llévame de aquí. Te lo suplico... Gertrudis, llévame de aquí —terminó diciendo ella embargadamente.

Pero el Ingeniero la abandonó. La dejó sola con su cocinera y con la casa vacía. Mi vecina, desde ayer, no ha hecho otra cosa que llorar. Yo sé que el Ingeniero es un hombre magnífico. Se ha formado por esfuerzo propio. Nadie niega su bondad. Es sencillísimo en el trato. Ama profundamente a su esposa. Esto lo sabe todo el mundo; pero ahora la ha abandonado, lo que es como si se abandonara a sí mismo. Para la mujer, ¿qué significado tendrá la vida en este día? Ella quiere a su esposo, pero idolatra al amante. El amante es un hombre correcto según el conocimiento que los demás tienen de él. Se ha desbaratado este matrimonio rico por la acción de tres personas correctas. Dura se ha de presentar la existencia para mi vecina. ¿Qué concepto me formaré de ella, ahora? ¡Es tan buena! Cuando mi Madre enfermó, hace unos días, ella cuidó de mi mamá, como si fuese una hermana. Sus preciosos hijos, a pesar de sus vestidos caros, se "empuercan" con mis hermanitos en los charcos de las calles, y roban las mismas frutas. Además, ella, con sus treinta años, es bellísima, aún. Linda como lo es y delicada ha de sufrir doblemente. No hace más que llorar, porque la presencia del amante no suplirá, en ningún grado, la ausencia de sus dos hijos. Ayer, en el patio, mientras lloraba, me decía las razones de su desgracia. Creo absolutamente que es una buena madre. ¿Qué piensa Ud. lector? ¿Mala o buena? ¿La compadece? ¿La recrimina? Sobre mi bella vecina podría escribir mi relato pero lo que me confió es demasiado personal para que te lo cuente a ti, lector. (Supóngase que mi vecina leyera este cuento y se diera cuenta que ella es el personaje central: ¿qué me diría? Por lo demás, el Ingeniero Gertrudis sería capaz de matarme.)

Corre el arroyo entre mis pies que se agrandan, se tuercen y se achican. El bosque empieza a florecer y el llano se puebla de fragancia de los guayabos y los higuerones florecidos. El viento trae en su falda volandera muchas cosas. Silba entre las gruesas ramas de mi protector, el aspavé. Oigo muchas querellas en el eco: los cantos de los pájaros, la saloma de la gente que despoja la roza recién cosechada, los ayes y los suspiros de alguna niña hermosa traspasada por el amor, en pleno monte, el bramar del ganado del "señor" poblano, que ha reunido una peonada para realizar una yerra.

Ahora, mucho más allá del bosque y de los potreros se adivinan los pitos de los carros que brincan por encima de los charcos de la calle. Luego, la sirena súbita marca en el espacio las once del día. Esto último es el pueblo. ¡Cómo se escucha desde lejos! Es así como vuelvo, otra vez, los ojos al pueblo.

¡Pueblos de Panamá! Con una calle y una torre cansada. Allá viven mi Madre, mi mujer y mi vecina. Todas las madres son buenas en el fondo. ¿He de escribir sobre el dolor o sobre la felicidad? Nuestra literatura está cargada de lindezas. Ud. lector, sabe que nuestros escritores aún no han salido del embarazoso romanticismo epiléptico que canta la virtuosa santidad y excelsitud de las cosas.

¿Qué escribir, entonces? No olvide mi problema particular. Necesito cien balboas. ¿Qué motivo invento para mi composición?

En el pueblo, en un portal de piedra que hay por la calle que suelo transitar, miro un niño rosado, una rosa lánguida. Está en su cuna de cedro. Él es hijo de una muchacha medio loca que conozco.

En verdad, ¿es loca? Eso lo comenta la gente, pero la gente puede estar equivocada. Es una madre, antes de todo, y ya he dicho que las madres son buenas en el fondo. Yo sé en verdad lo que le sucede a la muchacha. Su mamá, una señora recia y robusta, que tiene confianza conmigo, me ha dicho:

–¿Usted cree? No ha debido tener hijo. Es una loca. Loca de remate. ¡Desgraciada! Yo se lo dije siempre. No seas loca, mujer... No lo seas... Pero, en fin, las muchachas de hoy, hum... son como a ellas les da gana de ser. Antes... Antes, ¿quién hacía otra cosa que no fuera lo que los padres decían? Pero hoy se les atraviesa un pensamiento entre ceja y ceja y no se echan atrás. Ya se lo he dicho a mi marido. No quiero que ella pise más la casa. A su hijo se lo tengo aquí, no por mí, que lo odio, sino por mi maridazo que es tan loco como ella. Pues se le ha metido quererlo. No sé por qué. Yo como es de su conocimiento, soy una mujer, carajo, de quien nadie puede decir algo. ¡Y que lo digan...! Mis hijos, con excepción de ella, me han salido a como yo les he tirado la soga. Estoy segura que la locura de esa muchacha se debe a Tomás, su padre. No... no es que yo sea de malos pensamientos. ¡No lo permita mi Padre Jesús! Todos los días rezo por la buenaventura de mis hijos, pero por ella no. Me esmero en que sus esposas los traten bien. Quiero a toditos mis nietos, menos a ese mico. Ese que Ud. ve allí, está gordo por el abuelo; el atolondrado de Tomás. Pero se friegan los tres. Todos saben en este pueblo que los tres dependen de mí. Todo esto es mío. Lo heredé de mis padres. Y por más que se le meta a Tomás el traérmela aquí, no lo conseguirá. Porque bien sabe él, carajo, que no tiene voluntad sobre mi persona. –Así me dijo un día la señora recia y robusta, perdiéndose después del discurso suelto y sonante en su casa. Yo conozco el modo de ser de los cuatro, y sé que la Abuela terminará por cargar al nieto.

La muchacha loca anda por allí. A la vez que trabaja, porque es hacendosa, se dedica a enamorarse con todos los hombres. Es alegrísima y jovial. Buena amiga, si se le comprende. He conversado largamente con ella. Pero me doy cuenta, acá entre Ud. y yo, que éste no debe ser mi cuento. No lo escribiré sobre una muchacha que la gente dice que está loca, su madre también y yo estoy seguro de ello.

Corrieron todos estos pensamientos mientras cruzaba por el llano apacible de la mañana en la yegua blanca del tiempo. Como Octubre se empeña en llorar y los hilillos plateados rocían el llano, saco del arroyo los pies y camino hacia el ranchito. En la cocina está mi Abuela querendona. El Abuelo aún no ha venido del trabajo. Me echo en la hamaca con el cuaderno de apuntes en las manos. Espero un tema para un cuento... Zas... Zas... dice la hamaca en su ir y venir. Los delgados perros husmean en la cocina por un posible hueso de conejo. Las gallinas cacarean en busca del nidal apropiado. Observo que mi Abuela, ya entrada en muchos años, usa pollera montuna todavía. Es obstinada, porque mis tíos, que viven en el pueblo, han querido vestirla a usanza de las señoras de allá. Pero ella prefiere su pollera de zaraza. ¡Pobre Abuelita! Vive sola, en el campo, con el Abuelo y no hay manera de que los saque de aquí. ¡Qué vieja tan agradable, con la piel arrugada, sus cabellos plateados, su espalda curva, una caracucha en la oreja y una sonrisa discreta entre los labios! Mi Abuela está en la postrimería de su existencia. Ha dejado salir hacia el pueblo a todos sus hijos. En el campito se ha quedado con su esposo de siempre. Ya mi Abuelo llega con su motete al hombro.

Y me dice:

—¿Ya encontró la vaina?

—No —le contesto—, esta vaina no se encuentra así porque así.

—Este muchacho está —me dice la Abuela—, como el dijunto Juan.

—Perros —les grita el Abuelo a los animaluchos delgados que velan el almuerzo—. Luego me dice:

—Sepa Ud., que esta Octubrera se va a tirar la cosa.

—Jú —contesta mi Abuela, que en cuclillas alterna el arroz con la carne—, lo pior ej ejta leña.

—¿Mucho jumo? —inquiere el Abuelo.

—¿Jumo?... El jumo no ej na. Jumo a ejtáo bebiendo de que me junté con voj. No ej er jumo, no. Ej er ardor. A mo' que juera leña e balo.

—¿Balo? —refunfuña el Abuelo—. Ni que juera yo tan pendejo. Matillo mejmo ej y una poquita e nance. Er pereque ej que ya Ud. ta muy vieja y tiene pereza e sacarla.

—Pereza, no... Serán mij ojoj puej...

Oyendo esto me acerco a la mesita. Es la hora del almuerzo con el sancocho de yuca y ñame, el arroz y la carne asada. Afuera ha empezado a arreciar el chubasco. Hace frío y con él, un apetito voraz. Mi Abuela se ha debatido como guía pertinaz de todos nosotros. Los últimos en salir del campo fuimos mi Madre, mis hermanos y yo. Aquella tarde mi Abuela venía llorando detrás de la carreta que nos conducía. En los constantes disgustos familiares es ella la que, con su dedo gordo, determina la paz y la comprensión. ¡Qué rigurosa es la vieja Madrecita...! Un tiempo pasó enferma en el pueblo. La enfermedad se hizo crítica por los pensamientos que constantemente le traían la imagen de su choza, su quebrada y sus gallinas, que estarían hechas a perder. A su regreso puso el orden, el aseo y la armonía. De nuevo las gallinas buscaron sus nidos; la quebrada su curso; la casita abrió sus puertas. En el jardín entreabriéronse los jazmineros; las rosas desplegaron y las mariposas cundieron el aire de muchos colores. Estos seres habían percibido la presencia de la vieja cuidadora. Es así como estos abuelos no podrán abandonar este lugar, porque sus vidas están mancornadas con dicha naturaleza. Ellos tienen que terminar aquí. Significa mucho dolor dejar la tierra natal. Mucho amor a la Patria. Sobre mi vieja Madre podría escribir el cuento que tanto he andado buscando, pero no lo he de hacer. La dejaré tranquila para que no se incomode al saber que la estoy analizando. No me vaya a decir, de nuevo, que me parezco al "dijunto" Juan.

Después de mi grato encantamiento en el campito que me vio nacer, metido en la noche regreso al pueblo. Iré a las calle estrechas. Caminaré sobre los charcos de agua. Le preguntaré a la gente de la esquina si sabe algo que me pueda interesar. Ahora he tomado otro camino. En la mitad de las once de la noche llueve delgadamente. El camino oscuro se recoge con amargura por los recodos. La cerca respalda la vereda, y de ella, altos árboles: algarrobos y lagartillos, junto con un regimiento de balos cubren las miríadas de luz de unas estrellas intermitentes. De vez en cuando se desgaja una rama de algún higuerón herido, o me asustan los bejucos que cuelgan de los carates y los jobos. Lloran los árboles. Se espesa la noche. A mi lado izquierdo se desbocan las lomas y los picachos en un profundo precipicio.

—Usted lector —dice una voz en el camino—, sabe ya que un cuento, para que lo parezca (aquí debemos recordar lo que dice al autor el escritor Manuel Ferrer Valdés: "en realidad SEIS MADRES ES UN ANTICUENTO), hay que vivirlo, caminarlo, buscarlo en las miradas de los hombres del campo o de la ciudad; en medio de la lluvia o bajo el sol más bullente. Por muy desarrollada que un literato tenga la imaginación, una obra suya, sobre asuntos que desconoce sustancialmente resulta simple y, a veces, nos produce rabia. Ha visto Ud. lector —sigue hablando la voz—, todo lo que he hecho para conseguirlo. Pero no he podido. Sin embargo, creo que tendré la oportunidad de hallarlo antes de llegar a las primeras luces del pueblo. Por este camino retorcido y negro puede presentarse cualquier estupidez. La voz se pierde entre la lluvia y la espesura de los árboles y me doy cuenta enseguida que era mi propia voz la que surgía. Que era yo mismo el que hablaba en voz alta.

Pero luego me castigaba de frente otra voz. Escúchela Ud.

—¡Ay... Ay... Ay...!

¡No! Ahora no soy yo. Me he llevado la mano a la boca. Me he apretado vehemente y la voz grita con más intensidad:

—¡Ay... Ay... Ay...!

No es una voz cualquiera. Ud. la ha oído. Es un grito quebrado, doliente. Un grito de llanto. Desgraciadamente azota mis oídos y se precipita al acantilado. Allá el eco sobre las lomas negras repite muchas veces: Ay... Ay... Ay... Detenido a la orilla de un fangal, apartando nerviosamente, con las manos, las bruscas que me estorban la vista, trato de ver algo de donde pueda emerger semejante expresión humana o animal. Siento que chapalea débilmente en la ciénaga. Alguien gime, pero más bien parece que brama. Es algo así como una bestia poseída. Se acerca a mí; sin embargo a dos metros de mi compungida presencia no descubro absolutamente nada. Comprendo, eso sí, que alguien camina y algo se arrastra.

¡Ahora sí! Esta vaina puede ser cualquier demonio en forma indescriptible (aquí me acuerdo de mi Abuelo). Siento que los cabellos se me espelucan y se ponen hirsutos los vellos de los brazos y la nuca. ¿Miedo... horror... estupor? Sí. Todo eso. Yo grito:

–¿Qué vaina es esta?

Los bultos siguen.

–Oiga, mujer, oiga... ¿qué le pasa a Ud...? ¿Qué lleva allí?

La mujer, empapada y brutalmente desgreñada, como una tulivieja absurda, arrastra el cuerpo escuálido de un hombre muerto.

–Oiga, Señora... –le grito de nuevo, pero parece que no oye.

Trato de alcanzarla, pero me detengo. ¿Acaso no es una alucinación mía esto que acaba de sucederme? ¡No! Allá va. Es una mujer desgarrada, atrozmente delgada, pero sobre todo desgreñada. Grita y decidida arrastra un hombre muerto por el lodo y el agua sucia del sendero. ¿Hacia dónde? ¿Le conoceré yo? ¿Será familia mía? Posiblemente... Pero mejor me acerco... ¿Quién... quién será? ¡Qué estupidez... cargar un hombre así...! Recuerdo lo que dijo mi Abuelo. Sí, esta mujer tiene que ser Esperanza... ¿Y el hombre? El hombre Valerio Hidalgo... su marido... Sí, Valerio, muerto. Ya sabía que el pobre estaba tuberculoso... Pero esta Esperanza...

–Oiga Esperanza –le grito–, mire...

Pero ella sigue bramando como una novilla atravesada. ¿Pero es que esta mujer no encontró nadie que le ayudara?

Valerio pidió el Cura hace unos días, pero éste no fue al campo. Amigos le llevaron, entonces, al pueblo. En la confesión, dicen que Valerio dijo al Cura:

–¡Ay Pagre, me muero! Ay... Yo tengo unoj hijoj (su respiración se apagaba. Los ojos se habían perdido en las profundas cuencas). Ay... Dioj mío... ampáreloj Padre... Ayureloj... No. No... Yo no me voy. Yo no me voy di aquí. Yo no quiero dir par campo. Déjeme aquí Ejperancita (y esto lo dijo llorando). Yo no me voy. Déjeme que muera aquí mejmo. ¿Ya pa'qué? ¡Ay... Ejperancita... se jodió Valerio Hidargo...! Dígale a Don Lucio que ejtá bien, carajo... Don Lucio... ombe...

Por último se incorporó bruscamente del catre en que agonizaba y dijo:

–Ejperanza... –y se dobló, muerto...

Yo recuerdo a Valerio: moreno, alto, alegre, trabajador y honrado. Gritaba y bailaba como el que más. Era el único hombre que, en el campito, tenía un buen caballo de paso. Valerio Hidalgo, primo segundo mío. Hijo de la tierra y el grito. Se parecía a mí en muchas cosas. Su tez morena, sus ojos claros... ¡para nada!

Valerio trabajaba en la ganadería de Don Lucio. Cuando enfermó de tuberculosis, para que no contagiara a los demás mozos, Don Lucio lo despidió. Esto existe aquí, en Panamá, puente del Mundo y otras cosas más absurdas aún. Ya lo hemos repetido anteriormente: al pie de Don Lucio gordo, colorado y rico, se muere un Valerio tuberculoso. ¡Ay... tierras de América, fértiles para las injusticias y las ingratitudes...! Y eso que nuestros gobernantes dicen: "podemos comunicar, a pesar del relativo atraso en que vivimos, que Panamá está mucho más adelantado que otros países del Continente, porque aquí no se muere nadie de hambre". Claro... "nadie" significa para el gobernante nuestro, sus hijos y los primos de sus hijos que se agotan de tedio por la Avenida Central de Panamá en un buen carro Packard.

Cuando Esperanza, madre de tres hijos, se dio cuenta del mal de Valerio lo hizo llevar a la Capital.

—¿Para qué? Si en Panamá no curan a nadie de tuberculosis. Este Valerio volverá para morir. A tirar sobre esta tierra amarga los últimos salivazos de su desesperación —eso dije a mis Abuelos una vez que conversábamos de ello.

Esperanza fue vendiendo poco a poco los haberes de la finca. Así quedaron sin nada. Pero una vez salió del rancho y se encaminó hacia las puertas del pueblo.

Mientras su corazón gemía y sus ojos manaban lágrimas de angustia y desolación, allá en las plazas gritó así:

—Siñorej... me muero de jambre. Nejecito comer. Ujté Siñor rico, deme argo. Tengo trej hijoj y un hombre malo.

Siguió calle arriba, en tanto que la gente se le agrupaba en derredor.

–Ujtedej, loj der pueblo, continuó gritando, que me lo enfermaron, dejgraciaroj... demen ahora en que sea un peso.

Entonces, dirigiéndose al Alcalde, quien se había acercado al corro creyendo que se trataba de algún tonto que tocaba un pito, la mujer dijo:

–Ujté Siñor Arcarde, que ej er amo de ejto, afíjese en ejta ropa mía, afíjese en ejtoj ojo a ver si por elloj ve a un hombre que se muere. Valerio Hidargo, sí er der voto. Tengo trej hijoj...

Luego dirigiéndose a un maestro de escuela que pasaba por allí le agregó:

–Ujté, Siñor Maestro, ayúreme. Alevánteme ahora. Yo soy Ejperanza, la mama di aquelloj chiquilloj que Ujté apuntó pa'su ejcuela...

En eso un Médico descendió de su lujoso carro convertible y Esperanza le gritó:

–¡No... A Ujté no... no le digo ni le piro na! ¡Canalla... Canalla... lagarto... Ujté, mentiroso...!

Y se fue corriendo calle arriba librándose del grupo de curiosos que le gritaban: "Loca... loca..." Y ya en la esquina de la calle Esperanza dándose vueltas contestó:

–¡Junaputa...!

Así, que el hombre rico la miró con asco.

El Alcalde se puso medio pálido de pura nerviosidad, entendió que ése no era problema suyo, pero le regaló diez centavos.

El maestro de la "santa enseñanza" no estudió este aspecto en las conceptuosas clases de pedagogía moderna que recibió de parte de profesores meticulosamente titulados. Y como no tenía un centavo no le dio nada a la mujer.

El médico regresó a su convertible riéndose malignamente.

El grupo de curiosos le había gritado muchas veces: "Loca". Y Esperanza, finalmente, se había defendido con una palabra precisa y grande.

Unos días después de aquel suceso el niño más pequeño murió. Flores de hambre y tuberculosis se abrieron en sus naricitas. Esperanza lo enterró, según supe después, en el patio, y le puso una flaca crucecita de guayabo.

Últimamente Esperanza se había ido a la Capital. Llevaba una gallinas y algunas otras cosas del campo. ¿Para qué? Mis Abuelos dijeron que ella creía absolutamente que con esos alimentos del campo Valerio resistiría. A Valerio le hacía falta el campo. Valerio se moría de cabanga. Pero Valerio regresó y regresó para morir. No quiso expirar en el campo. Los vecinos del lugar comentaron que en la forma como había regresado lo había hecho Enrique, años atrás. Valerio se moría, no cabían dudas. Lo llevaron, en hamaca, al pueblo. Allí recibió la bendición del Cura. Tres días duró, después, el tormento. Tres días aguardaron los vecinos del lugar. Luchaba con la muerte. Era el diablo. Sola su mujer lo vio finalizar abruptamente, cuando, doblegándose, el hombre dijo: "Ejperanza", y calló. Ahora, sola, cargaba con su cuerpo, en las horas más turbias de la noche. Éste era el rastro. Valerio era una masa informe y cetrina.

—Esperanza, le grité, yo le ayudo, espérese...

—No —me contestó agitadamente.

—Déjeme ayudarla, señora.

—No... ya no quiero que naire me ayure. Ni Ujté, ni naire. Ay... por ejte mejmo camino me trajo er a mí. Ahora ay... la diferencia ej que lo llevo yo. (Se tiró en una roca del camino, con las huesudas manos en las rodillas). ¡Vale mío, muerto! Ay... ¿quién tiene la curpa? Ujté no sabe lo que yo ha hecho. Naire lo sabe. (Hubo una pausa. La lluvia delgada caía en la cabellera de los árboles. Ranas conversaban en el cieno). La curpa no la tiene naire... No. Ni don Lucio que lo mataba trabajando. Ni loj vecinoj que no me quisieron ayurar. Ni los médicoj que me pegaron mentiraj. Ni er monte que ya no puro prorucin maj. Ni loj hijoj que se me morirán. Ni yo que me estoy muriendo. Ni naire. Ni Dioj. La curpa, sí ay Vale mío, la curpa la tenéi Voj...

Yo tiro sobre mis hombros al difunto. Poco es lo que pesa. ¡Qué diferencia de cómo yo lo conocí!

–Siga, Esperanza, vaya Ud., siguiendo –le digo a la mujer.

Y siento que a cada paso la Madre se desmaya. Es mucha noche para una mujer enferma. El agua arrecia. Frutas que caen de un jamaico me golpean. En medio de la oscuridad resbalo sobre el camino. Ahora me recorre la espalda el agua que chorrea del cuerpo del difunto embarrado. También me humedece la cara el sabor de agua sucia de tuberculosis y muerte. Bajan quebradillas por mi frente y se cuelan por mis labios. A malo sabe el jugo de los hombres muertos.

De vez en cuando siento que me cosquillea el viento mojado y tétrico por las espaldas, al tiempo que me rozan las manos inertes del difunto, me tocan así como se llama a las puertas de las habitaciones cerradas. El camino se retuerce negro y resbaloso como una culebra terciopelo. Delante de mí grita Esperanza y llora. El eco de esas tristezas cruza las campiñas recién cosechadas.

Así dice el eco:

Ay... Ayayáy... Vale mío... Vale mío... (se adelgaza lastimosamente como una garza herida) Voj sólo tenéi la curpa Vale mío... muértojo... Ay... ayayáy... (luego el eco como una garza herida cae de filo en el abismo).

La noche va con nosotros en la desgracia y el descenso penosos. Entre cerbulacas agobiadas llegamos al rancho. En la puerta están los dos niños. Pero es como si no estuvieran. Son tan delgados y flácidos. Así como están pueden morirse esta misma noche. Un viento que sople de frente y se caen.

—Has llegado, dice mi voz, amigo Valerio. Has venido al rancho que tu fuerza de hombre macho levantó. Acaso no sirva para acogerte. Tu potrero está lleno de hojarascas; tu huerto destrozado por los animales ajenos; tu machete, amellado; tus hijos se mueren y tu mujer desmaya en medio de una fiebre altísima. Valerio Hidalgo, ¿qué te pasó? ¿Qué puedo yo hacer por ti, ahora que ya no me oyes?

En la cama de carricillos lo acuesto. Con sacos de henequén, que cuelgan de las soleras, le cubro. No hay otra cosa. Todo el rancho está frío como la muerte misma. El agua penetró en todos los rincones. De vez en cuando la respiración de Esperanza, tirada de un lado, me asusta. Los niños no se han dormido, sino que miran despabilados y me dicen, a cada rato:

—Siñor... Tata se murió, ¿verdá? ¿Se murió Vale?

Y yo les contesto:

—Sí hijos, sí se murió Vale, pero... vengan aquí... acuéstense... vengan...

Ellos, despabilados, me miran horrorosamente y tornan a decirme:

—Siñor, ¿verdá ej que se murió Tata? ¿Vale se murió, Siñor?

No hay luz. Nos ha estado alumbrando vagamente la claridad de las estrellas. Entre la penumbra voy distinguiendo los utensilios miserables. Cuelga de una esquina el filo de una daga inútil. Sólo eso veo. Parece que Esperanza no respira, pero vuelvo a escucharla.

¡Cuánto ha sufrido Esperanza!... Pobre mujer campesina... Pobre mujer campesina como mi Madre, como las Madres de muchos hombres de la tierra.

Yo te ayudaré, en la medida de mis esfuerzos. Tú no tienes por qué saber que estoy en condiciones pésimas, también. Que yo no tengo lo que a ti te hizo falta: dinero... A mí posiblemente me pase lo que a ti. Cuando verdaderamente se necesita la ayuda, entonces no se encuentra. Qué desamparada te hallarás, ahora, que desvierte la mañana sobre el campo. Tú, continúa mi interior, eres el origen de los campos. Por eso nuestros hermanos son tan amarillos y tan pobres. ¿Cómo podrían desarrollarse estos dos hijos tuyos pretuberculosos que tu dolor de madre dio a la lucha por el dolor, si la medicina está en manos de particulares, si los médicos se asocian para subir el precio de las consultas? ¿Si ellos mismos acaban con los hospitales públicos para darles más entradas a sus clínicas? ¿Si, por otra parte, el campo ya no brinda oportunidades...?

Nudos de llanto suben y bajan por mi garganta. Comienzo a luchar contra la reacción del llanto, pero luego, lloro. Lágrimas amargas y parecidas a las goteras de agua del camino recorren mis mejillas. En esto presiento el amanecer. Lánguidos suspiros despiertan el rocío.

"Se murió Valerio Hidargo"... habrán dicho los otros campesinos... Gorgorean las cascucha y el pechiamarillo en la copa de un alto aspavé. Esto es el día que viene irremediablemente. Alguien pasará y me ayudará a enterrar a Valerio. En el fondo del patio emerge la cruz de guayabo dulce. Salgo al llanito de enfrente, pero nadie pasa. Vuelvo al cuarto y miro las criaturas. Esperanza no respira. Es como si se hubiera muerto. Me acerco; la toco, le tomo el pulso. Salgo otra vez al llanito. Pero nadie pasa todavía. Quizás sea hoy día Domingo. He vivido un siglo esta tragedia al punto que he perdido la noción de los días. Vuelvo a entrar cautelosamente y me doy cuenta de que los niñitos se han dormido al fin, pero lleno de espanto noto que Esperanza yace definitivamente muerta, para siempre.

Lector: Por estos caminos he viajado algunas veces. Ilusiones han nacido en sus recodos. El florecer de los balos en el mes de Febrero me ha arrancado gritos y profundas salomas. Hoy regreso cansado y nada ha florecido, sino la muerte. Vine, como se lo dije al principio, buscando un argumento para un cuento. Ya lo he encontrado, pero ahora comprendo que no lo voy a escribir.

De hijos suyos podernos llamar

Alfonso Kijadurías

(El Salvador)

Alfonso Kijadurías (anteriormente Alfonso Quijada Urías) nació en Quezaltepeque, La Libertad, en 1940. Además de cuentista, es uno de los poetas esenciales de su país, caracterizado por una expresión de fecunda inventiva, intensa y existencial. Vive, desde hace muchos años, fuera de su país natal. De hijos suyos podernos llamar *transcurre, íntegramente, en el lecho de la Giganta, una meretriz, en funciones propias de su oficio. Sin tratar el tema con guantes, antes bien regodeándose en los detalles, con una crudeza inocente, el punto de vista que gobierna el relato le quita toda obscenidad, toda repugnancia y toda malicia, hasta tornarlo natural, tierno, humorístico. El retrato psico-sociológico de la matrona exuberante, generosa, terrenal, fellinesca, verdadera institución de la vida del poblado, semeja el de una divinidad local protectora. Los giros del habla vernácula popular, por su parte, son aprovechados por una técnica narrativa de vanguardia, estéticamente ambiciosa.*

Como cuentista, Kijadurías ha publicado, todavía bajo el nombre de Quijada Urías, Cuentos, Sonoro pez del bosque, *1971;* Otras historias famosas, *Ministerio de Educación, 1976, y* Para mirarte mejor, *Guaymuras, 1987, y tiene aún inédito* Ajuste de cuentos.

En el cuarto hay un cancel, tras el cancel una cama, en la cama una mujer, la mujer más enorme; bajo la cama una nica. La mujer está acostada, abiertas las piernas como las puertas que conducen a un sarcófago o al centro de una tela de araña, como una trampa complaciente, como una máquina de transformaciones, el que entra por esa puerta entra niño y sale por el otro lado del hoyo con una arruga en la frente, con una marca que lo hace diferente a lo que fue, ha sido poseído creyendo poseer, víctima de su curiosidad ha ganado su primera muerte. Antes de pasar por las armas, por los tentáculos de la mujer, antes de encaramarse a su cuerpo y quedar atrapado entre dos piernas largas y gruesas, cuando por fin ha llegado hasta el centro de la mujer, miembro erecto, cuchillo desenvainado, su frente se enfría, unas gotas de sudor helado bajan por su nariz. Tras de él, esperando su turno están Manuel, Mano, Baltazar, Mundo, Chus, Adrián, el Gordo, los Puentes, Toño y Ramón; él piensa en su padre y en su madre: su mamá estará leyendo el rosario y su papá fumando su cigarro mientras oye las noticias de las siete y treinta y en Elena y Teresa tiradas en la hierba entre la caca de las vacas y los siete negritos y un olor a tierra perfumada por el invierno, el mismo olor a Teresa y Elena que se parece al olor de la primera lluvia. Está pensando y moviéndose, como montado en una bestia que levanta una enorme polvareda. Su polvo. La giganta le dice en el oído, que una vez en otro tiempo estuvieron como él su abuelo, su padre, su tío y sus demás hermanos y los hijos de éstos; sonríe, a su edad le parece un gran honor haber hecho hombres a casi unas cincuenta generaciones, a medio pueblo, pasando por Don Rufino Palacios, el alcalde, que andará por los ochenta, al doctor de la farmacia Tres de Mayo, a los Torres, hijos de la Rosona, hija a su vez de Don Manuel el dueño del montepío quien a su vez era nieto de don Tomás, un viejito que asoleaba monedas en un petate. Seguía forcejando, moviéndose, en la calle pasaba la procesión del santo entierro, sonaban las matracas, casi llegaba el resplandor de las teas prendidas de la hermandad del santo entierro, en ese momento la piel de la giganta fue más suave, suave piel suavecita, ombligo hundido. Su boca entre las chiches no erectas más bien flácidas. Se acordó en ese momento del brillante atributo de su vientre. ¡Oh!, clemente. ¡Oh!, siempre dulce en ese momento preciso en que las pitas de la cama parecían romperse en un taca tataca interminable.

La giganta, con los ojos fijos en el techo, casi indiferente, como un inmenso río de carne, como una masa tirada ahí en la cama, sudando por todas partes porque el condenado calor no se quita a menos que llueva, pero no, es imposible; un airecillo entra por la puerta y por encima del cancel, se oye la voz de Mario, alguna frase lépera por las detonaciones sarcásticas de sus carcajadas, luego después vuelve entre tanto a oírse un alabado de las hijas de María y bendito es el fruto de tu vientre ¡oh Jesús!, allá a lo lejos casi en las inmediaciones del

puente Colón; la cabeza da vueltas, una candela
que está bajo la cama parece un infierno, el corazón
palpita en un tumbo tutumbo acelerado que llega
al oído izquierdo de la giganta que sin inmutarse
pide acabar de una vez por todas pues hay más
clientes que atender, la luz de la candela está por
apagarse y en el cuerpo se enciende el pecado natural
de la carne, en la pared de enfrente se lee por
poquitos el 19 vota por el Prud. Hace calor.

¿Nuas terminado muchachito? grita la
giganta impaciente, mientras suenan los ombligos
en un chas chas sudorosos, casi al compás de la
música de la cinquera, el cuerpo de la giganta huele
a queso rancio, talcos baratos, amuletos, hierba-
buena, jugo de limón, pero también a piel, a la piel
de la eternidad, el pelo huele a limón, pelo negro,
la cara en otro tiempo debió ser bonita, las piernas
pese a los años, macizas, como dos columnas
sosteniendo una casa, enérgicas, enormes, tan largas
que sobrepasan la cama; la música de la cinquera es
cada vez más estridente, vuelven a oírse las carcajadas
del Mario allá afuerita, mientras brota del miembro
erecto como de una manguera un chorro caliente
como de engrudo y el cielo de la casa da vueltas
convulsionado por el zangoloteo de la cama.

Golpean la persiana con gran fuerza.

—Tengan paciencia puñeteros, grita colérica la
giganta mientras los vientres han terminado por fin
su sube y baja.

Salta de la cama apresurado, se sube el
pantalón con deseos de correr por todas las calles,
mientras se abrocha la bragueta del pantalón la
giganta se acurruca encima de la nica, toalla en
mano; el agua gotea lechosa desde su vientre de

cántaro como de una montaña sobre los helechos, lechosa, provocando una musiquita de campanitas el agua que cae sobre el fondo blanquísimo de la nica como un chorro de plata din don din chirilin chin chin.

Vuelve la giganta a subirse a la cama y adopta la misma posición que en el claroscuro del cuarto da a otra puerta por donde ha entrado el pueblo entero en otros tiempos.

Al salir encuentra a Mario ya al otro lado del cancel, quien entra a grandes pasos. Oye cuando se monta tras la giganta quien comienza como en un rito en que celebra de puro orgullo propio los viejos servicios de su cuerpo en aras de las generaciones del futuro con las mismas frases de siempre: Tu tata estuvo aquí que era hijo de don Adrián, que también estuvo aquí y que a su vez era el nieto del general Trabanino quien a su vez tuvo otros cinco hijos con la niña Florcita Casamalhuapa, que a su vez también estuvieron aquí y que se hicieron dos de ellos militares y que tuvieron hijos con la Lucita Fajardo y la Margotía Cristales, hijos suyos que también estuvieron aquí, así como los hijos de éstos y los de aquéllos que se casaron con la niña Gracia ques tu mamá que también tuvo otros dos con el general Suncín que también estuvieron aquí y con los que sos hermano por parte e nana y agora bos y quién sabe si los hijos de tus hijos y los hijos.

Desafinada serenata

JORGE MEDINA GARCÍA

(Honduras)

Alejado de todo mimetismo superficial, así del habla rural como de la edad del protagonista, el lenguaje de Desafinada serenata *consigue, con los medios del arte elaboración, artificio una formidable adecuación a lo que cuenta. A la manera como todos los rostros de una multitud se tornan en dirección de un acontecimiento capaz de polarizar la atención global, así también las construcciones de lenguaje están unánimemente orientadas, en un buen cuento, hacia el desenlace. El violinista improvisado que es el personaje-narrador ha hallado inconscientemente en la naturaleza un doble, capaz de emitir, como él mismo, una música imperfecta. Ambos están acoplados, no por la excelencia melódica, sino por la ternura que experimenta el primero a propósito del animal feo e indefenso, como un corazón palpitante, en medio de la maldad en torno...*

Jorge Medina García (1948) ha publicado, en ficción, Ceniza de la memoria, *novela, y dos volúmenes de cuentos:* Pudimos haber llegado más lejos *y* Desafinada serenata, *en 1989 y 1999, respectivamente.*

A Néstor Sosa Ortiz

Esta noche he venido otra vez a tocar el violín para el sapo. Había prometido nunca más volver a tocarlo pero es cierto lo que dice mi mamá de que no hay que andar diciendo de esta agua no beberé.

En realidad ella es mi abuela pero yo le digo mamá porque es como mi mamá y es muy raro que ella se equivoque, excepto cuando dijo que el sapo era rana y que se iría pronto, porque yo me fijé muy bien en mi álbum zoológico de los confites Elmur y le mostré que los sapos son más grandes y corpulentos, con cara de pocos amigos, mientras que las ranas son más finas y delgadas y parecen pensativas y no enojadas como los sapos y tienen el color más claro y menos rugosa la piel del lomo, y en fin, era un sapo y nunca se fue.

Tal vez no se fue porque no hallaba por dónde dentro de tanto cemento o tal vez porque encontró buena provisión de insectos o porque le gustaba la música de mi violín. Nadie lo sabe. Lo cierto es que nunca antes había llegado ningún sapo a vivir a nuestro barrio.

Una tarde lluviosa oí su canto, su nota destemplada y gutural que traté de ubicar dentro del pentagrama y que al principio no pude reconocer porque me confundía y nunca estaba seguro y me acerqué quedito y allí estaba, chorreando lluvia entre los granos del pellejo, en plena cuneta de concreto semihundido en lodo mirándome acá arriba con sus ojos brotados y su papada subibajando como asustado y fue por eso y porque vi que la llovizna estaba amainando, que fui a traer mi violín y comencé a tocar uno de los sencillos ejercicios que se me dan más fácilmente.

Mi mamá dice que los sapos no son de confianza y que hay unos que son venenosos, pero yo sabía que el sapo recién llegado no era de éstos.

Supongo que a los sapos venenosos no les gustaría la música de mi violín. A lo mejor la música mía sí, si pudiera hacerla, pero no la música de mi violín, que es tan bella. Gracias a Dios entonces que yo no pueda hacer música, que no es cosa de agradecerse, sino que más bien por darme la resignación de pasarme sin eso, que tampoco es cosa fácil. Peor para mí que me soñaba tocando canciones para mi mamá y para mi hermanito Raúl que se murió y para mi perro Maradona que se perdió para siempre y para toda la gente del barrio.

Me veía haciéndolos bailar sólo con mi violín y jamás con otro instrumento musical. Hasta con un violín cualquiera porque en ese tiempo, aunque mi mamá ya sabía lo que yo quería, no reunía el suficiente dinero para comprarme uno y matricularme en la escuela de música como le aconsejaba Don Ramón, un señor jubilado que viene a visitarnos cuando no se lo impide la artritis.

Al sapo parece que le gustó la música. Desde el principio se quedó parpadeando con los ojos saltones, muy atento, sin perderse una sola nota como si estuviera congelado, transportado desde el agua fangosa que corría sobre las membranas de sus dedos hasta el cielo que los sapos deben tener como todo el mundo y no se movía mientras yo no dejara de tocar los pocos acordes que logré retener en la memoria y en la dudosa destreza de mis manos.

Al sapo tampoco parecía importarle, ni poco ni mucho, la inexistente calidad de mis ejecuciones y más creo que hubiera estado la noche entera escuchándome y yo también hubiera permanecido con todo gusto tocando otro tanto, de no haber sido por la pandilla de cipotes[1] que se acercaron a molestarme después de haberme lanzado puyas burlescas desde lejos como hacen siempre cuando yo salgo a tocar por las noches.

Guardé la esperanza algún tiempo (después de que mi mamá, ayudada por un préstamo que le hizo Don Ramón, consiguiera comprarme el violín y matricularme en la escuela de música) de que noche tras noche iría yo perfeccionando mis interpretaciones y lograría que los güirros[2] que me insultaban ahora empezaran a reconocer mis habilidades musicales, convirtiéndose poco a poco, quien lo supiera, en mis primeros admiradores personales.

¡Qué sueño! El único admirador personal que yo tenía fue descubierto por la pandilla y se salvó de ser despachurrado a pedradas porque se metió en una alcantarilla y entonces comprendí por qué los sapos no venían a vivir a nuestro barrio.

Cuando mi mamá me compró el violín yo dormía con él y como lo adquirió en una casa de empeños y no traía estuche, lo envolví en la funda de mi almohada y lo acostaba en mi rincón junto a la pared para poder verlo cuando despertara pero mi mamá se molestó y le fabricó una funda de lona con agarradera y le buscó el espacio donde ahora se guarda que no es otro sitio más que la cunita de mi hermano Raúl.

Al principio ella no me dejaba ni tocarlo porque yo no sabía nada y lo podía arruinar pero cuando salía a vender yo lograba arrancarle un chillido agudo y sostenido que era como el llanto de un niñito.

Vine a conocer y reconocer mi violín en la escuela de música. Allá me enseñaron que la varita se llama arco y aprendí nombres como tabla armónica, clavijas, clavijero, mástil y diapasón y me dijeron cómo agarrarlo y comencé a sonarlo y por ese tiempo ¿no es cierto? fue que apareció el animalito cantor y comenzaron mis extraños conciertos.

"Jackson" me pareció un nombre bonito para el sapo. Así lo bauticé.

Cuando yo no me asomaba en más de dos noches seguidas, él se ponía a croar furiosamente. No sé si era porque yo no salía a tocar o era porque estaba lloviendo, pero no había manera de averiguarlo ya que yo no salía precisamente porque estaba lloviendo y el agua arruina los violines y los pianos y los acordeones y lo que no arruina es la voz de los sapos y de las ranas.

A lo mejor por eso se ponía a cantar con toda tranquilidad y sin preocupaciones, como uno canta cuando se está bañando y una noche de tantas le reconocí con toda claridad entre las indefinidas notas de su canto, una que era primordial en él y que era Sol indiscutiblemente y aunque caía una ligera garúa mi alegría fue tan fuerte que salí a tocarle en Sol como yo mal podía, el mismo ejercicio de todas las noches y durante largo tiempo aquella noche embrujada se escuchó la serenata, el dueto en Sol de dos seres desafinados, bajo la luz semioscura de un cuarto menguante de luna.

La dicha por haber identificado la nota musical era porque al día siguiente tendríamos en la escuela una nueva audición para reconocer el oído de los alumnos y eso me daba una esperanza ya que yo no anduve bien en la primera, pero es cierto lo que dice mi mamá, que la esperanza mantiene pero no llena porque Pascual Núñez, mi profesor de violín, me dijo claramente que no perdiera el tiempo y me olvidara del instrumento porque yo no tenía oídos ni para tocar las campanas de la iglesia.

Esa noche Jackson estuvo más atento que nunca y yo sentí que mi ejecución fue extraordinaria no sólo porque juré que sería la última sino porque estuvo al borde de hacerme llorar.

Abandoné el violín en la cuna de mi hermanito Raúl y me dediqué a ayudarle a mi mamá a vender cuajada.

Por la mañana llegaba el lechero y nos dejaba varias botellas de leche que mi mamá desparramaba sobre la cóncava superficie de dos bateas de caoba donde la dejaba reposar. Al cabo de un tiempo, como uno de esos actos de magia que ahora veo frecuentemente en la televisión, mi mamá aprisionaba la leche con sus manos limpias y la transformaba en esferas blancas y olorosas que iba alineando sobre la bandeja de hojalata que me acomodaba sobre un hombro –como si se tratara de un violín– para salir a venderlas por toda la ciudad.

Ya el invierno estaba pasando. A veces yo regresaba muy tarde y caía rendido sobre la cama sin haber tenido tiempo de quitarme los zapatos húmedos, pero otras lo hacía temprano y me quedaba un rato sentado en el umbral hasta que todo se calmaba, y oía sobre los chirridos de los insectos de la noche, la clara Sol del sapo que seguía cantando imperturbable desde la cuneta cercana.

Conforme se iba el invierno sus cantos se fueron espaciando poco a poco hasta que una noche me di cuenta de que habían desaparecido por completo.

Como esa vez no me sentía tan cansado me levanté a buscarlo donde tantas veces él había escuchado con la mayor formalidad mi pobre solo de violín.

No estaba. Lo busqué por otros lados inútilmente. Después de un rato, ayudado por el rayo de luz de una vieja linterna de mano, me enteré que permanecía en su sitio.

Lo miré largamente con dolor y me acordé de lo que dice mi mamá, que no hay que decir de esta agua no beberé y me fui a traer el violín y aquí he vuelto; aquí estoy de nuevo tocando, mientras aprendo otros, el ejercicio que Jackson conocía a la perfección pero que ahora no puede escuchar debajo de tanta piedra que lo cubre y que callaron por una eternidad el Sol hermoso de su canto.

Notas

[1] Localismo por *niños*. Se utiliza también en El Salvador. (Nota del compilador.)

[2] Localismo por *niños*. En Guatemala se utiliza, con el mismo sentido, *güiros*, con una sola "r". (Nota del compilador.)

La renuncia

Ernesto Endara

(Panamá)

Escritura en espiral, La renuncia *es a la vez una mirada sobre la problemática abierta, transcrita por un diario (interior a la ficción), y comentario acerca del mismo, que termina con una evocación anecdótica de las circunstancias que provocaran aquél. Escritura de límites, libérrima, anarquizante y no menos virtuosa, sus meandros van reconquistando tierna, dolorosa, existencialmente, un pasado perdido, tan olvidado a medias como inolvidable, donde la vida impone sus derechos, ajena a todo moralismo convencional.*

Ernesto Endara nació en 1932. Publicó Un lucero sobre el ancla *en 1985.*

He renunciado a ti. No era posible.
Fueron vapores de la fantasía;
son ficciones que a veces dan a lo inaccesible
una proximidad de lejanía.

ANDRÉS ELOY BLANCO

Tito Turner se echó a reír cuando le dije que guardaba mi pasado en dos cajones. Me dijo: "Qué pasado tan falto de materia. El mío se desborda, ya no cabe en un baúl, dos archivadoras y varias maletas. El pasado es un caramelo, amigo mío, puedes pasarle la lengua de vez en cuando y volver a saborear las cosas ricas que te sucedieron. También es una mina. Si un día te encuentras seco, nada más tienes que escarbar por entre los viejos papeles..."

Me impresionó Tito. Por eso excavo en esta especie de cementerio, sin saber a ciencia cierta qué es lo que voy a exhumar. Ni siquiera puedo decir que busco un tema.

Son dos cajones grandes llenos de papeles amarillentos; colecciones de jabones y fosforitos de hoteles que quizá ya no existen; llaveros y llaves de puertas olvidadas; facturas y recibos de transacciones fantasmas; postales de un mundo irrepetible y tarjetas de presentación de personas desaparecidas. ¿Para qué guardo esas cosas? Ni yo mismo lo sé. Me muero y estoy seguro que mi mujer respetará lo que con tanto celo conservé; pero, a su edad, ni la curiosidad, pulga que el tiempo enseña a no picar, la movería a revisarlos. Después, se irá ella también. Los cajones nos sobrevivirían sin justificación alguna. Si los hijos voltean antes de vender los muebles. ¡Qué chasco! "¿Para qué guardaría el viejo tantos checheritos?", se preguntarían un poco decepcionados. Finalmente, el pasado, mi glorioso pasado contenido de los cajones, iría de cabeza a un fuego purificador; o los meterían en dos bolsas de plástico negro y los mandarían a rellenar la hondonada de cerro Patacón o cualquier otro basurero.

Tal vez entre los papeles encuentre un tema. Si aparece, será bien recibido, si no de todas maneras ahorraré trabajo a mis herederos porque haré limpieza. Irónicamente, ahora que se me acaba el tiempo, tengo tiempo de sobra para revisar el pasado y desaparecer lo que no se fugó con las hojas del almanaque.

¡Uf, cuántos recuerdos que no recuerdo! Poemitas...

Amanece...
Un pescador se enreda
en su fisonomía de redes.
Busca un beso en las paredes,
mientras el mar, sentado, espera.
Amanece...

¿Quién no comienza escribiendo poesía? Como si fuera lo más fácil. ¡A volar papelitos! Espera, espera, voy a guardar éste:

Paradoja en el mar:
la vela regresa
diciendo adiós...

¡A la canasta con los otros! ¡Por Neptuno! (imagino que así debe jurar un buen marino), las cursilerías que se me ocurrían cuando me creía un poeta. Aunque... hay algunos, como este otro, que también le voy a retrasar su destino final...

> Por los labios de las olas,
> Con su voz imperceptible,
> El mar canta y enamora
> A los barcos insensibles...
> (pasión imaginaria
> de mis vagos pensamientos
> que juegan con el viento)

Veamos qué hay en esta carpeta color guineo. Ah, un diario. De 1960, nada más y nada menos. Desde allá hasta acá se ha trazado en la cuadrícula de mi vida una gráfica irregular de treinta y tres años de largo. Me acuerdo de ese mil novecientos setenta. ¡Cómo no! Ese año lo pasé casi todo embarcado en el "Yaracuy". Recuerdo que en ese tiempo me escribía cartas a mí mismo. Las ponía en un puerto, para recibirlas en el siguiente. Era un desahogo epistolar con el que me divertía describiendo mis diferentes estados de ánimo, e intentaba frívolos análisis a las mujeres que conocía para decidir las tácticas que me conducirían hasta sus camas. Tan hablantín era en ese tiempo que, cuando no tenía con quién, conmigo mismo conversaba. Con razón comienzo el diario con esta acotación tan extravagante, encerrada en un cuadrito:

> "Para ser leído por mí mismo
> cuando me sienta viejo,
> sea libre y tenga tiempo de sobra".

Aunque cumplí los sesenta, no me siento viejo; por otro lado, hace poco comprendí que la libertad es un fugaz estado de ánimo; y, por último, hace rato que no me sobra el tiempo. Sin embargo, nada me impide gurguciar en mi propio diario. Veamos...

Escribo versos por culpa de Anita, la de calle "I" que me fascinó tocando La Bacarolla en su violín y que después del primer beso me dijo que yo era un poeta. Me alegro de haberla conocido antes de irme a Venezuela y embarcarme en el "Yaracuy". Es bueno tener quien lo espere a uno. Que lleve este diario, tendríamos que achacárselo a Joseph Conrad, a Jack London y a Malcolm Lowry, que me han llenado la cabeza con sus aventuras de mar, y ahora creo vivir constantemente en una...

Quizá no encuentre nada original en esta página, pero no le voy a quitar al muchacho que estaba tratando –y me parece que lo logró– de comunicarse con su futuro.

Sigamos. El 6/4/60, empieza con lo que parece una declaración de personalidad.

Soy lo que se llama un romántico, un tipo sentimental. No pienso cambiar. La gente práctica suele criticar esta manera de ser. Marcelino es uno de ellos. Es raro que seamos tan grandes amigos si vemos la vida desde puntos de vista tan diferentes. Marcelino pertenece a esa muchedumbre que asegura, con enfermiza contumacia, que el tiempo que nos ha tocado vivir es muy duro para dejarse ablandar por una puesta de sol. Hay que ponerse en onda con el mundo, dice, se debe prestar más atención a los gruñidos del estómago que a las canciones del corazón.

Hummmm... Veamos otro día...

22/6/60.– A bordo del "Yaracuy" las discusiones entre Marcelino y yo se han convertido en una especie de show. Son emotivas y vehementes, pero siempre lúcidas y nunca, nunca, ofensivas o insolentes. Algunas veces pienso que son un despilfarro de palabras y pensamientos, pero hay que aceptar que también son un relleno substancioso para las horas tan lentas que pasamos navegando en esta inmensa olla que es el Golfo de México.

Desde que Marcelino y yo nos encontramos en este barco, se animaron las sobremesas. Todos hablan, hasta el primer piloto, el señor Anker Krag, un danés caballeroso y reflexivo que hasta entonces había sido muy introvertido, mete su cuchara de vez en cuando. El capitán Asciclo Morelia escucha divertido, rara vez interviene, él es un filósofo. Pero el día que declaré que me gustaban más los *Veinte Poemas de Amor* que el *Canto a Stalingrado*, me dijo que iba camino al egoísmo si perdía de vista que hay más poesía en la fraternidad entre los hombres, que en el amor de una pareja. Los demás rieron –risa inexplicable porque, aparte del capitán y Marcelino ninguno ha leído los tales libros–. Marcelino aprovechó para imitar la voz de Berta Singerman para declamar: "Me gustas cuando callas porque estás como ausente..." A mí, lo único que se me ocurrió fue decirle que me gustaría verlo a él y al capitán enamorar a una mujer con algo como "Yo he de ver zarpar muertos en ataúdes a vela..."; y los demás volvieron a reír.

Advierto que no soy un fanático. Hasta acepto que esta sensibilidad con que estoy dotado me ha causado en algunas ocasiones más de un dolor de cabeza. Con todo, me parece grandioso poder dar un toque espiritual a los asuntos materiales de la vida. No puedo aceptar que una existencia quede resumida entre una fecha de nacimiento y una nota de defunción, y en medio: comida, semen, sudor, caca y una obsesión casi mística por engrosar una cuenta bancaria. Eso por un extremo, por el otro, no creo que una entrega a la rebelión de las masas sea más sublime que entregarse al amor de una mujer. El individuo es importante, su personalidad, su libertad, su poesía interior. Allá ellos si se niegan el placer de imaginar que la luna es una dama majestuosa y coqueta a la que el rutilante Aldebarán, su paje favorito, sopla hechizos y hace guiños atrevidos.

Desdichados los que no sueñan. Yo hasta despierto lo hago.

Hoy me parece que ambas cosas; el sentimiento poético de la vida y luchar por la utópica revolución que ofrece un mundo que jamás veremos, es una cachimba de opio de la que solemos aspirar cuando no hemos cumplido los treinta años. Casi no me identifico con el muchacho, excepto en que todavía soy feliz con la tajada de sensibilidad que me queda. Pasemos los días...

2/7/60.– ¡Qué buena parranda en Mobile! Y eso que prohíben vender licor los fines de semana. 3/7/60.– La máxima favorita de Marcelino: "esto es bueno si sirve para..." Creo que él es así desde chiquito. Pero ahora lo está deformando más su extremo materialismo. Estoy por echarle la culpa a los libros que lee. Sus lecturas son disímiles, complicadas y curiosas; no es extraño que lo hayan enredado. Los libros que he visto en su escritorio no me atrevería a tocarlos ni con los guantes de un aceitero. ¡Qué títulos!: *Historia de la guerra del Peloponeso*; *Miseria de la Filosofía*; *Las aventuras de Arsenio Lupin*; *Por qué no es inútil una nueva Crítica de la Razón Pura*; *El papel del trabajo en la transformación del mono en hombre*. ¡Hágame el favor! ¿Quién que se lea estos libros puede seguir pensando con naturalidad? Y su Biblia, su libro de cabecera: *Pragmatismo, un nuevo nombre para algunos antiguos modos de pensar*. Con sólo el título quedo fatigado. ¿Qué puede salir de tal menjurje didáctico? Pues, nada más y nada menos que un Marcelino. Sí, mi mejor amigo a pesar de ser mi antípoda. Ni el tercer ojo de Lobsang Rampa podría abarcar todo lo que nos separa. Ayer nada más le oí declarar con firmeza que después de alcanzar su título de capitán, navegará un par de años más y se retirará. ¡Dice que comprará tierras, inventará cosas, abrirá negocios, en fin, se hará rico. Por mi parte, confieso que mi materialismo se podría resumir en una casita frente al mar donde pueda escribir poemas al atardecer.

A Marcelino eso de ser tan práctico lo ha llevado a cometer grandes errores, algunos imperdonables, como la vez que estando yo de guardia en la máquina, entró en mi camarote y se puso a hurgar aquí y allá, y habiendo encontrado mi pipa favorita (una Frank Medico curada en coñac), le raspó la maravillosa costra que tanto me había costado formar, porque "es inmoral fumar en una pipa tan sucia". Casi nos cuesta la amistad. Pero bueno, ¿quién no comete errores? Es mi amigo.

La verdad, Marcelino era un tipo muy especial. ¿Por qué digo era? Debe serlo todavía. Tiene mi edad, no es tan viejo. ¿O será que a medida que envejecemos los viejos nos parecen menos viejos?

Leer este diario ha sido meter la memoria en una ducha fría, vivificante. Comienzo a recordar todo como si fuera ayer.

21/8/60.– El capitán anunció un ligero cambio en nuestro itinerario. Teníamos meses de no salir de la Guaira, Maracaibo, Mobile, Houston, New Orleans y Trinidad. Esta vez, antes de tocar Maracaibo, llevaremos unas cajas a la refinería de Amuay, en Coro, esa península que parece una cabeza de duende. A casi todos les pareció más aburrido que interesante, pero a Marcelino y a mí nos sacudió algo por dentro.

Lo que pasa es que la tal refinería dista unos pocos kilómetros del pueblo de Punto Fijo y su puerto Las Piedras, archiconocido por nosotros por ser uno de los extremos de la llamada ruta serrucho que con toda regularidad cumplía el viejo S/S Bolívar, petrolero de la Mene Grande Oil Company, donde Marcelino y yo completamos las ciento ochenta singladuras exigidas para recibir el título de la Náutica. Lo que son las cosas, ¿no? Precisamente, el mes pasado, remontando el Misisipí, habíamos visto aquel viejo cacharro de tan magnífico nombre, escorado en una orilla del río oscuro y enmohecido, esperando turno para ser refundido. No pude evitar un lagrimón por el primer petrolero que había sido nuestro primer barco. Ya graduados, Marcelino y yo, por sorteo fuimos destinados como oficiales en práctica a la Mene Grande y coincidimos en aquel pailón de acero que muy ufano llevaba el nombre del Libertador. La ruta serrucha era: cargar crudo en algunos puertos del lago de Maracaibo, y descargar en Las Piedras, donde otros barcos de gran calado llevarían el petróleo a diferentes refinerías. En verdad, la ruta era atroz, el barco destartalado y el clima un verdadero castigo: "Mirai primo, aquí no llueve sino que el sol suda", se burlan del calor los mismos maracuchos. Muchas veces suspiramos de autoconmiseración y envidia al pensar en los compañeros que les habrían tocado barcos de navegación y altura y que estarían con la boca abierta admirando los rascacielos de Nueva York, o caminando, muy abrigados, por esa pecaminosa y deslumbrante calle de Hamburgo donde mujeres maravillosas se exhiben semidesnudas en ventanas como escaparates.

Marcelino y yo fuimos condenados al hastío de una ruta de pueblos adormilados por el calor; a la soledad de esos muelles largos, angostos y negros, donde parece que siempre el mismo viejo pesca su aburrimiento y dormita la fatiga de los años; en fin, fuimos prisioneros en ese lago erizado de torres petroleras, que emergen como fantasmas de hierro entre el vaho caliente de sus aguas.

Pero siempre hay compensaciones: la amistad que florece en estos barcos petroleros es de confianza total, de camarote abierto y escritorio sin llave; se convierte en un compañerismo a toda prueba y que todo lo comparte. Cosa hermosa, en verdad, la amistad. La otra compensación, la que más nos ayuda a halar el tiempo: los burdeles. ¡Tronco de burdeles, mi vale!

Entre el puerto de Las Piedras y el pueblo de Punto Fijo se levantan, si no los más lujosos, los más pintorescos y sonoros burdeles de toda Venezuela. Hay dos grandes ciudadelas del placer. Una arriba, en la meseta de vientos calientes, que se alza como un oasis imprevisto en medio de esa árida planicie en la que sólo pueden medrar pandillas de chivos olvidados. Es "El Nuevo Mundo", ciudad encantada, una página voluptuosa de las *Mil y una noches*. La primera vez que vi aquellos seis edificios diseñados y construidos para el ejercicio del amor, me parecieron un espejismo. Pero eran reales, allí estaban, llenos de huríes, amazonas, princesas incas, rumberas cubanas, walkirias de rubias trenzas... en carne y hueso. ¡Ay!, todo lo que había soñado en las solitarias noches de estudiante. "El Nuevo Mundo" es un sitio caro. ¿Acaso no lo son las cosas buenas, finas y deliciosas?

La otra ciudadela, la de abajo, justo al final del muelle, con ese nombre tan sabroso: "El Tropezón". Cuando lo conocimos ya había pasado sus mejores tiempos. Los marinos petroleros, que manejan buenos billetes, van a "El Nuevo Mundo". "El Tropezón" quedó como válvula de alivio para los hombres del pueblo; pero una que otra vez también recalamos por ahí. Sus cuatro edificios cuadrados parecen dados tirados en la arena de una playa prohibida. De día, cualquiera cree que es un pueblito fantasma; el sortilegio de la noche lo convierte en un palacio encendido de alegre putería.

¡Aleluya y cada quien con la suya! Los burdeles son hogares y epitalamios de los marinos trashumantes. Allí nos entregamos con frenesí al más delicioso de los dones que otorgó la Naturaleza. ¡Que piensen otros lo que quieran! ¡Que furiosos griten contra el falso amor, que nos adviertan que todo es ilusión maligna, oropel! ¡Que juren y perjuren que entre las paredes de un burdel sólo hay dolor y perdición! Para mí los burdeles serán siempre una etapa maravillosa de la vida. Bueno, no lo dude, el color del paisaje será el mismo que el del cristal que ponga ante sus ojos.

¡Qué suerte tuviste (tuve), muchacho! En esos tiempos no se había inventado el SIDA todavía.

24/8/60.– Mañana recalamos en Amuay; desde allí, Las Piedras está a siete vueltas de propela, Hasta Marcelino se ha puesto nostálgico por la cercanía de los burdeles donde hicimos los pinitos del amor. Hace seis años, cuando éramos oficiales en prácticas, poco menos que pordioseros del mar, con una mesada tan mísera que sólo alcanzaba para los cigarrillos, Marcelino y yo fuimos sus turistas más fanáticos. Y es que nunca nos faltó la invitación de los tripulantes del S/S Bolívar. La invitación no siempre incluía mujer, pero no nos quejábamos, ¿de qué podríamos quejarnos? Además, y esto tiene que quedar dicho, muchas de las damas del Nuevo Mundo y del Tropezón nos trataron de manera especial. En la plaza mayor de la memoria tengo erigidas estatuas a las Sandras, las Genovevas, las Patricias, las Teresitas y, claro, las Marías, que algunas vez por deporte, compasión, fraternidad y hasta por amor, nos regalaron lo mejor que podían dar: sus cuerpos. ¡Ay esos cuerpos mitigantes, de temblores frescos y sabios! Debo añadir que, una que otra vez, en la intimidad de sus sábanas, nos dieron también una tajadita de sus almas.

Espero que entienda (me dirijo con respeto a mí mismo, viejo), que si escribo todo esto es porque soy un sentimental.

Conque un sentimental. ¿Y qué crees que eres ahora, un prosaico filisteo?

Dudo mucho que Marcelino se acuerde de toda esa buena gente. Por mi parte, yo no he olvidado. Recuerdo hasta los apodos que llevaban como diademas de humor: "La Pelona", "La Tres Minutos", "Magda Puñales", "La Corsaria", "Tragoamargo", "La Mirapalcielo". ¡Qué buenas gentes! Por favor, no me diga que es un desperdicio conservar estos recuerdos con tanta ternura. Tenga presente que fue ternura lo que recibimos. Y eso, la ternura, es lo más digno de ser recordado. Un regalo en la vida. Cosa sin precio.

Vaya, esto se está convirtiendo en el caramelo del que habla Tito. Sigamos, nadie me espera...

NOTA: Entre el montón de diferencias que hacen de Marcelino un individuo tan distinto a mí, he escogido una que nos retrata de cuerpo entero para dejarla como prueba. Se trata de un incidente que compartimos precisamente en el viaje a Amuay que acabo de fechar. Bien sé que esta historia no es clamoroso mensaje a la posteridad ni un edificante ejemplo para las juventudes, pero estoy seguro de que por su naturaleza tan humana permitirá a cualquiera emitir opinión al respecto. Mas no quiero la opinión del mundo, se trata de que sea usted, a veinte o treinta años de distancia, quien juzgue y decida quién tuvo más razón en lo que pasó.

¡Anjá, apareció la historia que no estaba buscando!

La Madmoacel es la causa de todas las páginas que siguen. Ojalá que usted no la haya olvidado...

Puedes estar seguro que no la he olvidado.

...La Madmoacel es el dulce, el postre de estos apuntes. Mire si sería buena esta Madmoacel que ni Marcelino el calculador, el hombre de las metas y los números, pudo olvidarla. Como veremos.

Llegamos a Punta Cardón el 25 de agosto. Marcelino y yo saltamos a tierra como en los viejos tiempos: sedientos y con ganas; pero esta vez con plata en los bolsillos. Tomamos un taxi para ir derechitos a "El Nuevo Mundo". Duplicamos en la espiral del tiempo una escena remota ya representada por nosotros mismos y por un número infinito de marinos cuando saltan a tierra. Marcelino, vaya hombre precavido, esconde parte de su dinero en las medias. El carro da tumbos por una carretera de cutis dañado.

Han pasado seis años. Poco cambio en el paisaje. ¿y nosotros? No sé, no se siente. De todas formas, seis años es toda una época cuando no se han cumplido los treinta. Parece mucha vida el haber visto una revolución que triunfa, leído quinientos libros, sufrido una tormenta, y contar siete amoríos colgados entre el corazón y el sexo.

—¿Te acuerdas de la Madmoacel? —me pregunta Marcelino.

—¡Claro! —le contesto.

Aunque son más de las seis y media, el sol, pintor retrasado, todavía da brochazos dorados en la meseta desolada. ¡De ese color era el cabello de la Madmoacel! ¡Vaya si la recuerdo!

Márgara, Margarita, Margot, alias "La Madmoacel", la blanca cumanesa de cabellos cortos y rubios enmarcando una nariz *respingada* culpable de su apodo. Parisina asoleada esta Margarita tan risueña. Categoría y belleza, supo sacar provecho de su aire *afrancesado*. Bien condicionada para su profesión, a la que no entró por la fatalidad de su destino sino por despreocupada escogencia. No era de las que sufren amarguras secretas. Estaba formidablemente equipada para su profesión: senos pequeños y firmes, caderas fuertes, muslos complacientes y corazón siempre en fiesta. No cargaba con madre enferma ni hijos criándose a cien millas de distancia. Además, tenía la desfachatez que gusta a los hombres que pagan alto. Madmoacel, Madmoacel, estás aquí, dentro de mi cerebro, tú y yo, en un bis de aquella tarde gloriosa en que reías –risa fresca y libre, te reías de mi grasiento jefe de máquinas que no se explicaba que prefirieras acostarte conmigo por nada, y no con él, que pagaría el doble de la tarifa. Márgara, olor de Palmolive, gracias por tu generosidad, gracias por aquella tarde. De un solo vistazo te diste cuenta que estos dos aprendices, marinos sin sueldo, tenían una urgencia avasalladora, que estábamos aturdidos por una increíble carga sexual. Así que primero me enviaste a mí y luego a Marcelino, por nada: *Voulezvous coucher avec moi*? Lo decías en francés para hacer honor a tu apodo. "No tengo plata", recuerdo que te contesté. Sin hacer caso me tomaste de la mano y me llevaste a tu cuarto, las ingles candentes y el corazón en zozobra. Así, por nada, por el único placer de dar placer...

¡Fuiste un arcángel, Margarita!

–¿Cuánto le piensas dar?

No contesté. En ese instante la ensoñación me había trasladado a la popa del "Bolívar", donde contaba las olas que nos iban alejando del puerto de Las Piedras del Nuevo Mundo de la Madmoacel.

–Para Margarita, la Madmoacel. –Me enseña un billete marrón.

–¿Cien bolívares?

No soy avaro, pero siempre me ha preocupado el pagar de más. Marcelino contraataca mis pensamientos.

Vamos, Ñero, si la vemos, es lo menos que debemos darle. Si mal no recuerdo las mismas veces que fue para mí fue para ti; cuatro... cuatro veces nos hizo el favor. Calcula, en aquel tiempo las mujeres del Nuevo Mundo cobraban veinte bolos, ahora deben estar por los treinta; para no caer en un interés compuesto, vayamos a la media proporcional; veinticinco, matemáticas, Ñero, cuatro veces veinticinco igual a cien... Préstame la candela. Marcelino enciende su cigarrillo y sonríe. Se siente imbatible sobre el caballo percherón del pragmatismo. Tiene razón el condenado. Separo un billete de cien para Margarita por si la vemos.

Entramos al Nuevo Mundo sin el asombro de los hermanos Pinzón ni la devoción ultraterrena de Cristóforo Colombo. Este Nuevo Mundo no tenía para nosotros lo primerizo. Entramos como se debe entrar a cualquier burdel del mundo: disminuyendo la velocidad a media máquina (aunque siempre el pulso se acelera), midiendo longitudes, adivinando el urinal, identificando a los camorristas, eligiendo un buen mirador. Ordenados los tragos, se pide cambio para poner discos, esto nos facilita una proximidad a los habitantes. Se calibran cinturas y caderas; se observa con atención de experto el bamboleo de los senos al caminar o bailar y, por último se pone a andar ese radar sin marca que es capaz de rastrear a la hembra afín. Tipos sofisticados como Victorio Manzo aconsejan enarcar ligeramente una ceja mientras se le manda una voluta de humo a la nariz de la candidata mientras se deja aparecer en los labios una sonrisa tres cuartos, de melón macho. Bueno, cada velero tiene su aparejo. Lo que sí me ha enseñado la experiencia es que si quiere pasarla bien en una de estas casas, debe eliminar totalmente la idea de que busca únicamente un alivio fisiológico, porque si no lo hace, se convertirá en un oso, o, lo que es peor, en un mantis sagrado y será devorado por la hembra durante el coito.

Margarita no se encontraba en ninguno de los seis palacetes del Nuevo Mundo.

Peor todavía: nadie la recordaba.

Ya habíamos decidido quedarnos entre los brazos y piernas de cualquiera de aquellas espléndidas mujeres, cuando Marcelino hablando con una negra que mantenía limpios los baños, averiguó que la Madmoacel había sido rebajada de categoría; es decir, buscó asilo en El Tropezón, luego de una feroz pelea que tuvo con Leila, la regenta del "Taj Mahal". Así que nos fuimos al Tropezón.

¡Uyyy! Estaba más deteriorado de como lo recordaba (seguramente la imagen que yo guardaba era mucho mejor de la que en realidad fue nunca, usted sabe, la memoria suele dar excelente mantenimiento). No había barcos en el muelle, y siendo lunes no había hombres porque ese día en el pueblo se acuestan temprano. Sin hombres, aquel corral de fiesta, languidecía. El silencio era insultante. Entramos al "Tilín Tilán" donde las mujeres no lograban ocultar su malhumor debajo de las exageradas capas de cremas y coloretes. Lucían aburridas y cansadas. Después de un arqueo rápido Marcelino dictaminó:

—Ni una Margarita en este jardín.

Cuando preguntamos al cantinero, se sorprendió del apodo.

—¿Quién? ¿La Madmoacel? No, no tenemos ninguna Madmoacel por acá, pero ya que mencionó una Margarita, sí hay una Margarita... Una que vino del Nuevo Mundo hace como dos años. Está en "Las Noches de Gardel", ese cuchitril de allá enfrente.

> Uno busca lleno de esperanzas...
> Y todo a media luz...
> Rechiflado en mi tristeza...
> Esta noche me emborracho yo y me mamo
> bien mamao
> pa'no llorar...

"Las noches de Gardel". Pobres noches, sin tangos, sin milongas, sin un bandoleón desesperado, sin vaselina en los cabellos, sin las luces de Buenos Aires... sin Gardel.

—Allá está —dijo Marcelino

—¿Estas seguro que es ella?

—No olvido a las mujeres que se acuestan conmigo —me responde con sorna.

Marcelino es capaz de hacer una interpolación en las tablas de Badwich a la luz de un candil y recordarlo veinte años después. Podía estar seguro.

Una mujer flaca y oxigenada me sobó la espalda. Para aliviar su letargo le di un bolívar para que pusiera música.

Se prendió la rockola.

Desde el fondo de la gayola luminosa, un resignado Julio Jaramillo repite una vez más, con su voz de tabaco y melcocha:

> "Ya nunca volverán •
> las espumas viajeras

como las ilusiones
que te depararon dichas pasajeras..."

Margarita, sentada en un rincón, lee un periódico. Nada hay sobre la tierra que pueda provocar tal sensación de aburrimiento, de desolación, como una mujer leyendo un periódico en un cabaret. De pronto se me concentra una salivita amarga en el esófago. La tendré que bajar con ron. ¡Ay Márgara, Margarita, tú que fuiste la reina del Nuevo Mundo! La de los pies ágiles para el baile y los brazos perfumados para el amor. ¡Mírate hoy, María la O. Margarucha, resto de un naufragio, descascarillado mascarón de proa!

¿Cómo puede ser tan malo el tiempo? ¿Nos contarás, Margarita? No, calla, no cuentes...

Las otras cuatro o cinco mujeres también parecían nadar en esa niebla de abatimiento. ¿Pero qué es esto, una noche de té y abuelas en el corazón del Tropezón? Ni siquiera nuestra entrada logró animarlas. Tal vez pensaron que éramos "un paquete" o que andábamos perdidos. Quizás temían que a ellas mismas preguntáramos: "¿dónde están las hembras buenas?"

Pedimos al mesero que llevara un Cointreau a Margarita.

—¿Coantró? —palabra rara en El Tropezón de ahora. El enfado trató de proteger su ignorancia—. Aquí sólo servimos cerveza o ron.

Cuando Margarita recibió su ron, levantó la cabeza y nos miró. Sin tener la menor idea de quiénes éramos, nos ofreció una sonrisa. Tomó un pequeño sorbo. Le quedaba aquel toque de categoría que le impide correr a ofrecerse. Esperaría.

Fuimos a su mesa. Sin palabras, ofreciéndole nuestros brazos, la invitamos a seguirnos a nuestra mesa que ya estaba adornada con una botella recién abierta, vasos, hielo y coca colas. Por unos instantes sus ojos brillaron, como en sus tiempos dorados, pero enseguida se volvieron a cubrir de esa fatiga infinita que siempre ronda a las mujeres sin esperanzas y a los hombres sin mujeres. Sin embargo, se levantó y secundó lo que parecía una farsa, resignada a que estos dos hombres mataran su aburrimiento con ella. Mientras caminamos a nuestra mesa Marcelino se dirigió a mí:

—Me temo, Ñero, que la reina Margarita se ha olvidado de nosotros.

—"Margarita, está linda la mar, y el viento lleva esencia sutil de azahar..." —le recité suavemente.

Se detuvo en seco. Nos miró fijamente. Casi podíamos oír los engranajes de su memoria dando vueltas.

—¡Anjá! —dijo con alegría— los Ñeros del "Bolívar"...

Parecía a punto de llorar cuando nos abrazó con efusividad. Me sentí un poco incómodo porque en su abrazo, que había sido auténtico y algo maternal, me rozó algo pecaminoso. ¿Qué podía ser: las puntas de sus senos, los lunarcillos de su espalda blanca, o ese olor a perfume barato que de pronto puede ser muy excitante?

Quiso saber de nosotros, más por evadir su propia historia que por curiosidad. Hablamos y tomamos. Al escucharla (su voz conservaba una juventud tenaz), iba redondeando la personalidad de esta mujer. No cabía duda, era inteligente y sensible. Resulta inexplicable que haya descendido hasta aquí. ¿Por qué no tuvo la fuerza del ahorro? ¿Cómo fue que no se casó como muchas otras? Hace seis años lo único que me importaba eran sus caderas; soñaba con los veinte minutos en la penumbra fresca de su cuarto, su bata de grandes flores amarillas, tirada en el borde de la cama, había sido para mí el súmmum del arte erótico.

Con una mano sobre mi brazo (fría y un poco pegajosa), se dirigió a Marcelino:

—Pues sí que eran dados a la poesía...

—Marcelino tenía una, una sola poesía... —le recordé.

—Cierto —aceptó—, una sola, "La Renuncia", ¿no es cierto? Parece mentira, los años que han pasado y nunca la he olvidado: "He renunciado a ti. No era posible. Fueron vapores de la fantasía..." ¡Qué linda!

—También te gustaba mucho "Puedo escribir los versos más tristes esta noche..." —la interrumpí.

—Sí, sí —continuó—, pero "La Renuncia" se me pegó. Después de todo, me parece que se entrega todo con la renuncia...

Marcelino sonreía como un tonto vanidoso.

Y como un tonto vanidoso declamó:

"...como el marino que renuncia al puerto / y el buque errante que renuncia al faro..."

—¡Oh, Dios qué tristeza! —dijo emocionada—. Y ¿cómo era esa otra parte que se presta para estos momentos?... Ah, sí: «he renunciado a ti como el mendigo / que no se deja ver del viejo amigo...» ¡Qué terriblemente hermoso! Algunas noches me acosté llorando al recordar esas líneas.

Guardamos silencio. Apuesto que Marcelino no comprendió la congoja majestuosa que reinó en la mesa. Apuesto que calló porque no sabía qué decir. Como yo soy muy perspicaz, rompí aquel silencio que podía echarnos a perder la noche. La invité a bailar.

Mientras bailábamos, le pasé el arrugado billete de cien bolívares.

—¿Para mí? —preguntó con coquetería—. Eres muy generoso. Si me acompañas al cuarto verás que yo también puedo ser muy generosa—. Empinándose un poco me susurró al oído: —¿Te acuerdas?

Me tomó de sorpresa. Lo que menos esperaba era esa invitación. Un poco turbado no acerté sino a mascullar una respuesta entrecortada:

—Creo que ya no hay tiempo... tú sabes, el barco... tengo turno dentro de poco. Mañana sí, mañana vuelvo... entonces sí.

Alzo ligeramente los hombros. De la cintura para abajo sentí que algo se me perdía: había aflojado la presión de su vientre contra el mío. Se acabó el disco.

Marcelino la sacó. No habrían bailado ni la mitad de la pieza cuando se acercaron a la mesa. Marcelino recogió su trago y el de ella y dijo en el tono más natural del mundo:

—Ahora regresamos, Ñero.

Creo que toda la sangre de mi cuerpo se agolpó en mi cara. El disgusto subió de tono a medida que analizaba los actos de aquel drama que ahora se convertía en una farsa de patio. "¿Cómo he quedado por este desgraciado? Acabo de decirle a Margarita que no tenemos tiempo, y él se va tan campante con ella, a su cuarto, me imagino que no a jugar barajas. Si habíamos quedado en regalarle los cien bolívares... re-ga-lar-le. ¿Cómo es posible que reciba un coito a cambio? Eso se llama comprar carne, carne de una vieja amiga. ¡Por el rabo de Satanás! Qué hago aquí sentado como un verdadero idiota... Ese Marcelino se va a componer el día de... Yo pude hacer lo mismo y no lo hice, ella misma me invitó, pero carajo, yo tengo sensibilidad, algo me queda de pudor, de dignidad. Y no es que Margarita no esté buena todavía. Bien hubiera podido..."

    ¿Qué diablos pensaba? Se me enredaba todo por la infamia de este Marcelino. Eso era, una infamia. Yo no pude ser un infame. Margarita había dejado de ser una puta para mí. Desde hace tiempo se había convertido en un símbolo, una fotografía antigua que por un milagro de los sentidos se mueve y habla; la Madmoacel de hoy era una artista que había compartido conmigo un gajo de su famosa juventud. ¿Cómo demonios me iba a acostar con todo eso? Él sí, él ha demostrado lo que es, un vil materialista, un avaro empedernido, un desgraciado comerciante de sentimientos. ¡Déjalo que salga!

    Así pensaba, sentado allí, solo, despechado.

    Una viejuca mal sentada en la barra me miraba desvergonzadamente. Una mirada realmente abochornante. "Yo no funciono así señora" tenía ganas de gritarle. Es una seducción infantil eso de mirarle a uno como si uno fuese un rábano fragante digno de un mordisco. "No señora, aquí está viendo usted a Sir Galahad, el caballero del Santo Grial, el impoluto". La veterana no se daba por vencida. En un acto más recriminatorio se subió la falda descaradamente. Pude adivinar, entre sombras criminales, allá donde me da escalofrío, en los ojos, muy negras, negrísimas, su ropa interior. Admito, contra mi voluntad que la mujer no estaba tan aplaudida nada. Sus muslos eran realmente formidables; estaba muy bien maquillada, la boca lucía roja y grande y dejaba entrever la punta de una lengua que seguramente estaba bien entrenada. ¡No! ¡Por supuesto que no cedí! ¡Ni cederé nunca a una tentación así! Yo soy un romántico, ya lo he dicho. Y en este momento menos voy a permitir que la tentación ocupe el espacio de la indignación. En un acto cuyo valor pocos comprenderán, volteé la silla y le di la espalda a aquella pantera que pretendía devorar mis largas y solitarias noches de navegación. "¡No señora! Esta noche regresaré invicto al barco". Quizás un poco triste y nervioso, pero con mi moral intacta. Ya tocaremos otro puerto.

Todavía me tomé dos tragos más y Marcelino no salía.

Me serví el tercero y llevé la botella a la barra. La viejuca me daba la espalda en ese momento. Toqué su antebrazo con la botella y dije:

—Le regalo la botella.

La mujer se volteó, me miró a los ojos como si yo fuese un cigarrillo aplastado. Con el mismo antebrazo tumbó la botella y me volvió la espalda. La botella rodó hasta la canaleta de la barra y comenzó a perder líquido por la tapa mal cerrada. Allí las dejé, botella y mujer, vaciándose; aquélla de ron, ésta de orgullo. Regresé a la mesa y decidí que al final de ese trago me iría. Voy a confesar algo importante. Algo que un buen contador de historias hubiese ocultado, pero que yo (y seguramente usted que me lee, sigue siendo igual después de tantos años) pondré en blanco y negro como una especie de mea culpa: sufrí al imaginar a Margarita con las piernas abiertas recibiendo al miserable de Marcelino; y eso no es todo, también reconocí la envidia en el paso del ácido bibásico que me recorrió los intestinos. Es que en ese momento recordé todas las maniobras con que La Madmoacel podía hacer delirar a un hombre.

—Vámonos, Ñero... —hablan a mi espalda.

—¿Y Margarita? —pregunto, atorado por el despecho.

—Se quedó en el cuarto. Te manda un abrazo. Dice que con nuestro regalo se va un fin de semana a Cumaná, a descansar.

Por supuesto que se va a descansar la pobre. Imagino que tú terminaste de molerla, de magullarla, de estropearla. Tan dulce y tan dócil la Margarita. La violaste, Marcelino, la violaste en su camarote triste. Mi querida Madmoacel ahora con el cabello largo y teñido de negro pido perdón a nombre de este truhán amigo mío. Es un salvaje pragmático. Por gusto mis esfuerzos por insuflarle un poquito de humanismo. Todo se resbala por el aceite de sus principios: "La verdad, compañero depende de su utilidad para la vida" o, "el significado de una proposición consiste en las futuras consecuencias de creerla." ¡Futuras consecuencias! ¡Vaya frescura! Todavía no me explico tu adoración por un poema como "La Renuncia".

—Verdaderamente, Ñero, eres un tipo brutal —le recriminé en el taxi. Por lo visto nunca comprenderás a las mujeres. Te lo diré de una vez por todas: tus teorías de la vida no son más que ondas ególatras. Para ti el mundo es una concha y tú el caracol que lo llenas todo. Pobre Marcelino. Siento lástima por ti...

–¿De qué hablas? –tuvo el tupé de preguntar.

–¿Cómo pudiste hacerle eso a Margarita? Una mujer tan espléndida que se reía cuando jurábamos que algún día regresaríamos a pagarle sus favores... ¿Sabes por qué reía? Porque la verdadera generosidad no espera recompensa.

No contestó. Hice una pausa larga. Es bueno hacerla después de una frase tan buena. Hay que dar tiempo a que la digieran, tanto el interlocutor como el público –en este caso, el chofer del taxi–. Vuelvo al ataque:

–¿De qué valió la exactitud de tu cálculo? ¡Ja! Cien bolívares. Ésa es una generosidad de pacotilla. ¿Sabés adónde fue a parar tu generosidad? Al urinal de "Las noches de Gardel".

Esto parecerá muy duro, pero él se lo merece. Por el silencio que guarda, parece que mi discurso surte efecto. Continúo:

–Puedes decir lo que quieras. Marcelino, pero la verdad es que cobraste por el regalo. No supiste renunciar... renunciar, que es dar algo por nada. Y quien te oye declamando el poema. Que te crean otros, yo te conozco. El poeta dice: "Cuando renuncie a todo seré mi propio dueño". ¿Cuánto te falta para eso, amigo?

La luna, que por lo redonda bien podría haber sido de utilería, parece un lunar blanco en el cachete negro de la noche.

–Me pregunto si tú hubieras renunciado a ella con tanta nobleza si la hubieses encontrado tan linda como hace seis años–. Su tono es más formal y ronco que de costumbre. Ahora es él quien utiliza la pausa. Me parece que pierde su tiempo. ¿De qué me va a convencer?

—No soy experto en mujeres, Ñero —continuó con su voz de cuchufleta—. Y es cierto que utilizo los sentidos para acercarme a ellas. Pero en cuanto a la renuncia, no me puedes recriminar nada. Si hubiese renunciado a ir con Margarita a su cuarto, no solamente me hubiese perdido de un placer intenso, sino que hubiese terminado de destruirla. Te voy a decir algo; fuiste tú quien la ofendió. Tú le diste los cien bolívares como si fuese una mendiga... no entendiste que atraviesa por una crisis, tu romanticismo de pacotilla ignora cómo un hombre puede levantar el ánimo a una mujer abatida...

En la cara morena de Marcelino aparece una sonrisa burlona. La conozco, es el preludio de su tonto sarcasmo. Abandona el tono formal:

—Me complace informarte que sigue siendo una mujer de maravilla...

Me quedé callado. Me niego a discutir tonterías. Me molestó mucho que el chofer del taxi asentía a todo lo que decía Marcelino; aunque bien podría ser que el movimiento de su cabeza se debiera a los baches del camino.

Otra nota:

Juro que el relato que acaba de leer es la pura verdad (no veo como podría mentirme a mí mismo). La diferente actuación que tuvimos Marcelino y yo al encontrar a la Madmoacel, la incluyo entre mis vivencias del año 1960 porque con ella pretendo comunicarme con usted (conmigo) a través del tiempo. Cuando yo (usted)

vuelva a leer esto, allá por 1985 o 1995, seguramente habrá materia llamada imparcialidad como
para decidir quién de los dos tuvo razón.

¿Conque eso quieres de mí, pasado aventurero?
¿Que decida quién tuvo la razón en esa historia que
se vivió hace más de treinta años? No, no lo haré,
mi joven yo. Prefiero ponerle fecha (octubre de
1993) y pasarla limpio en un floppy de la computadora –como en efecto acabo de hacerlo para leerla
después del año dos mil. Tal vez para ese entonces
pueda dictar un fallo definitivo. Hoy por hoy estoy
confundido. Es probable que el pragmatismo de
Marcelino haya sido en el fondo, algo mucho más
romántico que mi cacareado romanticismo.
Dejemos madurar un poco más el fallo. El tiempo
juega a favor de la verdad. Si no llego a la fecha
mencionada, puede que alguien meta el floppy en
su computadora y revise este escrito; puede que
sonría y se atreva a emitir un juicio.

Averiguaré la dirección de Marcelino (me han
dicho que es millonario en Porlamar) y le mandaré
una copia impresa. Incluiré una simple pregunta:
"¿todavía crees que hiciste bien acostándote con la
Madmoacel?" Y añadiré que me gustaría saber si aún
recita aquello de:

> He renunciado a ti, y a cada instante
> renunciamos un poco de lo que antes quisimos
> y al final, ¡cuántas veces el anhelo menguante
> pide un pedazo de lo que antes fuimos!...

¡Diablo de hombre el ñero Marcelino!

El simio

Luis de Lión

(Guatemala)

Luis de Lión nació en 1940, en San Juan del Obispo, un caserío al pie del Volcán de Agua, y fue desaparecido por las fuerzas de seguridad en 1984. En sus cuentos, supo preservar su visión de mundo de niño rural. Al universo ya mágico de la infancia, vienen a aunarse, en la recreación literaria que constituyó el conjunto La puerta del cielo y otras puertas, *publicación póstuma, que le debemos al celo del poeta Francisco Morales Santos, el conocimiento de los mitos prehispánicos, propio del adulto que aspira a recuperar su pasado indígena, y la conciencia de la injusticia propia del mundo guatemalteco, con su encrucijada de culturas.*

El doble mágico animal de las creencias mayas, el nahual, es desarraigado de su ámbito cultural de origen en este fabuloso relato, cuyas peripecias ocurren en un mundo sometido a brutales procesos de transformación, entre ellos el de la represión militar. Este nahual no se esconde entre los pliegues del inconsciente del dominado, sino atraviesa la frontera interna del país y señorea —como tantas otras creencias nuestras ahí donde la bifurcación de culturas es también confluencia. Un narrador incorporado a la ficción, maestro de aldea, como lo fue también Luis de Lión, relata las peripecias, a título de testigo, con una pizca humorística. Una fina polifonía prolonga las voces de los personajes en la del narrador, en un va y viene constante de virajes y réplicas sorpresivas.

●

Luis de Lión fue también poeta en verso y se le deben, en este género, los fabulosos Poemas del Volcán de Agua, *exornados por Francisco Morales Santos y traducidos parcialmente al francés por Claude Couffon. En novela, publicó* El tiempo principia en Xibalbá, *su obra más conocida, cuya reedición por Lengua de trapo está anunciada para este año. La editorial Cultura acaba de publicar sus textos poemas y cuentos para niños.* El simio *forma parte del volumen de cuentos* La puerta del cielo y otras puertas, Guatemala, Artemis-Edinter, 1999.

Para mí era una exageración que a los dictadores latinoamericanos se le representara en las caricaturas como a simios.

Hasta que un día...

Sobre la vía férrea aparecieron cientos de soldados con su uniforme de hojas, varias tanquetas taparon los cruces de los caminos y en el cielo volaron dos de aquellos pájaros.

Era domingo.

En el campo había un juego de futbol, había bolos en las cantinas y una marimbita tocando en una fiesta. De pronto, todo quedó como si fuera el día lunes. Los que pudieron se tiraron a los montes y los que no, se encerraron en sus ranchos. Tam, tam, tam... un tambor era el corazón. Claro, de otros lados llegaban noticias de aldeas convertidas en humo y polvo y ahora le tocaba a ésta.

Pero no pasó nada. Ni bueno ni malo.

Cierto que de vez en cuando aparecían algunos letreros en los pechos de las ceibas o se encontraban sobre la vía férrea palomitas mensajeras, como les decían los campesinos a los papelitos clandestinos. Pero nada más.

Después de que pasó el susto, la gente que se quedó en la aldea empezó a salir y se enteró de la noticia: el Dictador llegaba de visita.

El Dictador era un poco humorista y había llegado en tren como lo hacía toda la gente. Era gordo y mantecoso como un cerdo y llevaba una cachucha, una estrellita al hombro, un montón de babosaditas en el pecho y una 45 en la cintura. Caminaba tieso, bien macho, rodeado de su ministro de la defensa, de su plana mayor y de sus asesinos, todos con lentes oscuros.

¿A qué vendrá?, era la pregunta.

En la aldea no había inauguración de nada, pues no había ninguna obra en construcción.

Pero...

—Tal vez nos van a poner drenajes.

—No. Antes de drenajes, el agua. No podemos seguir tomando de esa agua de chocolate que sale de los pozos. Pior en invierno.

—¿No será que nos van a construir casas?

—Tierras, tierras antes que nada.

—Pero también un dispensario es necesario, ¿no cree, usted?

—Y que asfaltaran el camino, así entra camioneta y no usamos sólo el tren.

Cada quien especulaba según sus necesidades, pero resulta que el Dictador no preguntó nada a nadie y nadie se atrevió a preguntarle algo.

¿A qué llegaba?

El Dictador llegaba en busca de don Juan Bonito.

Esa pregunta me la hicieron a mí en presente cuando recién había llegado a la escuela y yo les dije que sabía de las hermosas papayas de la aldea, pero nada de ningún don Juan Bonito ni feo. Pero me llamó la atención el nombre y averigüé.

—Ah, es un señor.

—Desde luego, pero, ¿por qué le dicen así?

—Mírele la cara.

–¿Y dónde vive para írsela a ver?

–Detrás de la escuela.

Lo busqué, pero detrás de la escuela sólo había un rancho deshabitado y nadie viviendo.

Un día por fin, vi a alguien.

Y le vi la cara.

Era él. No podía ser otro.

Me dijo: –Maistro –y entró al rancho.

Como a mí, a todos nos impresionaba.

–¿Ya lo conoció? –me preguntaron.

–Sí.

–¿Verdá que es bonito?

–Sí –dije riendo.

–Cómo se parece a su miquito, ¿verdá?

–Sí.

Pero no, pues el miquito era lindo.

La gente decía que uno sin otro eran imposibles, que el mico era el alma de don Juan, y don Juan decía lo mismo. Y andaba con él pararriba y parabajo. Lo llevaba con una cadena al cuello, parecía su esclavo.

Pero no.

–El esclavo es él –decía la gente–. Pues el miquito encarna en él y don Juan tiene que servirle.

–¿Encarna?, ¿cuándo y dónde?

–En las noches, en la Catedral.

–¿Qué Catedral?

–Allí, detrás de la escuela.

¿Catedral ese rancho? Catedral la metropolitana o la de la Plaza de Armas de la ciudad de Antigua. O cualquier otra iglesia. Pero... ese rancho. Sin embargo, Catedral era su nombre y no había para dónde.

Don Juan y su mico eran impresionantes. En sus sesiones, don Juan ponía al mico a su lado y lo amarraba fuertemente para que no se moviera y para que el alma del mico se pasara a él sin dificultades. Alguna parte de su clientela estaba basada en la impresión que causaban él y la pequeña bestia.

Aunque...

—Clientela no tengo yo porque no cobro —decía. Lo que ellos me dan son ofrendas.

Y era cierto. Dinero propiamente no aceptaba. Pero sí una gallina, un chompipe, unas libras de frijol, de maíz, de arroz, sal, cigarros, guaro, fósforos, candelas, flores, pan. Si era posible, un marranito. O una vaquita.

Como no eran más que él y su mico, parte de las ofrendas le servía directamente para el consumo y parte la vendía para hacerse de dinero y comprar otras cosas.

Un día me dijo:

—Maistro, ¿quiere una cerveza?

Era mediodía y había un calor de la gran diabla. Además era sábado.

—Claro que sí, don Juan.

Y pidió una cerveza para mí, otra para él y otra para el miquito.

—¿Y usted le da cerveza al miquito, don Juan?

—Sí. Si yo chupo, él tiene que chupar.

Y, efectivamente, el miquito chupaba, pero no aguantaba mucho; rápido se emborrachaba y don Juan risa y risa de su nahual. Cuando el miquito se dormía, don Juan lo cargaba como si fuera su hijo y se lo llevaba trastumbando para la Catedral. Y no permitía que su nahual padeciera los malestares del día siguiente. Siempre estaba listo para darle su quitagoma, ya fuera trago o cerveza, y su caldo de huevos. Luego, los dos dormían otra vez. A veces, se quedaban tirados los dos a medio camino entre la cabecera municipal y la aldea.

Juntos iban también a las casas de putas.

Y era divertido ver al miquito sentarse en las piernas de alguna muchacha y echarse su trago.

—Que viva don Juan y su mico —decían las muchachas cuando lo veían entrar. Luego se ponían a hacer juegos de palabras.

—Huy, qué mico más peludo. Se parece al de Vilma.

—No, vos. Ése no le llega ni a la suela de los zapatos al mío.

Y jajajajaja. Y así por el estilo.

Y don Juan va trago tras trago. Y piezas en las rocolas. Y bailes con las muchachas.

—¿Quién quiere salir a bailar con él? —y señalaba al mico.

—Yo, si me paga.

—Ah, pues, bailen mico con mico —decía, y pagaba.

Pero como el mico no sabía bailar, la muchacha sólo lo abrazaba, lo cargaba y se lo llevaba a media pista, toda ella moviéndose.

Y jajajajaja.

—¿Y por qué no entrás al cuarto con él, vos?

—Don Juan, es que no es gente.

—Pero te voy a pagar.

—Ni aunque me ofrezca casamiento.

—Jajajaja —don Juan reía y decía:

—Tráiganme otro trago.

Así era el hombre que el Dictador buscaba.

Cuando don Juan vio al Dictador en la puerta de su casa, se le fue el alma.

Por dos o tres aciertos de los buenos, la fama de don Juan había trascendido los límites aldeanos, municipales, departamentales, había subido las montañas y había llegado al Palacio.

El Dictador lo había mandado llamar, pero don Juan, a pesar de ser como era, tenía su dignidad y se había negado. Cuando lo vio, pensó que lo venía a fusilar, pero luego se dio cuenta de que no. A qué venía, no se sabe. Aunque por algunas cosas, don Juan me dio a entender que venía a saber algo así como sobre un posible golpe de Estado. Pero quién sabe.

De todos modos, lo divertido no era saber a qué venía, sino verlo humillado frente a la mesa de don Juan, él que era todo soberbio, y oírle rezar la oración del mico, él que tenía a su servicio un chorro de psicólogos para implantar el terror, y finalmente, verlo beber un poco del agua contaminada que don Juan mantenía en el altar y que le daba a beber a toda la gente que le consultaba.

Se estuvo así casi toda la tarde y después se fue de la misma manera como llegó.

Don Juan, por su parte, no se ensoberbeció con la llegada del Dictador. Se portó como si nada, a pesar de la persona que había puesto los zapatos en su casa. La verdad es que si el Dictador había llegado era porque el Dictador le hacía los mandados.

—¿Y qué le dejó de ofrenda, don Juanito? —le pregunté.

—Ni mierda. Pero véngase. Echémonos un trago.

Un mes.

Dos meses.

Parecía que el Dictador quería comprobar, primero, si don Juan realmente era bueno o si sólo era fama.

Un día llegó a la aldea un jeep con unos de aquellos hombres de lentes oscuros. Buscaron a don Juan y le dijeron que el Dictador, ellos dijeron El señor Presidente, le daba las gracias por sus servicios y que le enviaba eso.

—¿Qué es, don Juan?

—Mire.

—Whiski.

Había que ver cómo don Juan se relamía la boca.

Pero el whiski era demasiado para él. Ver una caja de guaro extranjero en su casa lo enloqueció. Pero probó un poco y como tenía sabor a purgante y no el de guaro común y corriente, prefirió venderlo. Botellas que valían pistarrajales, las vendió a precio de quemazón. Si una botella de whiski valía 40 quetzales, él la vendía a 20, 15, 10 ó 5 quetzales en la cabecera municipal. De todos modos, como el octavo de Venado o de Indita valía 50 centavos en ese tiempo, de una botella sacaba para una, dos o tres chupas, sobre todo porque ya se embolaba muy rápido, tan rápido como su nahual. Cuando ya estaba muy borracho, hasta cambiaba whiski por guaro común y corriente.

En una de esas...

—¿Qué pasó? —pregunté.

—Que el miquito de don Juan amaneció muerto.

Habían venido borrachos. Pero durante la noche, el hígado del miquito había hecho crisis.

De la muerte del mico, el Dictador se enteró por medio del comisionado militar, que le envió un telegrama. El Dictador le remitió otro ordenándole que le dijera a don Juan que organizara los funerales. Don Juan se sintió transportado al cielo al pensar que su nahual iba a recibir un entierro digno e inmediatamente dejó de chupar y colocó al animalito en medio del rancho, sobre la mesa del altar, lo cubrió con un mantel blanco, le puso cuatro cirios grandes alrededor y un Cristo en la cabecera, lo rodeó de flores por todos lados, contrató un conjunto de músicos, de violinistas, de ésos que tocan los instrumentos como si fueran zancudos, para que tocaran toda la noche junto al cadáver, e invitó a la gente.

Claro que ésta se negó a asistir en masa.

—No es gente —decían.

Pero algunos sí llegaron. Unos por curiosidad, otros por el pan, el café y el guaro y otros porque don Juan era Don Juan.

—Cuánto lo sentimos, don Juanito.

—Mi más sentido pésame, don Juanito.

Cuando las muchachas de los bares de la cabecera municipal llegaron, don Juan había acumulado tantas lágrimas, que ya no pudo contenerse y contagió a otras gentes.

Durante toda la noche hubo lotería, dulces, naipes, chistes, chismes. En la madrugada hubo un pleito entre dos que salieron borrachos del velorio y que se machetearon. También ocurrió la violación de una muchacha en el campo de futbol. A las tres de la mañana, como en tierra fría, se cantó la salve.

Con voz de sonsonete, se oía:

    Dioooos

    Te saaaalve,

    Maríííía.

En la mañana apareció un jeep con los hombres de los lentes oscuros y una cajita forrada de seda blanca. Una cajita de niño.

Cuando yo la vi, pensé en el niño que días antes había sido velado en la estación del tren y había sido enterrado envuelto en unos periódicos.

—También me mandó pisto —me dijo don Juan.

—Qué topado. Así pagará todos los gastos.

Don Juan aprovechó para pedirme un grupo de niños.

—Para que carguen el cadáver, maistro.

Yo pensé que ya sólo faltaba que me pidiera que diese feriado. Le dije que desgraciadamente los niños sólo llegaban en la mañana y que como el entierro iba a ser en la tarde que

—qué pena.

Me entendió que no quería. Y no insistió.

Al entierro acudieron los delegados del Dictador, las putas, algunas gentes del pueblo y don Juan. Éramos vecinos, pero yo me hice el baboso. Sin embargo, salí a ver el entierro. Quienes llevaban al simio en hombros eran las muchachas, atrás iban cinco o seis gentes del pueblo rezando y cantando y más atrás, los delegados del Dictador y don Juan.

Naturalmente, mucha gente estaba que trinaba. ¿Cómo era posible que el animal fuera llevado así y enterrado en el cementerio. El hígado más picado era el de don Jacinto. Don Jacinto era un tipo muy deahuevo, un viejo alto, de lentes, cachureco hasta los huesos, pero muy recto. Era la autoridad civil del lugar, el hombre que andaba pararriba y parabajo con la vara representativa del alcalde del municipio. Era, en la aldea, el alcalde auxiliar.

—Lo siento, pero no se puede, don Juanito. Él, que en paz descanse, no es persona y usted no tiene permiso para enterrarlo en el cementerio. —Su voz fue dulce, pero fuerte.

Si no eran amigos, tampoco eran enemigos y don Juan casi le da la razón y casi ordena el regreso.

—¿Y usted, quién es?

—Soy el alcalde auxiliar.

—¿Ah sí? No se preocupe. Nosotros traemos el permiso.

—Bueno, pues quiero mirarlo.

—Aquí está —le dijo uno de los delegados del Dictador y se hizo a un lado la chumpa, sacó de su cintura la 45 y se la puso en el pecho a don Jacinto.

—A ver quién puede más, si su varita de alcaldito de mierda o esto.

Don Jacinto se fue de espalda.

—Bueno, pues con esa orden, ni modo —les dijo y dio la vuelta impotente.

El féretro siguió adelante.

Y fue enterrado en el cementerio, entre una lluvia rala de rezos y cantos y una lluvia espesa de flores que habían sido llevadas en el jeep. Don Juan le puso una cruz, una bonita cruz de cedro oloroso que también había sido donada por el Dictador. "Aquí yace quien en vida fuera", decía en la madera, sólo así, sin nombre porque no tenía nombre, luego la fecha. Don Juan lloraba, algunas putas lloraban; los delegados del Dictador no.

Yo pensé que todo se terminaría ahí. Pero esa misma noche principió la novena. Y durante nueve días, con poca gente sí, en la Catedral pude escuchar chorros de avemarías, de padres nuestros, de letanías y cantos y cuanta babosada se emplea para los rezos de difuntos. Y de seguro, ha de haber habido pan y café o chocolate. El Dictador pagaba.

Don Juan era mi vecino y digamos que mi amigo y yo había estado un rato en el velorio, un poco por amistad, otro por curiosidad y por joder, pero si no había ido al entierro, menos a la novena. Sería el colmo de mi parte. No totalmente, pero yo enseñaba ciencia.

Pero él se olvidó de mí. Al término de la novena, a la hora de la cena, alguien llegó a la escuela y me dijo:

—Dice don Juan que le manda esto.

Eran dos tamales de los buenos y un vaso de guaro hasta el copete.

Yo vivía solo y medio comía, así que los tamales y el guaro me cayeron de lugar común, de perlas. Y no quise ir, pero durante toda la noche oí la misma música de zancudo y toda la jodedera de la noche del velorio.

Durante los nueve días, don Juan fue un solitario alcohólico anónimo. Pero al terminar la novena, rompió la furia. Mañana, tarde y noche andaba revoloteando pararriba y parabajo. Y no se enteró de los acontecimientos, a pesar de tener un viejo radio Phillips, todo hecho desgracia, pero que todavía sonaba. Así que para él no hubo golpe de Estado de parte del Ministro de la Defensa al Dictador que lo había visitado.

Un día, el trasero me hizo así al ver que a la aldea llegaba el mismo aparato de fuerza que había usado el Dictador desplazado y que se estacionaba exactamente enfrente de la escuela.

Unas dos o tres semanas antes, nosotros, los maestros, nos habíamos parado después de mucho tiempo y nos habíamos declarado en huelga. No estábamos bien organizados y nos habían hecho pedazos. Yo no era dirigente, pero como me había declarado en huelga, pensé que ese día me iban a traer. Muchos de mis compañeros habían desaparecido.

Pero no. Para capturarme a mí bastaban dos judiciales o uno o medio y no todo ese aparato. Me serené. Salí al corredor y entonces pude mirar que alguien bajaba de un jeep con un miquito en los brazos y que se dirigía a la casa de don Juan, de don Juan Bonito.

—Es el nuevo Presidente —me dijo—. Y fíjese que me trae un nuevo nahual.

Después de algún tiempo, don Juan había dejado de chupar, pero había perdido la clientela.

—Ahora me voy a levantar de nuevo, maistro.

Le dije que le deseaba éxito.

—Pues fíjese la confianza que me tiene el nuevo Presidente, que me dijo que así como había ayudado al Presidente anterior que ahora lo ayude a él a prevenir "accidentes".

Creí que no oía bien, que mis oídos estaban atrofiados o sucios. Pero no. Estaban perfectos y limpios.

Y yo que había pensado que los caricaturistas eran unos exagerados.

Vallejo

[fragmento]

Sergio Ramírez

(Nicaragua)

Sergio Ramírez, cuyas dotes excepcionales de cuentista fueron notorias desde la publicación, hace ya una treintena de años, del enigmático Charles Atlas también muere, *obra que parece rejuvenecer con el paso del tiempo, alcanza con* Vallejo *la cima de su expresión narrativa, en este género. No es poco decir, a propósito de un escritor que ha dado frutos tan inolvidables en el cuento como* Nicaragua blanca, Perdón y olvido *y muchos otros.*

Como las grandes invenciones del arte narrativo, Vallejo *encarna, simultáneamente, varios motivos. La bohemia, limítrofe con la impostura, tiene aires de cierta picaresca de inmigrantes latinoamericanos en Europa, que se las arreglan con una ilusión de creación artística para justificar una vida irresponsable. El título designa al personaje principal, caracterizado, gracias al recurso del sobrenombre, de manera irrisoria por un testigonarrador, identificable con el propio autor del cuento, mediante rasgos autorreferenciales, a veces tan íntimos como hacer entrar en escena a Tulita, que todos identificamos con la compañera de vida de Sergio Ramírez. Protagonista y testigo evolucionan a lo largo de la acción. La incomodidad que provoca "Vallejo" en el personaje-narrador, se convierte paulatinamente en intriga y esta última en inquietud por el destino del otro. El farsante es quizás sólo un artista fracasado, para quien la obra irrealizada pesa como una deuda con su propia identidad. La fatalidad, en todo caso, se ensaña con él. El texto deja que el lector la adivine como detrás de un telón de conjeturas del narrador, sujeto también a las vicisitudes del desarraigo. La obra gana así otra dimensión, la de los expatriados latinoamericanos en Europa. El drama del personaje central es llevar, no una obra pendiente (al final de cuentas, probablemente ficticia), sino un país a cuestas. La escritura fluente, musical, entre tanto, le da entrada a un motivo más: la poesía de las grandes ciudades, que es también del desamparo y la soledad.*

Hemos prescindido, para esta publicación, del apéndice El árbol de las cabezas, *libreto para ballet, adaptado del* Popol Vuh, *que refuerza, en* Cuentos completos *y en* Catalina y Catalina *(cf. bibliografía, aquí abajo), al camuflarse en documento, la permeabilidad de la frontera que separa ficción y realidad. En compensación, el lector parece invitado, esta vez, a suponer, como correlato de las hojas de la partitura dispersadas por el viento al final de la historia, una música bárbara, kitsch acaso, improbablemente... lo que significa también probablemente... genial...*

De la amplia bibliografía de Sergio Ramírez, las siguientes obras son de ficción: Cuentos (*Managua, 1963*), Nuevos cuentos (*León, 1969*), Tiempo de fulgor (*Guatemala, 1970*), De tropeles y tropelías (*San Salvador, 1972*), Charles Atlas también muere, cuentos (*México, 1976*), ¿Te dio miedo la sangre?, *novela* (*Caracas, 1977*), Castigo divino, *novela* (*Managua, 1988*), Margarita, está linda la mar, *novela* (*Madrid, 2000*), Cuentos completos (*Madrid, 2001*), Catalina y Catalina, *cuentos* (*Madrid, 2001*).

a Sergio, María, Dorel,
por aquellos años juntos

Las locas ilusiones
me sacaron de mi tierra...
(Vals criollo peruano)

Para aquellos días de mediados de la primavera de 1974 en que apareció Vallejo, el *Tagesspiegel* trajo, otra vez, una de esas breves notas de páginas interiores en que se hablaba de las ventanas iluminadas. Un nuevo caso había ocurrido, ahora en Wilmersdorf, mi barrio, en la Prinzregenstrasse, muy cerca de la Helmstedterstrasse, mi calle: ambas tenían por frontera, de un lado, la Prager Platz, doméstica y discreta –expendios de butifarras, carnicerías, panaderías, el consultorio de un dentista, un taller automotriz y la pizzería Taormina; y del otro, la Berlinerstrasse, de elegancias ya perdidas –ópticas, boutiques, perfumerías, una tienda de música poco frecuentada que exhibía partituras en sus vitrinas, pero que aún podía disfrutar de la vecindad del remanso arbolado del Volkspark hasta donde, al comienzo de mi estadía en Berlín, yo solía llegar algunas tardes para descifrar a Kafka, en el penoso ejercicio de lectura en alemán que me había impuesto.

No es que el *Tagesspiegel* le diera a las ventanas iluminadas categoría de casos, ni mucho menos. Era yo quien mentalmente iba construyendo aquella cauda de ventanas encendidas en la noche, marcándolas sobre los meandros del plano de Berlín: fuegos fatuos que se prendían entre los infinitos vericuetos, canales, avenidas, bulevares, ramales ferroviarios, anillos de circulación, y antes de perderse para siempre, retornando a la oscuridad, brillaban en callecitas como la mía, de nombres pocos recordados. Hasta que, otra vez, el plano de tonos rosa, malva, magenta, amarillo, azul Siam, entreverado de infinidad de nombres y señales, volvía a arder en algún punto, al aparecer la noticia, como al contacto de un cerillo.

De una manera para mí misteriosa, aquellos fogonazos brillaban en el plano si quería encenderlos a la vez, para verlos arder todos juntos como una constelación armónica de estrellas equidistantes, formando una especie de círculo de hogueras que se llamaban unas a otras con sus resplandores fúnebres: una en Spandau, otra en Charlottenburg (ahora se encendía la que faltaba en este punto del círculo, en Wilmersdorf), otra en Schöneberg, otra en Neukölln, otra subiendo a Kreuzberg: faltaba aún una hoguera, una señal, una ventana iluminada brillando en la noche, palideciendo al llegar la madrugada, en Wedding, el distrito que se extendía, detrás del Tiergarten, entre Moabit y el lago de Tegel.

Guardaba en mi mente una visión del plano de Berlín y además, tarea de experto, podía desplegarlo sin tropiezos y leerlo de arriba abajo, única forma que tenía de sobrevivir en aquella selva (ninguna novedad es llamar selva a una urbe, pero es lo más cierto como metáfora) un animal doméstico como yo cuya única experiencia extranjera había sido hasta entonces San José, una capital donde todavía era posible que al presidente de la República lo atropellara una bicicleta por no saber atender a tiempo el timbrazo del conductor, tal como le había ocurrido a don Otilio Ulate al atravesar la Avenida Central, en la esquina del Banco de Costa Rica, frente a la Plaza de Artillería.

Wilmersdorf había sido uno de los antiguos barrios de la burguesía judía hasta la segunda guerra mundial; y mi calle, la Helmstedterstrasse, una de esas calles berlinesas tranquilas con tilos sembrados en las veredas, que ahora reverdecían relucientes de sol, un modesto desfiladero de edificios grises, bloques de cemento sin gracia, desnudos, adornados por alguno que otro cantero de flores en los balcones. En el costado de uno de esos edificios podía verse todavía, desleído por soles, nieves y lluvias, un viejo anuncio comercial de antes de la guerra, de colores ya indefinibles, quizás un anuncio de polvos dentífricos o de crema para la piel, no lo recuerdo; sólo recuerdo aquel rostro de muchacha ya apagándose para siempre, como un fantasma del pasado que se oculta en sí mismo, se borra y se esfuma en la nada.

No lejos de mi calle pasaba la Bundesallee, un río turbulento de automóviles, autobuses y trenes subterráneos, afluente que iba a desembocar, más lejos, a otro río aún más bravo y caudaloso, la Kurfüsterdamm; mi calle cerca del caudal pero un arroyo calmo, seguro, tranquilo, gracias a esa magia urbana del Berlín bombardeado de los káiseres que, pese a la irrupción de las improvisaciones de la modernidad, aún era capaz de preservar el sentido provinciano de los barrios, islas protegidas del revuelto turbión de las avenidas y bulevares maestros que se oían hervir, desbocados, en la distancia: en aquel barrio (ya hablé de la Prager Platz y de la

Berlinerstrasse) se tenía a mano la carnicería, la farmacia, la frutería (el frutero teutón, calvo y alegre que salía a la puerta de su tienda para saludarme a gritos como un napolitano cualquiera y decirme, alguna vez que yo regresaba de la ferretería llevando en la mano un martillo recién comprado, no sé para qué menester: ¡eso es; clave bien su puerta, enciérrese bien!), la papelería a la vuelta de la esquina (una de esas papelerías alemanas bien surtidas –Staedtler, Pelikan, Adler– que se volvían para mí, entregado al oficio de escritor, lo que las jugueterías o las confiterías para los niños: mazos de papel de cualquier peso, textura y grosor, carpetas en tonos pastel, marcadores de trazo sutil en toda su gama de colores deseables, gomas para borrar sin huella, pegamentos que no embadurnan, plumas fuentes que no manchan y papel carbón como la seda, que aún se usaba entonces para sacar copias a máquina. El contacto con los objetos del oficio, la nemotecnia como sensualidad, ¿no lo decía ya Walter Benjamin?).

Un oficio que yo practicaba con la constancia de un mecanógrafo, en horarios estrictos que empezaban a las ocho de la mañana y se prolongaban invariablemente hasta el mediodía. A la misma hora que yo, al otro lado de la calle iniciaban también su labor, con igual disciplina, las costureras de un taller de modas. En las nocturnas mañanas de invierno, ellas encendían las luces de su taller y yo las de mi estudio, ambos a la altura del segundo piso, y en breves descansos de nuestras tareas nos asomábamos, ellas por turnos a su ventana iluminada, yo a la mía, para divisarnos de lejos como pasajeros de dos trenes con rumbos distintos que se cruzan en la noche.

Aquellos edificios grises de la judería berlinesa parecían haber sobrevivido, incólumes, a los bombardeos y a los incendios, ¿o es que las bombas habían llovido lejos de la isla que seguía siendo Wilmersdorf, los incendios se habían desatado, voraces, en otras partes, nunca calcinaron esos arroyos, sino los ríos, más distantes? O los lagos, si así queremos llamar a las plazas: arrasada la Postdamerplatz, tal como fue y aún podía vérsela en las fotografías expuestas en el inmenso baldío que antes ocupó al lado del muro, peleterías, cafés, bancos, joyerías, restaurantes, hoteles suntuosos, tráfago de tranvías, legiones de peatones; y la Alexanderplatz, la otra colmena bulliciosa, teatros, cines, cabarets, redacciones de revistas y periódicos, cervecerías, de la que tampoco quedó nada, salvo, claro está, la novela magistral escrita por Alfred Döblin en 1929, que se llama, precisamente, *Berlin Alexanderplatz*. Allí se alzaba ahora la torre de televisión de "el otro Berlín", como llamaba Vallejo al sector oriental de la ciudad.

Al pie de la alta puerta de cristales emplomados del número 27, el edificio donde yo vivía en la Helmstedterstrasse, podía verse aún en el umbral, incrustada en mosaicos, una estrella de David desgastada por la huella repetida de los pasos, una estrella ya apagándose, fría, negándose a sí misma, entrando en sí misma, en su propio olvido, como el rostro de la muchacha de cabello corto ya desteñido, cejas borrándose que fueron de trazo negro firme, su última mirada por encima del hombro desnudo ligeramente alzado, despidiéndose sonriente del mundo mientras desaparecía en la pared.

La familia judía que vivió en mi apartamento del segundo piso, ¿habrá atravesado ese umbral, hollado esa misma estrella que entonces brillaba con resplandores de holocausto, pisadas temerosas de adultos, pisadas tímidas de niños, para ser llevados, al frescor de la medianoche, en otra primavera como ésta de 1974, custodiados por los agentes de la SS enfundados en gabanes negros de cueros, iguales a esos de las películas nazis, hacia la terminal de carga de la estación ferroviaria del Zoologicher Garten, o la de Friedrichstrasse, hacia algún campo de concentración, Birkenau, Treblinka, Buchenwald, hacia la muerte, hacia el exterminio? (Tulita: en una de las calles vecinas, en uno de esos edificios iguales de grises a los de la Helmstedterstrasse, ¿había una placa que recordaba que allí había vivido Albert Einstein? Sí, en la Jenerstrasse.)

La primavera de ventanas encendidas. El caso es que a partir de abril, en un barrio, en otro, una ventana quedaba iluminada porque ya no había quien apagara la luz; tras varias noches, alguien hacía notar a la policía que esa luz en esa ventana seguía encendida y entonces encontraban el cadáver; otras veces era por el olor a carroña que empezaba a llenar escaleras y pasillos; pero generalmente era la luz en la ventana, la ventana ardiendo como un lejano fanal en la oscuridad, lo que terminaba por denunciar que alguien había muerto solo, olvidado, abandonado.

—Y no hay escándalo —le comenté a Vallejo (¿o me comentó él?) mientras esperábamos en el paso de Checkpoint Charlie, un domingo por la tarde, a que los policías de migración de "el otro

Berlín", separados tras el grueso vidrio con bocina
de la ventanilla velada por una cortina, terminaran
de revisar nuestros pasaportes: los cadáveres de los
solitarios son bajados sin ruido, por las escaleras,
hasta el sótano donde espera la ambulancia
discretamente estacionada en la rampa; esos sótanos
gélidos y oscuros donde se almacena la hulla que
alimenta las calderas de la calefacción en el invierno,
y cada vecino tiene su medidor de electricidad y su
propio tacho de basura, marcado con su nombre.

Una de las cosas que como provinciano del
trópico había descubierto en Berlín, le iba diciendo a
Vallejo, le dije llegando ya a la Unter den Linden
(esta vez estoy seguro que fui yo), es que en aquella
selva se podía vivir, y había viejos, sobre todo viejos,
que vivían así, en la soledad más perfecta, sin familiares
(los hijos terminan por abandonar, por olvidar a los
padres que se van a morir lejos de nietos y calor de
hogar, solos), ni amigos (los viejos dejan de tener
amigos ¿en qué momento de sus vidas?), ni vecinos
(porque ese concepto bullanguero, confianzudo,
abusivo, nuestro de vecino, el que está al lado, no
existe); que las puertas barnizadas, en la penumbra de
los pasillos de los pisos, podían ser como tapas de
ataúd, que cada vez que una de esas puertas se cerraba
era como un golpe de martillo remachando otro clavo
de ese ataúd (el anciano, la anciana, regresa con sus
compras magras, poca comida para él/ella, comida
para el gato, un portazo, tres vueltas a la cerradura; la
soledad, único familiar cercano, madrastra de pechos
secos y tristes, los ha vuelto rencorosos, hoscos,
hostiles.

—¡Cuándo en el Perú, mi hermano! Uno no
puede dar el alma si no está la recámara llena de

gente, y viene gente que uno ni conoce, y lo llora sinceramente a uno –se condolía, se condolió, indignado, Vallejo.

Creo que mejor vamos a quedarlo llamando Vallejo porque es el nombre que le dimos desde su aparición. Era peruano del Cusco y eso es todo lo que sé. Fue una mañana de mayo de 1974 cuando sus pasos resonaron por primera vez, huecos y enérgicos, en el cubo de la escalera que siempre permanecía en penumbra cualquiera que fuera la estación, y se detuvieron frente a mi puerta. Yo volví la cabeza, con la esperanza de que a través de la ranura que hacía las veces de buzón deslizaran algún panfleto de propaganda y que el panfleto cayera con golpe inofensivo en el piso de parquet, pero no; el timbrazo violento, aquel timbrazo de fin de recreo o intermedio teatral, reverberó en las estancias asoleadas, de ventanas abiertas por primera vez en muchos meses; las gasas de las cortinas aventaban, alocadas, hacia adentro.

Desconsolado, dejé mi asiento frente a la máquina de escribir y fui a ver quién era; desconsolado y ya con indicios de frustración y cólera, pues no pocas veces alguno de los estudiantes nicaragüenses en Berlín, porque desdeñaba las clases o ya había perdido el curso, no encontraba nada mejor qué hacer que venirse a buscar plática conmigo. Precisamente en las mañanas, que era cuando yo escribía.

Era Vallejo, el cholo, quien me extendía la mano, sonriente. Lo recuerdo así: complexión de campeón de lucha libre retirado, cabello lacio, uno de esos cabellos de cerdas rebeldes sólo domeñadas ya en la edad adulta con libras de brillantina, o gorritas de media nylon talladas sobre la sorolpa durante la niñez, pero que de todas maneras siempre tienden a rebelarse con la fuerza de los rayos metálicos de un resplandor de santo cuzqueño. La piel del rostro cobriza, cetrina, restirada sobre las facciones incaicas (ojos achinados, nariz de gancho romo, boca abultada y grasosa) como el parche de un tambor de cuero crudo que conserva manchas y sombras indefinibles en su superficie. (¿Habrá tenido cincuenta años, Tulita? Poco más o menos.)

¿Qué se le ofrecía? Se le ofrecía que lo mandaban del DAAD (Deutscher Akademischer Austauschdienst, si alguien quiere el nombre completo), la institución que me pagaba el estipendio de escritor en Berlín. Había llegado a las oficinas del DAAD en la Steinplatz preguntando por algún escritor latino que quisiera escribir para él (que era maestro compositor, salido de la Accademia di Santa Cecilia, de Roma) un libreto para ballet sobre un tema indígena, y como yo era el único escritor latino becado ese año (los otros eran lituanos, noruegos, ucranianos, había un rumano: mi amigo el poeta Roman Sorescu), Barbara, quien se ocupaba de nosotros los escritores, le había dado mi dirección.

Y mientras penetraba hasta la sala de alto techo color marfil guarnecido en las esquinas de racimos de uvas insinuadas en yeso (la sala donde el adorno más notable era una vieja caja de caudales, por supuesto vacía, que la dueña del inmueble, una ginecóloga de Schöneberg, se negaba a sacar porque la operación de bajarla por la ventana con una grúa era demasiado costosa), con un ademán de sus labios grasosos me hacía notar la falta de cortesía al no invitarlo a pasar que él, de todos modos, remediaba ahora arrellanándose a su gusto en uno de los sillones, tres o cuatro sillones forrados en tela marrón en la sala despoblada y luminosa de cortinas de gasa aventadas y que ahora lamían, indolentes, el techo.

Al tiempo que se frotaba con fruición las manos, me preguntó si no tenía un cafecito; y al volver de mala gana trayéndole el cafecito sin haberme preparado uno para mí como la mejor señal de que aquella entrevista, él sentado y yo de pie, no tenía por qué demorarse, con toda la suavidad y la cortesía del mundo le fui diciendo que de ballet yo no sabía nada, nunca en mi vida había presenciado una función de ballet y mi cultura en ese aspecto no pasaba de haber escuchado, una que otra vez, algunas suites de *El Cascanueces* y el *pas de troix* de *El Lago de los Cisnes.*

Era cierto. Muchos años atrás, jugando con el dial en las tardes muertas de los sábados en mi pieza de estudiante en León, me detenía a veces en la Radio Centauro, una emisora de Managua dedicada nada más a transmitir música clásica, una rareza en un país de radios cumbancheras. Su propietario, don Salvador Cardenal, quien manejaba la tornamesa mientras acercaba la boca al micrófono porque se trataba de una radio muy pobre y casi doméstica, con los estudios instalados en un bajareque de su propia casa, daba a lo largo del día sus *Pequeñas lecciones de música de un aficionado para aficionados.* Tchaikovsky era frecuente en esas lecciones.

—Además, me repugna Tchaikovsky. Lo encuentro muy empalagoso —le advertí.

—Yo también —me respondió—. Tan empalagoso como las películas de Kent Russell, que es el Dalí del cine. Lástima, cómo se desperdicia con él esa genial actriz que es Glenda Jackson. Y Dalí, ¡semejante franquista, semejante farsante! ¿Cómo puede llamarse arte a esos relojes desinflados que parecen pancakes de Aunt Jemima?

Pese a que aquella respuesta no variaba mi ánimo de salir lo más pronto posible de él, no dejó de seducirme; fue como una punzada de seducción. Vallejo no era ningún pendejo. Además, por lo que oía, Vallejo era de izquierda.

¿Y qué importaba mi ignorancia sobre el ballet dulcete y romanticón?, iba ahora de su sillón a la ventana, en derroche de entusiasmo: Stravinsky. *El pájaro de fuego,* de eso sí podíamos decir que me había privado, algo así debíamos lograr nosotros con el ballet indígena (el *nosotros* lo usaba ya con una seguridad tan confianzuda que podía llamar, por igual, a la ofensa o a la risa); además, de todos modos, la parte musical iba a ser responsabilidad suya, él era el compositor, lo que necesitaba era que yo escribiera el argumento, que nos pusiéramos de acuerdo en un tema que tuviera fuerza dramática, sacado de alguno de los mitos fundamentales de la cultura inca, chibcha, quechua (maya-quiché, azteca agregué yo mentalmente, no te olvidés de nosotros: náhuatl, chorotega, de allí vengo yo); extraer de esa cosmogonía ritual los elementos de belleza plástica que pudieran plasmarse en la danza, siempre había un padre y una madre nutricios en el principio del mundo, desconcertados ante el poder de su propia obra, que era el caos, e incapaces, pese a su calidad divina, de elegir entre bien y mal; ahí estaba el desafío humano: la lucha por el bien en contra de los dioses, o pese a los dioses, la lucha entre la tiranía, representada por los dioses padres, y la libertad, representada por los hombres hijos, que era, a la vez, la lucha entre la oscuridad y la luz: los dioses, arrepentidos de haber creado al hombre, queriendo volver el mundo a las tinieblas; y el hombre pugnando por hacer sobrevivir la luz. El triunfo de la luz, era la liberación. ¿O tenía ya pensado yo algo mejor?

Lo que yo pensaba, impaciente, porque la mañana se me iba, era que nada nuevo ni original me estaba proponiendo Vallejo en aquella perorata indigenista, y además, que esa filosofía vernácula no me interesaba, yo estaba en otra cosa, la novela que estaba escribiendo, *¿Te dio miedo la sangre?*, trataba sobre los años cincuenta, Nicaragua bajo los Somoza: nunca había leído ni siquiera el *Popol Vuh*, para que él lo supiera de una vez, mentí.

¿Filosofía indigenista?, se asombró Vallejo. ¿Cómo podía expresarme así? Él tampoco había leído el *Popol Vuh*, ¿de qué libro sagrado le estaba hablando? Pero si yo quería, que usara también el *Popol Vuh*, tenía tiempo de documentarme bien, nada de improvisaciones: él ya había estado en la biblioteca del Iberoamerikanisches Institut, allí tenían montones de materiales indígenas clasificados en los ficheros, sólo era cosa de que yo fuera a darme una asomadita hoy mismo en la tarde; dejando en prenda el pasaporte, a uno le prestaban libros y folletos para llevárselos a su casa. Vallejo se demoraba en soplar el café esponjando los carrillos y no se lo bebía; soplaba inútilmente porque el café hace ratos debía estar ya frío.

Iban a ser las doce del día. Me había solicitado papel para pergeñar unos apuntes y esbozar unos dibujos (*pergeñar*, *esbozar*, eran términos muy suyos), y exponerme así su esquema escénico; y como yo me hice el desentendido fue él mismo a mi mesa de trabajo en la habitación contigua y trajo el papel.

Algunas veces sucede que uno se queda como entumido, ¿el piquete adormecedor de una tarántula, la embriaguez de modorra de un gas venenoso de efectos paralizantes, como esas nubes de color mostaza (¿gas de mostaza, se llama?) que avanzaban con lentitud mortal sobre las bocas de las trincheras sollamadas por el fuego durante la primera guerra mundial? Las hojas que Vallejo había tomado de mi mesa eran las tres que yo había alcanzado, nada más, a escribir esa mañana; pero él, no importa, les dio vuelta para usarlas de reverso.

Tulita reconoce de manera muy generosa que soy una persona calmada, pero también suele decir que hay ocasiones en que se me sale el Mercado, mi rama familiar de donde ella dice que heredé la parte agria de mi carácter, pero que yo llamaría, con más justicia, la parte defensiva: mis pobres mecanismos de respuesta cuando se agotan las posibilidades de la serenidad y la cordura, porque las circunstancias vuelven imposibles serenidad y cordura; en este sentido, la agresividad no es sino el instrumento último de la razón, su escudo y coraza final, me decía sentado allí frente al despreocupado Vallejo que ahora, queriendo manipular todo al mismo tiempo, con torpe movimiento había derramado el café sobre las hojas.

No importa. Y "salírseme el Mercado", Mercado, mi apellido por la rama materna, era salírseme el indio: de niño, mi pelo, indómito al peine, fue domado con una gorrita de nylon, hecha con una media ya descorrida de mi madre, en los años posteriores a la segunda guerra mundial en que aún escaseaban las medias de nylon en Nicaragua; y gorra de media en la cabeza, yo salía valientemente a la calle a enfrentarme al cardumen burlesco de pilletes puñeteros que querían arrebatármela mientras mi abuela Petrona corría a defenderme (pillete era una palabra muy de mi abuela Petrona, puñetero era otra; y esta última se la oí utilizar más tarde, y más de una vez, a Vallejo para referirse a la suerte: suerte puñetera, solía quejarse, moviendo doliente la cabeza).

Ya iba, pues, a estallar (estallar, lugar común del lenguaje cuando se refiere a un estado anímico; pero, ¿qué otra cosa poner si es ésa la verdad?), cuando en eso sonó otra vez el timbre, ruidosa encarnación del relámpago que se negaba a caer de los cielos para fulminar a Vallejo, y era Tulita que regresaba de sus clases de alemán en la Nollendorfplatz, poco después deberían regresar los niños de la escuela, el eco apresurado de su carrera de subida por la escalera primero, la urgencia infantil después haría sonar de nuevo el timbre de juicio final con clamores repetidos y los bultos escolares caerían como pesados fardos contra el parquet; hora entonces de colocar la funda sobre la máquina, hora de almorzar (las manos mágicas de Tulita preparando el almuerzo en cinco minutos contados reloj en mano), hora, pues, de sentarse a la mesa del comedor en la cocina frente a la ventana abierta por la que entraba el sol y se oía trinar, alegre y despierta, a la primavera, el sol tibio y radiante que empezaba a calentar las cacas de perro en la acera del supermercado Albrecht, sus vidrieras recubiertas con carteles de ofertas, visibles desde nuestra ventana, copiando en reflejos oscuros el verdor del follaje de los tilos de la vereda que volvían, otra vez, a la vida.

Si hubiera sido un día normal, pero no lo fue... Nada era normal en esos días. La aparición de Vallejo no confirmaba sino el viejo adagio de que los infortunios no se presentan solos, sino en pandilla. La beca de escritor, bajo las estrictas reglas prusianas duraba un año, ni un día más, así mi novela se quedara a medio palo; y mi intención era permanecer otro año en Berlín. Peter Schutze-Kraft, mi ángel custodio, quien me había conseguido la beca del DAAD, siempre seguro de sí mismo, llamaba todas las noches desde Viena, donde trabajaba y sigue trabajando como funcionario de la Comisión Internacional de Energía Atómica de la ONU, para decirme que no había razón de preocuparse; Johannes Rau, ministro-presidente de Nordrhein-Westfalen, que a su vez era presidente de la Fundación Heinrich-Hertz, se estaba ocupando de que se me concediera otra beca.

Mi desconfianza crecía, porque aquella era una fundación científica —no en balde Hertz era el padre de las ondas hertzianas— para becar investigadores sobre cuestiones relacionadas con las frecuencias radioeléctricas, la longitud de ondas, el espectro electromagnético, etc. No importa, repetía Peter con su habitual terquedad, en Alemania la literatura es una ciencia, *Literaturwissenschaft*.

Pero importaba. En mi cuenta bancaria el DAAD ya no depositaría sino una mensualidad más y habíamos empezado a aplicar un plan de emergencia doméstica: comprar en bodegas productos sin etiqueta, suprimir las excursiones al

Cine Arsenal, dejar embancado el Renault condal que habíamos comprado de medio uso (recién llegados a Berlín, sin saber una palabra de alemán, al revisar los papeles del Renault nos enteramos de que su anterior propietario había sido un Konditor; un noble, pensamos, aunque resultó siendo un repostero; pero konditor sonaba a título nobiliario). Y ahora para colmo, Vallejo.

Y para colmo, Tulita. Apenas entró y descubrió a Vallejo, recostado ahora a la caja de caudales mientras leía con aire reflexivo y preocupado lo escrito y dibujado en el reverso de las páginas de mi novela, el bolígrafo en los labios grasosos manchados de azul, corrió a saludarlo con la falta de premeditación que saluda, llena de alegría, a cualquier desconocido al que ve conmigo, asumiendo, sin detenerse a averiguarlo, que se trata de un íntimo amigo mío. Pero además, tras una sola mirada, lo adoptó.

—Se va a quedar a almorzar con nosotros, ¿verdad?

—Claro que sí, encantado —dijo Vallejo, y fue por más papel al estudio.

Entre saludo entusiasta y adopción, hay una diferencia que ella misma establece. No le cuesta comprobar, tras un breve juicio sumario, quizá pidiendo mi testimonio con una rápida mirada, que yo le doy con otra igual, que ese alguien al que ha mimado en un *in promptu* de euforia cordial, no es un amigo íntimo mío, se ha equivocado, y punto. Pero amistad íntima confirmada no es prerrequisito para la adopción. La adopción goza en ella de su propio ámbito, tiene sus propias leyes y las defiende con encono: ¿qué no había visto bien a Vallejo, qué no me había fijado? Los zapatos raspados, un calcetín de un color, el otro de otro, la camisa descosida debajo de la axila, una de las mangas no tiene el botón del puño. Un examen minucioso, como todos los suyos practicado en segundos.

Vallejo pergeñó otros cuadros sinópticos, dibujó más garabatos, entre ellos un proscenio con plataformas a dos niveles: abajo sería el infierno, el reino de la oscuridad; arriba estarían los héroes terrenales, dispuestos a bajar al infierno para derrotar a los dioses de las tinieblas. Las luces, en haces, deberían ser rojas para alumbrar las simas (plataforma A=infierno); y blanco opalescente para alumbrar la tierra encima del infierno (plataforma B=mundo de los mortales), muy arriba de la plataforma A; las dos plataformas, conectadas por cuatro escaleras, muy empinadas, para dar la sensación de descenso tierra/averno, dos en c/u de los laterales izq/ y der/, cada escalera de un color diferente, siendo, así, cuatro los caminos/escaleras: rojo, el de la vida, a la izq. y negro el de la muerte a la der... y otros dos colores que ya veíamos; decorados, simples: telones de seda negra, rojo, blanco, amarillo (vea, pues: esos dos últimos serán también los colores que nos faltaban para terminar con las escaleras, blanco a la izq. amarillo a la der. y así ya salimos de ellas); y debe haber un árbol en el centro, abajo, en el infierno; algo así como el árbol del bien y el mal, el árbol de la muerte y de la vida...

Y cuando Tulita llamó al almuerzo, yo tenía ya ganas de preguntarle de dónde había sacado un escenario completo para una representación de ballet que no tenía ni argumento dramático; para qué iban a servir aquellas escaleras de distintos colores, tan empinadas; quién iba a bajar por ellas, bailando, con el riesgo de desquebrajarse, y si no le parecía que aquello del árbol del bien y el mal no estaba ya escrito en algún lado, a lo mejor en el Génesis, el primer libro del Antiguo Testamento. Escrito, aunque aún no bailado, para hacerle alguna justicia a su inventiva.

Vallejo, plenamente satisfecho de los avances obtenidos, se dirigió al baño por el pasillo como si conociera de toda la vida el camino; oímos, tras largo rato, descargarse el retrete y luego se asomó a la puerta de la cocina pidiendo una toalla, no había toalla en el baño, la camisa remangada, manos y antebrazos chorreando agua, y así se quedó, en gesto de cirujano que aguarda en el quirófano a que le quiten los guantes de hule, concluida la operación, mientras María, la mayor de las dos mujercitas, iba a buscarle una toalla (ya estaban allí los tres niños de regreso del colegio, Sergio, María, Dora, preguntando quién era Vallejo y oyendo a Tulita responderles: un amigo de tu papá, lo cual era falso pero en aquel momento no iba a ponerme a desmentirla).

A la mañana siguiente Vallejo llamó por teléfono para preguntar si no había dejado olvidados sus apuntes y esquemas escénicos, como de verdad los había dejado (anoto, desde ahora, que nadie conocía su domicilio; Barbara en el DAAD no sabía nada de él, nunca le dio su dirección ni me la dio a mí; no tenía teléfono, solía llamar de algún bar, de cualquier cabina en la calle); de paso, quería decirme, me dijo, que quienes bajarían al reino inferior de las tinieblas por uno de esos cuatro caminos, serían dos príncipes hermanos, pero deberían saber escoger el camino rojo, que era el de la vida; si seguían el negro, morían. Que fuera viendo; ¿y si una vez que seguían el camino correcto y lograban llegar al reino del mal los sometíamos a otras pruebas, por ejemplo cinco casas de tormento: la casa de los cuchillos, la casa de las llamaradas, la casa del hielo, la casa de los tigres, la casa de los murciélagos? Casas de susto, como en el parque de diversiones del Tiergarten.

Al otro día volvió a llamar de urgencia para notificarme que debía acompañarlo, esa misma tarde, a una entrevista que había logrado concertar con un asistente ejecutivo del director de la Deutsche Oper. Y que no me fuera a olvidar de los *sketchs* de escenarios, los íbamos a necesitar.

–¿Vas a ir? –me preguntó Tulita, entre cautelosa y extrañada.

Si yo estaba jodido, aquel peruano lo estaba más, justicia es justicia, le dije con algo de inquina. ¿No era ella quien había notado que usaba calcetines que no se correspondían?

La entrevista, por invitación del asistente, tendría lugar en el café del Hotel Kempinski, uno de los sitios más refinados y caros de Berlín, en la Kurfürstendamm: la cosa va en serio, entonces, dijo Tulita. Sí. Con el asistente deberíamos discutir de manera preliminar el montaje del ballet, aún sin tema ni título, y por lo tanto sin música ni coreografía, pero ya con una idea de escenario doble, plataformas A y B, cuatro escaleras, un árbol del bien y el mal, y dos príncipes sometidos a más pruebas mortales de las que aguantaría un hosco y escéptico público alemán.

–Y, ¿si dice que sí ese señor? –me preguntó Tulita, que no dejaba de entrever los últimos rescoldos de sorna ardiendo en el fondo de mis palabras. Pero ya no le respondí, y me encaminé a tomar el U-Bahn a la estación de Uhlanstrasse.

¿Y si uno de los príncipes, al equivocarse y escoger el camino negro era condenado a muerte por decapitación? Su cabeza es empalada, el palo florece, se vuelve árbol, la cabeza se convierte en un fruto entre otros frutos iguales, redondos, duros, como cabezas: el jícaro cubierto de jícaros, el árbol de las cabezas, ése sería el árbol del bien y el mal, el árbol de la muerte y de la vida. De pie, en el vagón atestado, mi propia cabeza empezaba a trabajar, pese a las prevenciones del buen juicio, en favor de Vallejo.

"Aquel señor" no dijo ni que sí ni que no, porque simplemente no llegó a la entrevista; y esa entrevista nunca fue concertada, ni el asistente existe, Vallejo lo debe haber inventado, todo es una farsa y una mentira, le dije a Tulita apenas me abrió la puerta, sudoroso y jadeante porque habiendo quedado sin medio centavo, tuve que regresar a pie.

—¿Por qué iba a inventarlo? ¿Con qué intención iba a querer engañarte así? —intentó ella una última defensa.

—Ajá, ¿y la cuenta? —la reprendí, herido.

Lo único real de todo aquello había sido la cuenta carísima y tuve que pagarla yo, ni para el tiquete del U-Bahn me había sobrado; Vallejo se declaró insolvente de manera táctica, es decir, poniendo su peor cara desvalida cuando al final de la inútil espera el camarero envarado, de frac cola de pato, se acercó con la cuenta reflejada en el agua bruñida de una bandeja de plata.

—Raro, porque los alemanes, sobre todo los altos funcionarios de la ópera, son muy puntuales

–dijo, mientras se aplicaba a los labios grasosos la imponente servilleta almidonada, de ribetes bordados, antes de ponerse de pie.

Nos despedimos en la vereda, de mi parte de muy mal modo, y fue quizá por eso que en los días siguientes no se atrevió a repetir sus visitas. Pero probó a llamarme por teléfono. Los niños habían sido instruidos para responderle que no estaba y Tulita no tuvo más remedio que negarme también si le tocaba atender; y si no había nadie más en el apartamento, yo dejaba sonar el aparato. ¿Cómo iba a saber que no era él?

Nadie me pregunte por qué, pero terminé por ponérmele. Y sin ningún preámbulo pasó a decirme, entusiasmado, que no nos habíamos acordado de la prima ballerina; debíamos crear entonces una princesa indígena. Que fuera pensando qué relación tendría con los dos héroes hermanos que bajan al reino de las tinieblas, ¿esposa, hermana, madre?

–Está bien, voy a pensarlo –le contesté, por no mandarlo al carajo.

(La princesa oye hablar a los caminantes del árbol encantado lleno de cabezas que murmuran entre las hojas. Sale a escondidas de su casa en busca del prodigio hasta que encuentra el árbol de ramas sarmentosas donde cuelgan las calaveras, como frutos sombríos, a la luz caliza de una luna menguante. Se acerca danzando al árbol. La cabeza del príncipe decapitado le pide que extienda la mano para escupir en ella; obedece, y entonces recibe en la mano abierta el salivazo. El semen/saliva penetra por los poros de la piel de la mano de la princesa hasta sus entrañas, y así concibe a otros dos príncipes vengadores.)

Haberle respondido el teléfono fue la señal que recibió Vallejo para volver, pero esta vez midiendo cautelosamente sus pasos. No se presentó por la mañana, sino al atardecer y traía colgando de la mano una bolsa plástica de supermercado que entregó a Tulita con la advertencia cordial de que le fuera preparando una sartén y una cacerola porque él mismo iba a cocinar. En la bolsa había un paquete de espaguetis, una lata de pomodoros italianos, un dispensador con queso parmesano rallado y además dos botellas de vino tinto húngaro (de una engañosa marca, *Sangre de Toro*, que yo solía comprar en tiempos malos, como los de ahora).

Esa vez no empezó hablando del libreto para ballet. Mientras yo, un tanto distante, lo veía manipular en la cocina los ingredientes, me contó cómo para poder continuar sus estudios de música en Roma, había tenido que emplearse de pinche de cocina en trattorias de turistas del Trastebere después de que el gobierno de Belaúnde Terry le había suspendido la beca: tarde había dado el golpe el general Velasco Alvarado, y más se ha tardado, a pesar de sus magníficas intenciones, en barrer con toda la canalla infesta del Perú, mi hermano, para no hablar del atraso que lleva en devolver a su sitial de honor a la cultura autóctona.

—¿Y por qué el gobierno popular no le ha restituido la beca? —le pregunté, con mal disimulada insidia—. ¿Es que no ha planteado la solicitud?

—Hace tiempo mandé los papeles —me respondió él, con sobrada candidez—. Pero el Perú, uuuhhh... es lento, todo se queda en trámites. La burocracia en Lima todavía es virreinal...

¿Por qué no regresaba al Perú?, quise acorralarlo; a ayudar a expandir la cultura autóctona.

Acababa de ver en la televisión a los campesinos de Ayacucho reunidos en Lima en una asamblea agraria, con sus ponchos y chullos, ocupando los escaños del Congreso Nacional clausurado; y en una radiofoto de ayer mismo, en el periódico, el general Velasco Alvarado saludaba a la multitud de indios en un mitin en Pucallpa, desde el atrio de la iglesia, luciendo un penacho de plumas en la cabeza. ¿Qué esperaba Vallejo para emprender el regreso a la tierra prometida?

—Que me alfombren de flores la avenida La Colmena. Quiero recorrerla en coche descubierto, desde la Plaza Unión hasta la Plaza San Martín, abarrotadas de gente, las veredas, las ventanas, y los balcones, a eso espero —dijo Vallejo—. Regreso hasta que haya brillado lo suficiente en Europa, compositor famoso, a poner en Lima el ballet que va a triunfar aquí. Si no, que se queden esperándome. A enseñar música en liceos de provincia, a enterrarme en vida, no voy.

Y sin mediar pausa, su conversación fue más allá de lo esperado:

—Yo sé que usted está molesto conmigo —me dijo mientras revolvía lentamente la cuchara en la salsa que comenzaba a borbotear.

¿Era aquella una manera de acabar de desarmarme? Lo fue. Sí, no lo niegue. Molesto porque cree que vengo a robarle el tiempo que dedica a escribir. Pero se equivoca, porque el libreto para ballet es importante, muy importante para su carrera de escritor; aunque reconozco que más importante para mí. Y sin usted, estoy perdido. Yo tengo las ideas musicales bien claras aquí, dijo, y se señaló la cabeza con la misma mano que empuñaba el cucharón; pero ninguna imaginación literaria. El argumento era sólo mío, de nadie más; y me iba a dar sobrada fama. Mío salvo las ideas que él me había venido brindando y que estaba dispuesto a seguirme brindando siempre que yo estuviera de acuerdo, claro está.

Además, siguió, él no era ningún farsante, como a lo mejor yo podía creer; y como tenía las manos embadurnadas de salsa, señaló con un ademán de los labios grasientos hacia el bolsillo de su camisa donde guardaba una hoja de papel doblada en cuatro, y me pidió que la sacara, que la desdoblara, que la leyera: era una fotocopia, de esas de entonces impresa en papel grisáceo, difícil al tacto y con olor a ácido, del original de un documento de diez años antes en que se hacía constar que Vallejo se encontraba matriculado en la Academia di Santa Cecilia. Constancia de matrícula, no diploma, me cuidé de comentarle.

Pero él dijo: un músico nunca termina de aprender. Así como no hay poetas graduados, tampoco hay compositores graduados. Nadie se gradúa de Dios, y Dios es el que crea el universo, cualquier universo. ¿Ha leído el *Doctor Fausto*? No el de Goethe, que ése es el molde; el de Thomas Mann, que tomó por modelo de su Doctor Fausto a Schönberg, un genio único, aunque no sirve para nada porque a nadie le gusta; la música dodeca-fónica, estoy de acuerdo, es un soberano dolor de huevos. Pero a pesar de eso, Schönberg es el genio que descubre mundos ignorados. Y Thomas Mann, otro genio, desentraña a ese genio. Fíjese qué pareja de tarados.

Vallejo sabía hervir los espaguetis para darles esa textura precisa *al dente*, contrario a la ruina que eran aquellas masas informes que alguno de los estudiantes latinos de Berlín conseguía cuando yo era el invitado de honor de sus encuentros dominicales en el apartamento de cualquiera de ellos, espaguetis o pizzas medio crudas o medio quemadas, algún remedo de comida criolla y siempre cerveza tibia entre discusiones interminables y generalmente a gritos sobre el destino de América Latina, Cuba sí yanquis no, el Che Guevara uno, dos, tres Vietnam es la consigna, Salvador Allende mucho más temprano que más tarde se abrirán las grandes avenidas... y la revolución autóctona del general Velasco Alvarado, que ya empezaba a cuartearse.

Pero no fue porque dejó de visitarme en las horas prohibidas y se acomodó a mi horario, ni porque me hubiera enseñado a preparar espaguetis (única especialidad culinaria de la que aún puedo vanagloriarme), ni porque fuera de izquierda y creyera en las revoluciones autóctonas, que empecé a convencerme de que escribiéndole su libreto para ballet yo no perdía nada, apenas un par de días, un fin de semana, las horas que dedicaba a mis cartas a los amigos; tampoco era, a esas alturas, para salir de él. No. Debía ayudarlo: ésa era mi convicción (¿era ésa?) solidaria, caritativa, benéfica, como quiera llamársele; Vallejo necesitaba el libreto, se moría de hambre, ¿de dónde sacaba Vallejo zapatos rotos, calcetines desconcertados, para sus compritas en el supermercado, porque ahora siempre se aparecía con alguna bolsa de plástico colgando de la mano?

Y, ¿si era cierto, como él decía, que el famoso asistente del director de la Ópera, que había vuelto a aparecer, poco a poco, en sus conversaciones, le había puesto un plazo fatal para entregar el libreto?

De otro modo, la representación no entraba en el programa de otoño del año siguiente. (¿Y el éxito? La fama, el triunfo.)

Ese domingo que he contado, cuando cruzamos el muro por Checkpoint Charlie, íbamos a una representación de *Corolianus* de Bertolt Brecht en la Volksbühne, con entradas de platea conseguidas por Carlos Rincón, que vivía de aquel lado y vino a invitarnos a Tulita y a mí (Vallejo, que estaba en el apartamento, se invitó solo, pero yo no me opuse; Tulita, que odiaba cruzar el muro, no quiso ir).

Actuaba Erich Maria Brandauer, el mejor actor de Europa, según Vallejo, y yo, de acuerdo, agrego: el mejor, mucho antes de que se le conociera por su papel en la película *Mephisto*; pero no se había filmado aún esa película y nunca la vimos juntos. Aunque al salir de la representación me comentó algo que pudo haberse aplicado a Brandauer: desde una butaca en el teatro, a lo mejor lejana, no era posible acercarse a la multiplicidad de expresiones de un rostro dotado y entrenado para la diversidad. Eso sólo lo permitía el close-up. Y si fuera necesario justificar la existencia del cine, aquella sería razón suficiente.

¿Había visto *Las reglas del juego* de Jean Renoir? (No la había visto; pero meses después de aquella conversación, poco antes de dejar Berlín, encontré que la daban en el Cine Arsenal, como parte de un ciclo de cine francés de entreguerras, y fui una noche a verla): pues cuando la vea fíjese bien en Marcel Dalio, ese payaso de carpa ambulante que Renoir buscó para interpretar el papel del marqués de la Cheyniest; hay una escena en que muestra a sus invitados una espléndida caja de música, su mejor adquisición, porque coleccionaba cajas de música, por gusto de rico ocioso; y nadie, después de verlo, puede olvidar ya ese rostro que muestra orgullo y humildad a la vez, mientras la caja de música toca ¿un vals de Strauss, algo de Monsigny?

—El cine no son sólo rostros —le dije yo—. Si fuera por eso, se podría representar el teatro tras una lupa colocada delante del escenario, y se acabó el problema. El cine son imágenes. Ni siquiera palabras.

Se detuvo y reflexionó largo rato, como si de la respuesta que fuera a darme dependiera su destino.

—Está bien. Pero el cine es un arte escénico, de todas maneras —respondió al fin—. Aunque estoy claro de que el único arte escénico de verdad es el teatro. La ópera, pongamos por caso, es ridícula: los galanes y las heroínas son gordos a reventar, anchos de caja porque el pecho es su instrumento musical; tragan pastas antes de cada representación para acumular energía, como los corredores de distancia. Contrario todo a la vida, porque las parejas trágicas no son así. Los enamorados pasionales son esmirriados, puro hueso. Y tampoco la vida es cantada, mi hermano. Dónde se ha visto que una tísica al borde de la muerte, como la Mimí de *La Bohemia*, o la Violeta de *La Traviata*, sea capaz de tensar las cuerdas vocales de semejante manera; y para colmo acostada en una cama.

—Tampoco la vida es bailada —le dije yo—. ¿Para qué quiere componer, entonces, un ballet?

—Ah, ¡ésa es otra cosa! —protestó—. Ya le dije que el ballet de sílfides, cascanueces de dibujos animados de Walt Disney, y bellas durmientes del bosque, con príncipes maricones, de pantaloncitos apretados para que se les note la talega de los huevos, lástima la dotación, no me interesa. Detesto ese ballet falso. La danza, para mí, es ritual. Tenemos que enseñarle a Europa cuál es el verdadero valor de la danza, la que crea el universo. Nuestra idea americana de universo. El bien contra el mal, las tinieblas contra la luz. La verdadera civilización.

–Eso es muy antiguo –le dije–. *Facundo* de Sarmiento, *Ariel* de Rodó. Pura polilla.

–No –protestó él–. Esos dos vejetes en lo que creían era en la civilización europea. Yo hablo de redimir a Calibán. Calibán es el héroe americano verdadero.

–¿El buen salvaje?

–No, no. Yo no le hablo de discusiones académicas, nada de buen salvaje, mal salvaje o medio salvaje. Le hablo de una llamarada final que incendie el universo injusto y lo purifique. Fíjese bien: al final de su libreto, deje claro que las masas populares entran en el palacio de las tinieblas y lo toman por asalto. Allí empieza la verdadera civilización.

Iba a reírme, ya no me reí y tampoco le respondí nada. Al fin y al cabo aquel Vallejo, que era de izquierda, también era panfletario. Me cosquilleaba la lengua por preguntarle: ¿y esas masas indígenas, las metemos al palacio agitando centenares de banderas rojas?

De nuevo ante su discurso, tan lúcido a veces, tan populachero otras, como ahora que me hablaba de las masas en escena, volví a desconfiar de la calidad de su música, que yo no conocía. Nunca había oído nada suyo. ¿Qué clase de música compondría Vallejo? Pero él, como si me estuviera escuchando pensar, me respondió:

–Lo mejor que he escrito es un trío para piano, cello y quena. Pero una obra así, monumental, un ballet, nunca lo he intentado. Hasta ahora. Y a propósito de nuestro ballet, logré que me dejaran sacar el *Popol Vuh* de la biblioteca del Instituto Iberoamericano. Mañana le llevo su mentado libro sagrado de los quichés, a ver qué ideas encuentra ahí. No querían. Tuve que firmar un compromiso de devolverlo en una semana.

Lo que me llevó fue una edición en rústica preparada por Adrián Recinos y editada en Guatemala por el Ministerio de Educación en 1952, en tiempos del gobierno revolucionario de Jacobo Árbenz, para ser regalada en las escuelas; aunque por la ceremonia y misterio con que me la entregaba, cualquiera hubiera dicho quer era el manuscrito mismo de la traducción al castellano de fray Francisco Ximénez, cura doctrinero por el Real Patronato de Santo Tomás de Chuila, hecha en 1722 "para más comodidad de los ministros del Santo Evangelio" que no tenían, como él, la suerte de conocer la lengua quiché.

–Vea, mi hermano –me dijo esa misma vez–: yo sé que se las está viendo negras y le tengo algo.

En retazos de conversación, y mientras se nos volvía cada vez más asiduo, Vallejo había captado que la crisis doméstica no se resolvía. La nueva beca no llegaba y de un plan de emergencia habíamos pasado a otro más extremo.

Aquel *algo* era una conferencia que me había conseguido en Siemensstadt, el gran imperio industrial de la Siemens AG, más allá de Charlotenburg, cerca del lago de Tegel, donde yo debería alternar el siguiente domingo, por la noche, con un conjunto musical chileno; iban a pagarme doscientos marcos por la conferencia: esa fábrica es mantenida con grandísimos subsidios para crear la ilusión de que Berlín sigue siendo un emporio industrial, mi hermano, una gran vitrina del milagro alemán de este lado del muro para hacer más pobre y triste el socialismo sin luminarias del otro lado. Fábricas subsidiadas, turistas subsidiados, ¿no se ha fijado en esos superpullman de lujo que recorren las calles como si fueran llenos de turistas? Pues no son turistas, son ancianos contratados en los asilos por el municipio; escritores, artistas extranjeros subsidiados, contratados también para que vengan a vivir aquí.

–Yo no soy ningún escritor subsidiado –salté ofendido.

–Y qué, pues, mi hermano. Agarremos lo que podamos del occidente decadente. Ya quisiera yo un subsidio así, que me contraten para hacer bulto.

Cómo no iba a agradecerle a Vallejo, a pesar de sus impertinencias, aquel auxilio económico tan oportuno, conseguido gracias a sus entronques en Siemensstadt. ¿Nadie conocía a Vallejo en Berlín? El mito comenzaba a deshacerse. Un hombre modesto, era cierto, pero tenía ciertas influencias, Tulita; si le hacía caso la Siemens, tan poderosa, ¿por qué no iban a hacerle caso en la Deutsche Oper?

Llegó a buscarme a la hora convenida, el Renault salió a la calle después de semanas, pasamos recogiendo a los músicos chilenos por la estación del Zoo y arribamos puntualmente al salón de actos de la Siemensstadt, pese a todos los atrasos para que nos permitieran ingresar al complejo los guardias de seguridad, con los instrumentos a cuestas porque el Renault hubo que dejarlo, lejos, en el estacionamiento exterior.

En el salón de actos, un pequeño rincón del edificio de la biblioteca, que al fin encontramos tras corregir el rumbo muchas veces de una a otra vereda, se congregó un auditorio de trece personas formado por empleados jubilados de la Siemens (no olvido a la señora roja y robusta, como tubérculo recién hervido, sentada en primera fila, que nunca dejó de hacer calceta mientras el acto transcurría).

Leí en alemán apenas cuatro páginas sobre Miguel Ángel Asturias, después que me convencí de que escribir las diez planeadas originalmente era imposible, horas hasta el amanecer intentando frases para que Vallejo tuviera que volver a rehacerlas de nuevo, desde la raíz; Vallejo derrotado y sin segundo pantalón hablaba y escribía el alemán tan bien como el italiano.

Concluido el acto cultural, Vallejo se enzarzó en una discusión con el jovencito, oficial de relaciones públicas de la Siemens, que no quería pagarnos. Lo rodeaba con pasos violentos, más figura de luchador encrestado que nunca, las cerdas de su cabello rebelde aguzadas como las de un puercoespín, mientras el rubio lechoso mantenía en la mano, en actitud de duda hostil, los sobres con la paga.

Vallejo, ¡al fin!, volvió al lado nuestro, ya los sobres en su poder. En el mío había doscientos marcos en billetes nuevos, frescos y tostados, verdaderas obras maestras de las artes gráficas alemanas (¿era un aguafuerte con la efigie de Durero, o la de Schiller, la que estaba estampada en esos billetes?). Aunque él, por delicadeza, nada nos explicó sobre el motivo de la discusión, yo me quedé sospechando que el rubio lechoso cuestionaba la calidad de la presentación, una conferencia demasiado breve, en alemán tropical, y un conjunto musical que no afinaba muy bien porque en aquellos tiempos casi todos los chilenos exiliados en Berlín escogían como primer oficio el de músicos vestidos de negro tipo Quilapayún, con tamborcitos, tamborones, vihuelas y quenas.

Después que se bajaron los músicos chilenos, otra vez en la estación del Zoo donde también iba a quedarse Vallejo, antes de despedirnos le devolví la edición del *Popol Vuh* y luego le entregué el libreto, midiendo por adelantado la sorpresa que debía transfigurar su rostro, la alegría que no podría contener. Pero lo único que hizo fue poner de manera rotunda la mano encima del sobre de manila, casi un zarpazo, sin mirarlo, como si se tratara del dinero convenido a cambio de un paquete de droga.

—Ya sabía que usted era hombre de palabra —dijo—. Ahora, déjeme que estudie esto con calma, y mañana lo llamo. Seguramente habrá que introducir cambios. —Y tras suspirar, mirarme y sonreír, todo de manera condescendiente, bajó del Renault poniendo cuidado en cerrar con suavidad la puerta, y desapareció por la boca del U-Bahn.

Hoy es domingo 20 de diciembre en Managua. Un domingo tranquilo, atrapado ya en el remanso de las vacaciones de navidad que no terminará sino el 4 de enero del año entrante (he leído esta mañana en *El Nuevo Diario* un cable de

EFE que comenta estas vacaciones: uno de los países más pobres de América Latina se da el lujo de tener el descanso de fin de año más largo de América Latina); un domingo en el que se puede escribir y buscar papeles; y antes de proseguir con esta historia comenzada hace una semana entre los muchos sobresaltos e interrupciones que me depara la política, he abierto la alacena de los viejos papeles, los que han andado conmigo de Nicaragua a Costa Rica, de Costa Rica a Alemania, de Alemania de vuelta a Costa Rica, de Costa Rica de vuelta a Nicaragua, de los exilios a la revolución, para buscar la copia al carbón del "libreto para ballet", que al fin encontré.

Quería leerlo antes de proseguir, lo leí y aún no decido si entrará al final como un anexo, sin ningún cambio ni retoque, tal como lo escribí entonces, ¿pensando realmente, salir de un compromiso?, ¿complacer a un amigo al que ya quería o seguía teniendo sólo lástima? ¿Probar suerte yo mismo? ¿El éxito? La gloria, la fama.

Ahora al revisar el escrito, rectifico: he venido hablando de un libreto para ballet, y nunca llegó a tanto, quizá porque, de todos modos, como se lo advertí a Vallejo desde el principio, la empresa estaba fuera de mi alcance. Se trata de algo muy sucinto y que responde al subtítulo que entonces le puse, entre paréntesis: resumen de un argumento dramático para ballet.

Vallejo quería un tema de la comosgonía indígena, y ahí lo tenía: People's book, Volksbuch, *Popol Vuh*, libro del pueblo, libro popular, bromeé yo, bromeó él esa noche en el Renault al entregarle la edición de Recinos y el libreto; a lo mejor no descendíamos de los mongoles sino de los germanos; nuestras lenguas madres aparentaban estar emparentadas.

Además, para que viera sus deseos cumplidos, al final del libreto se daba el asalto popular al palacio de las tinieblas. Luego de la liberación, los príncipes vengadores, Hunahpú e Ixbalanqué, se elevaban al cielo convertidos el uno en el sol, el otro en la luna; y los miles de asesinados por la tiranía, su cauda de estrellas, ascendían también con ellos. Él tendría que ponerle música a aquella victoria y consiguiente ascención, concebir un *crescendo* final en que ninguno de los instrumentos de la orquesta sinfónica quedara ocioso.

Vallejo se presentó al día siguiente por la tarde, previo anuncio telefónico, y yo lo esperé esa vez con mucho gusto. La entrevista fue muy profesional; en un cuaderno cuadriculado traía anotadas todas las preguntas pertinentes, y con lápiz de grafito había marcado muy cuidadosamente sus observaciones en los márgenes de las páginas de mi libreto. Trabajamos hasta muy noche y en ningún momento elogió o criticó lo que yo había escrito, simplemente se dedicó a preguntar y anotar (algunas interrogaciones eran dudas escénicas que se planteaba a sí mismo): la princesa Ixquic debe ir acompañada de una comparsa de doncellas cuando se acerca al árbol de las cabezas; ¿el árbol de las cabezas puede estar animado, puede ser un bailarín? Cuando la cabeza lanza el salivazo en la mano de Ixquic y la deja preñada puede iniciarse un ritmo acompasado que da paso a otro frenético (danza de la fecundación); los bailarines de la comparsa de felinos pueden llevar cabezas y pieles de tigre como máscaras y atuendos;

a la comparsa de búhos mensajeros, vamos a vestirla de gris, con máscaras en las que brillen los ojos amarillos; los señores de Xibalbá son los dioses del infierno: hay que buscar en los libros mayas estelas o vasijas donde se les represente, para copiar los atuendos demoniacos; tanto los hermanos Hun-Hunahpú y Vucub-Hunahpú, que sucumben al principio ante las artimañas de los señores de Xibalbá, como los hermanos Hunahpú e Ixbalanqué, que son concebidos por Ixquic por obra del salivazo de Hun-Hunahpú, deben bailar casi desnudos; aquí los cuerpos no deben ser estorbados en su poder de expresión.

–Bueno, ahora sólo falta la traducción –respiró hondo Vallejo.

Estábamos ya a comienzos de junio y el sol se volvía cada vez más frecuente en los brumosos cielos de Berlín. Los pasos huecos de Vallejo tardaban en sonar por la escalera, tardaba en llamar por teléfono, y yo me iba llenando de algo de inquietud; pugnaban en mí, tratando de tomar cada uno su parte, el amor propio herido: ¿sería que el propio Vallejo, o la gente de la Deutsche Oper no encontraban nada de valor en el texto?, y cierta esperanza oculta: lo que aquel trabajo podía significar en marcos. En la Ópera pagaban bien, me había advertido Vallejo; eran sumas que yo no podía ni imaginar, Von Karajan tenía una villa en los Alpes suizos, un castillo en Austria, su propio avión, a pesar de que la Philarmonie no era tan rica como la Ópera; en la Ópera era nada para ellos fletar un jumbo-jet y traerlo desde Bombay lleno de elefantes que sólo necesitaban una noche, para la representación de *Aída*.

La nueva beca seguía sin llegar. Una de esas noches fui con una partida de estudiantes latinos a un local cercano a la Kantstrasse regentado por un nicaragüense de apellido Arjona, que hacía tiempos había ya dejado de estudiar ingeniería eléctrica en la Technische Universität. Acepté la invitación porque Arjona conocía bien, me dijeron, la historia de dos estudiantes, nicaragüenses también, ocurrida en la década de los sesenta; ambos habían desaparecido mientras viajaban en automóvil de München a Berlín y cerca de un año después, sus cadáveres, casi sólo ya los esqueletos, habían sido descubiertos, medio enterrados, en un bosque de abedules al lado de la carretera, cerca de Magdeburg, en Alemania Oriental. La historia se repetía siempre entre los estudiantes latinos, con misterios de cuento de espionaje, lo cual, lógicamente, me seducía; y Arjona, amigo de los desaparecidos, la conocía de primera mano; uno de ellos, pelirrojo, había podido ser identificado por los restos de mechones cobrizos en el cráneo pelado.

Pero sólo agregué misterio al misterio esa noche, porque Arjona, tras un primer entusiasmo, empezó a retractarse, a ocultar datos, a olvidar y a excusarse al final porque debía atender a los clientes, todo como si se arrepintiera de haberse ido de la lengua; o a lo mejor fingía arrepentirse como parte de su show, no sé y ya nunca pude averiguarlo porque ni volví a su local ni volví a verlo a él. Pero ya cerca de la medianoche, cuando los músicos del combo que esa vez actuaba allí se instalaban en el pequeño estrado de madera, descubrí en la medialuz una figura que desde su silla se agachaba para sacar su instrumento del estuche que descansaba en la tarima, un clarinete, quizás una flauta; una figura de luchador retirado, el pelo de cerdas rebeldes, envaselinado, recortando su brillo contra la penumbra.

Yo me separé del grupo y me dirigí a la tarima pero cuando llegué la figura ya no estaba. El combo, formado por venezolanos y dominicanos, empezó su ejecución y no le faltaba ningún músico; en el primer descanso volví a acercarme y les pregunté si no tocaba ningún peruano con ellos. Se miraron entre sí, y luego contestaron que no, aunque igual que en Arjona, algo de misterio forzado me pareció advertir en sus respuestas, y aun en la broma con que uno de ellos celebró al final mi pregunta: la música tropical no llega tan lejos, me dijo; no había andino que supiera sonar las maracas, y la quena era muy triste para guarachas.

¿Estaban protegiendo de mí a Vallejo, por instrucciones o súplica suya, que no quería verse descubierto como músico cualquiera de un combo de tercera y había escogido huir esa noche del local, renunciando a la paga? La paga que le daba para llevar espaguetis de regalo a mi casa, queso parmesano, latas de pomodoros italianos.

Antes de las siete de la mañana del día siguiente, una hora inusitada, llamó Vallejo por teléfono. El grito de Tulita me llegó por todo el pasillo hasta el cuarto, donde terminaba de vestirme, y acudí a responder la llamada, sin prisa pero con ansiedad. Cuando tomé el auricular escuché por un buen rato una tos ronca, desgarrada, que se sosegó al fin para decir aló y mil perdones, había estado enfermo, incluso lo habían internado por una semana en el hospital de Moabit (y todo me iba sonando a falso otra vez, la tos, una estafa, la historia del hospital, otra estafa, excusas para justificar su silencio. ¿Y por qué se me escondió anoche?, quise preguntarle. ¿Cree que a mí me importa que usted se gane la vida como músico de un combo?); pero al regresar ayer se sentía tan bien otra vez que fue andando del hospital a su casa, se había encontrado la carta que quería leerme: el libreto, traducido al alemán por el propio Vallejo, era plenamente satisfactorio decía el propio director de la Deutsche Oper, y él (Vallejo) podía proceder, a su vez, a componer la partitura (ya estaba trabajando en ella desde ayer mismo), previos los contratos que serían firmados tanto con el libretista (yo) como con el autor de la música (Vallejo), mientras se procedía a seleccionar al coreógrafo y al escenógrafo, etcétera.

En resumen, nos daban cita en el despacho del director de la Ópera para el día siguiente (cita que Vallejo se había apresurado a confirmar desde la tarde anterior, pues habían pasado demasiados días entre la carta y su regreso del hospital de Moabit); llamé anoche pero usted no estaba, dijo Vallejo con voz agotada al otro lado de la línea (y después Tulita me confirmó que era cierto, Vallejo había llamado, ¿cerca de la medianoche?, le pregunté a Tulita, todavía lleno de suspicacias. Sí, por nada la mata del susto, las llamadas a medianoche son siempre llamadas fatales).

—Usted sabe cómo son los alemanes de formales y a esta clase de citas hay que ir debidamente vestido —me advirtió al final de la conversación—. Es el director de la Deutsche Oper en persona.

La cita era a las cinco de la tarde. Un cuarto antes de la cinco Vallejo y yo debíamos encontrarnos en la escalinata de la Ópera.

–Voy, porque me encanta que me engañen –le dije a Tulita. Ella prefirió guardar silencio.

A las tres empecé mis preparativos, desde lustrar los zapatos, pasar por un corte de pelo a manos de Tulita, que además planchó el traje oscuro, ponerme corbata por primera vez en muchos meses. (Vallejo tenía sobrada razón al prevenirme de acudir formalmente vestido, ya me había pasado el año anterior cuando me tocó acompañar a Tito Monterroso a una cita en el Iberoamerikanisches-Institut, él muy bien trajeado y yo de pantalones de corduroy y suéter, el pelo largo, a la usanza del comienzo de los setenta; el director ofreció café a Tito, llevaron dos tazas en una bandeja para Tito y para el director, hasta que Tito, que ya me había presentado, se las ingenió para recordar mi presencia diciendo esta vez: –El doctor Ramírez.... –título mágico en Alemania–; y trajeron, hasta entonces, una tercera taza de café.)

Un cuarto antes de las cinco de la tarde salía yo de la estación del U-Bahn de Bismarckstrasse, diez minutos antes de las cinco estaba en la escalinata de la Deutsche Oper. Pero ¿adivinan qué? Vallejo nunca llegó. Tampoco me preocupé, ya pasadas las cinco (esté muy puntual mi hermano, en Alemania nadie se anda atrasando en las citas, se las cancelan y punto), de averiguar con el portero si aquella cita estaba realmente anotada en el registro de ese día, y mejor concluí, buscando paz y tranquilidad finales para sobreponerlas como una losa encima de rencor y frustración, que todo era mentira, que todo había sido mentira desde el principio; y me dije que ya no volvería a aceptar ninguna otra excusa de Vallejo cuando se apareciera, aunque fuera con más bolsas de supermercado, o volviera a llamar por teléfono, liberado ya para siempre de aquella inútil carga mientras pasaba de lejos, ahuyentado por la falta de plata para libros, frente a las vitrinas de la librería Marga Zehler, donde deambulaban en silencio los clientes por los pasillos iluminados con suaves luces de santuario, y entraba en la boca del U-Bahn de la Bismarckstrasse, por donde había venido, metido en la marea de gente, empujado por la marea de gente hasta la otra playa, mi playa de la Helmstedterstrasse donde me esperaba la novela que debía terminar, y donde no estaría ningún Vallejo esperándome, no debería estar ya Vallejo nunca más.

Tulita y yo cerramos esa noche el capítulo Vallejo entre lejanas recriminaciones, como esas tormentas que se oyen en Nicaragua tronar muy lejos porque está lloviendo lejos, en otra parte, y sacándole ya a la historia sus aristas humorísticas, que son las únicas que deberían sobrevivir de ella entre nosotros cuando la recordáramos años después.

Y sobre todo, porque el día siguiente la primavera amaneció más radiante que nunca: sobre el parquet, una carta express del jefe del Departamento de Literatura Hispánica de la Universidad de Colonia, encargado de administrar la nueva beca que la Heinrich-Hertz-Stiftung me concedía por un año; debía viajar a Colonia a firmar los papeles, un viaje de un día, sólo era cosa de conseguir que algún amigo, y fue Carlos Rincón, me prestara el valor del pasaje aéreo, y ya a partir de junio en mi cuenta bancaria comenzaría a aparecer, de manera cumplida y rigurosa, el depósito mensual de la beca.

¿Cuánto tiempo pasó? Se alejaba ya la primavera y empezaban a extenderse hasta las primeras horas de la noche las tardes del verano. Los niños, desnudos, jugaban en los cajones de arena de los parques y las cacas de perro se cocinaban ya a pleno sol en la acera de Albrecht, la pizzería Taormina sacaba a las veredas sus mesas bajo los parasoles listados de rojo, blanco y verde en la Prager Platz. Mi novela recuperaba su avance, mis excursiones al Cine Arsenal se habían vuelto a reanudar y nos preparábamos para un viaje en el Renault, que sería en julio, hasta Hinterzarten, en la selva negra, invitados por Peter. Y ya para finales de junio apareció en el *Tagesspiegel* la que sería ya la última de las notas de esa temporada sobre las ventanas encendidas; con lo que parecía confirmarse que esa primavera de 1974 había llegado a su fin.

La señal luminosa, aquel fuego fatuo que la última vez, muy cerca de mi calle, en la Prinzregenstrasse, había quemado como al contacto de un cerillo los tonos pastel de mi plano mental de la ciudad en el sector de Wilmersdorf, se alejaba con su cauda errante y brillaba ahora en el distrito de Wedding, en otra calle sin lustre, la Thomassiusstrasse, la última hoguera que faltaba para cerrar aquella rueda misteriosa que yo podía ahora ver centellear completa, girando como una corona de ardientes estrellas.

Era una de las partes más sórdidas de Berlín, más allá de Helgoldufer, tras una de esas vueltas que daba el canal por donde circulaban barcazas que transportaban hulla y materiales de construcción, una breve calle de dos o tres cuadras atrapada entre los muros de ladrillo rojo de una usina eléctrica abandonada, que parecía más bien una iglesia luterana con sus ventanales góticos de medio punto; y culatas de almacenes, también abandonados, al final de la cual se erguían dos o tres edificios de apartamentos, decrépitos y sucios de hollín y desde cuyos patios interiores parecía soplar un viento frío por la boca de los portales oscuros, a pesar de los anuncios ya incontrastables de verano. Pasando el cruce de la Alt-Moabit, y donde la calle tomaba ya otro nombre, la pequeña iglesia de St. Johannis se escondía en la oscuridad, frente a los torreones de la prisión de Moabit; y un poco más lejos, en la Turmstrasse, se hallaba el hospital.

Recuerdo todo este panorama porque fui allí en el Renault, una noche, en busca de poder divisar, de lejos, la ventana que en uno de aquellos dos o tres edificios de la calle patibularia había permanecido encendida por días; y creí encontrarla porque era la única que ahora, al revés, no fulguraba en esa hora en que las familias de empleados de supermercados, guardavías, oficinistas, conductores de autobuses, estarían cenando, o viendo el *Tagesschau*, el noticiero de la televisión; porque de las ventanas abiertas, mientras yo recorría a pie las veredas desoladas, bajaba un rumor de platos, cuchillos y voces; y desde alguna de esas ventanas, una mujer se asomaba al alféizar para llamar a gritos hacia una parvada de niños que jugaba en la esquina bajo el farol, *kommt mal zu essen!*

Un hueco oscuro, como un ojo tuerto, su brillo faltando a la perfección de la totalidad entre los cuadrados de grata luz familiar que se extendían por las paredes grises. Más tarde se apagarían, igualándose con la que ahora permanecía ciega pero que por días estuvo iluminada hasta el amanecer, fue desapercibida en el día y otra vez, en la noche, se emparejó a las que brillaban, y al apagarse todas se quedó ardiendo sola hasta que algún vecino que salía a trabajar de madrugada telefoneó, al fin, a la policía, buscaron al conserje, no tenía copia de la llave, fue expedida una orden judicial para que el cerrajero del vecindario forzara la puerta. ¿Había apagado las luces del misérrimo apartamento alguno de los oficiales de policía o lo había hecho el conserje antes de cerrar, cuando se fueron todos, el último golpe de martillo, el último clavo remachado en la tapa del ataúd mientras los camilleros bajaban las escaleras con su carga hasta el sótano en busca de la ambulancia discretamente estacionada en la rampa, el sótano donde se almacena el carbón y se alinean, ocultos, los tachos de basura?

Antes de aquella excursión nocturna, yo había buscado en la guía telefónica la dirección del Consulado del Perú. Encontré que estaba instalado en el Europacenter al final de la Kurfürstendamm, la gran torre de oficinas y galerías comerciales encima de la que se erguía, gigantesca, la estrella de la Mercedes-Benz. El Consulado del Perú no era más que una agencia comercial, o algo así, y el gerente ostentaba el título honorario de cónsul, así lo decía la placa de bronce reluciente en el lado de la puerta del despacho; nadie hablaba español allí, nadie estaba para escuchar las preguntas de un nicara-güense que en mal alemán indagaba, ya sin sentido, sobre un peruano solitario de la Thomasiusstrasse en Wedding, una calle tan cercana al hospital de Moabit que un convaleciente bien podría hacer el trayecto a pie, nadie para escucharme hablar de una ventana encendida por días brillando en la oscuridad de las noches que eran ya estivales, un cuadrado de tenue fulgor amarillo empezando a destacarse en el lento crepúsculo tardío que caía sobre Berlín mientras en el cielo, aún con rastros de claridad, pulsaban lentas las estrellas, palideciendo la ventana al amanecer mientras la lámpara junto a la mesita de trabajo seguía ardiendo y quién iba a apagarla, la mano como una garra sobre la mecanografía de un libreto para ballet y las hojas de papel pautado alborotadas volando sin concierto por la estancia en alas del aire de la primavera que penetraba en soplos por la ventana abierta, y quién iba a cerrarla:

Los funerales del verano
(África dice adiós para siempre)

CARLOS CORTÉS

(Costa Rica)

El lector habituado a la estética actual sitúa automáticamente el título Mujeres divinas *en segundo grado, lo entrecomilla (tanto más cuanto lee la dedicatoria en broma ("A María, simplemente"), pero apenas comienza a hojear este libro extraño tiene que rectificar. Semejante divinidad no es figurada, sino literal. Ahora bien, lo divino aquí no es etéreo sino elemental, bárbaro, primitivo, bestial acaso. Como los sueños atrevidos, este libro le da la palabra a la loca o la reina de las facultades mentales, la imaginación, dejándola delirar, gemir, dar de gritos... Por la fuerza de las cosas, tuvimos que elegir una, y sólo una, de sus criaturas, la última en el orden del libro, marcada con el VI,* Los funerales del verano *(África dice adiós para siempre). Tal parece como si el lenguaje mismo se pusiera a soñar en este extraño relato. Lo gestual es aquí ritual. Los cuerpos son vectores de significaciones, altares de sacrificios, correlato de profanaciones, espléndidas pesadillas. La monstruosidad es elevada al nivel de categoría estética, mas no le cierra el paso a un lirismo intenso, igualmente onírico, sombrío, ni a la delectación por las orfebrerías de un lenguaje calculado y sutil.*

Cortés es también poeta lírico y ensayista. De su vasta bibliografía, una quincena de libros que incluyen poesía, ensayo, antologías y narrativa, destacamos, en este último género, además del libro del que tomamos el cuento antologado aquí (Costa Rica,

EUED, 1994), las novelas Cruz de olvido *(Alfaguara, 1999, Premio Nacional de Novela) y* Tanda de cuatro con Laura *(Alfaguara, 2002).*

Estaba en el ataúd y la cabeza la tenía como la de un chancho.

Inmensa y pálido rosa y abotagada. En cada hueco de la nariz tenía un tapón de algodón. Yo sólo le vi la cabeza.

Uno, entre los del cortejo, tomaba fotografías.

Parecía muerto, no encubría su crispada, nauseabunda presencia en el gesto. Ahí estaba la oferente, la pálida, la despellejada despellejadora salando, la Muerte.

Bombetas y tamboras. Las magras carnicerías de ese hombre bajo los almendros. De pronto caí en la cuenta del frío, de la helazón interior, y el aire se cubrió de bombetones tronantes alrededor de mi corazón engatusado.

Pero nadie lloró. La escena se cubría, sin embargo, de espanto, mas la crispación y el furioso desapego de la vida no impidieron una alegría verdadera por la muerte.

La conjuración del vino ponzoñoso o el veneno que tiene el agua de tu casa, la malquerida luz de las habitaciones y el calor obsceno de los cuerpos de las putas santas.

El alma de los hombres no da para tanto cuando pueden acribillarte con dardos, repetir la secuencia del ahogado en alguna pileta verde de envidia o un tajo en el maligno costillar. Pero no pudieron nada con el Príncipe de los Destinos, bestia triunfante.

Como un puerco arrojarás los vientres de tus víctimas antes de morir. Este día de la sepultura, virrey, esta mañana de ordinario luctuosa, hay alegría entre quienes te conocieron.

El emisario vino en la noche y dejó su propio rostro en tu semblante: el manoseado rictus de los hombres estrangulados, la sombra florida del descabello, el amoratado coágulo en la faz bella de la víctima.

Pero fue una ponzoña bondadosa. Unas gotas dilatadas en aguardientes o en los digestos propiciatorios por Judas Diotomeo, un posillo natural en la sangría del bebedizo que acompañó al desprotegido limón y a la agridulce sal cotidiana.

Tu viuda también. Esperamos su feliz latrocinio con la visión del alba. El hecho estuvo vacío y pajizo, llegamos en sombras envueltos y en sombras nos fuimos. La sábana se empapó de nosotros y de picadura de heliotropo y guarismo de girasol, con asegurada mortalidad, le dimos hasta que no abandonara la noche.

Su pequeñito cuerpo quedó tan lustroso tras el estiramiento precoz de la pelleja.

Nuestros pensamientos subieron hasta los ascos de la mañanita, porque *todo, todo, todo, es perecedero*, según dijo el fraile de la caridad.

La fosa fue pequeña, el cuerpo no quiso caber y tuvimos que estrujar rostro, extremidades y miembros livianos para el funeral tan precavido y no se vio nadie por lugares aproximados hasta cuaresma.

Y no hay floración ni fuego fatuo, es roca dura tu sarcófago de rosas y tu corona de pedregal y la secreta simiente en que se pudre tu sonrisa.

Una lluvia virginal opacó el sol de la tarde. Ya anocheciendo te tapamos mirando al sur, aquel que ya no verá los ojos que ilumina, al sur del ofertorio en el reseco descampado donde ya no hay ni habrá luz ni agua, tierra ni sombra. Igual que el pobre Magmarión.

Magmarión tenía sus testículos enormemente grandes y se le atascaron en la tina del baño. África no oyó los gritos. Estaba en la casa de la playa, donde había tenido y parido a toda su progenie y parentela.

La casa de la playa estaba hecha de cerámica y África era una mujer oscurecida por el mar de los años.

No era una mujer gratuita. Su primer hijo, de Magmarión, se llamó Lunes.

África era una mujer oscura para bordear los tintes del rubio y las rubiosidades de un amanecer en la cama. Su pelambre era de nervadura castaña, una velocidad tirante entre la miel y la paja hervida y costarrisible. No hacia el rojo, sino que de pronto, *di subito*, entre la caída de la tarde y el galope de las luciérnagas que cruzaban el cielo a latigazos por un cuello o dos. Eso era una blancura broncínea.

Magmarión la amaba con loca pasión y yo lo conocí muy brevemente, pero eso era lo que bastaba.

África tenía una colección de anacondas en su casa; la Vía Láctea era la mejor cerasta de todas. Sus cuernitos eran plateados y puntiagudos, a pesar de la poda de verano.

África vestía de muy blanco y medias como en otra planicie de oleajes colmados por el recuerdo y la ausencia de la soledad satisfecha, reconquistada en la cama.

Yo miraba el mar en sus ojos.

Bahía Blanca, ya en sus postrimerías, era un farallón de luces. Yo viví en el sur, junto a los muelles de Almirante y Puerto Armuelles.

Mi padre trabajaba entonces en la Chiriquí Land Company y cruzamos el mar interior para conocer a Magma y a África. En el viaje trajimos de provisiones una dotación de libros de Plutarco y de Volney, Amazing Detectives y Look. La erudición de mi padre era muy compacta.

Desempacamos bajo la lluvia y dormimos ese amanecer en el aserradero. Temblaba muchísimo todavía, el cielo, y África nos despertó a la mañana siguiente.

Era fama que esa mujer rubia desayunaba con café y médula, *ossobuco*. La memoria es como de escayola, lapislázuli, estuco. Es como un viejo mausoleo cerebral. Todo está allí intacto y en su lugar, pero hacen falta los conjuros para descerebrar los aposentos de la polvosa blancura, hendijas en la luz y en el tiempo, en la neblina de la antigüedad.

Mi padre descendió de la yegua.

Entendimos muy bien aquella serenidad de la madrugada. África andaba en pantalones. Nos llevó hasta el porche y de ahí hasta el recibidor. A ambos lados de la estancia se acumulaban peces, pequeños saurios, insectos transparentes y libros en alemán, idioma de África.

Yo era diminuto en medio de aquella actividad natatoria de la lluvia y en trance del día. Nadamos hasta la sala y sentimos que nos metíamos en boca de loba. Dios mío, aún entrábamos en los intestinos del alba.

Yo dejé que mi mente crujiera en lapsos, amagos y catacumbas. Entramos, nadamos contra la corriente del golfo y, por eso, avanzamos muy poco en los interrogatorios de África y la servidumbre.

En la sala, intacto y finalmente albeo, estaba muerto Magmarión.

Afuera, un océano de lluvia cocía nuestras monturas y equipajes.

Papá fue y siempre será un carnicero y por eso lo llamaron. Ambos dos parpadeábamos en camisas crema y tarros de fieltro en la cabeza. Yo llevaba, en todo caso, largas mangas preparatorias para la sangre.

En el último año, aunque no todos los días, había practicado la cuchillería en el borde del farallón de Bahía Blanca, antes del aguacero. En el alboroto del temporal, yo entraba en las guardarropías de los abuelos y ellos me daban una sábana y varias camisas para los días y descampados sucesivos.

Esa noche y madrugada en que llegamos al Almirante, cruzando la desembocadura abierta de Puerto Armuelles hasta el crique de Chiriquí y los playones de Terciopelo y Punta Catedral, yo recé una oración al Ángel de la Guardia, *mi dulce compañía...*

Cruzamos a trechos y andando a New Castle y conté 33 casas en el camino. Después fue cosa de avistar Vía Láctea y a Magmarión y su prole... *no me desampares...*

Papá revisó la armería y hallole sus filos de intacta presencia y tenaz puntería. Nada malo había en mirar.

Papá se vistió varias veces y a la tercera se quitó la camisa y quedó en cueros del ombligo para arriba... *ni de noche ni de día...*

Sin que mediara ningún ademán excesivo ni brusquedad alguna desgarró la camisa caqui de Magmarión, tela que luego botamos en el basural. No quisimos dejar pruebas.

Papá pensaba en las flaquezas humanas. Parecíamos seguros de encontrar una herida o hallarlo en la descomposición que precede a los cortes. Pero no había nada.

Magmarión era la montaña, la fortaleza. *Así sucede con los recrudos*, dijo Gabino, mi padre.

Así sucede con las gentes, con las casas, con los paisajes, con lo vivo y con lo muerto, amigo y enemigo. Así que es mejor que te acostumbrés a la verdad de la mentira.

Queríamos, según indicaciones de África, poner al cuerpo de Magmarión fuera del pantano y, como decía mi padre, al final destriparlo.

El tiempo apremiaba y la lluvia también. La casa hacía mucha agua y la sala se tornaba, gota a gota, en un pudridero para todos.

Cuando yo llegué, papá tenía ya las manos embarradas. No haría falta, pero yo también quise ensuciarme las palmas. Lo primero que noté fueron sus grandes uñas amarillas en los pies y sus plantas como tamales gigantescos del color de las aceitunas. *Era un grandísimo hijueputa,* me decía para mis adentros.

Luego papá empezó.

La boca se debía tragar todo el cuerpo.

La anaconda se sumerge en las carnes blandas, pero nada más.

Luego asciende, no sumergida del todo, y se queda rumiando los breves intestinos. Digestiva y protocolariamente, la cerasta ingiere los órganos que lo mantienen muertos.

Hablo yo con ella, nadie más lo sabe, y nuestras respiraciones se tocan, la boca y yo. La boa boca.

Papá no termina del todo. El corpacho cede porque África sabe de sus oficios y malas artes, porque los ungüentos son para eso. Luego nos traen algunos tarros que eran de manteca, donde se depositarán para la eternidad las tripas salas y magras de Magmarión, el Bueno.

Son altas latas de manteca, para más manteca, para tanto.

No había muchas viudas durante las ceremonias veraniegas, pero África se ha mantenido de luto despierto y sigue las cuchilladas de papá con inversa precisión.

La anaconda ha hecho un trabajo feroz. Papá me mira con tres ojos, lo sé, y yo asiento porque son cosas como para no perder minuto. La pestilencia se embadurna con la lluvia.

Me veo las manos y están sucias, pero las de mi padre estarán más embarradas del pecado de meter mano. Sucias por la limpieza.

Al mediodía sale la luna y la marea nos cobija a todos, pero hace un frío grande. Padre sigue y sigue cortando, sin ayuda de nadie.

África sigue de pie como una viuda y madre.

Yo me encargo de pesar las piezas y de alejar a los gatos, pero es difícil. Por fin, papá saca los disminuidos hígados y veo que la leyenda es cierta y que Magmarión consumió su tiempo en alcoholes.

Sopeso sobre mi mano el hígado y el gato quiere la presa para sí, como dicen que se dice ocurrió con el hígado de Rubén Darío.

Chapaleo tras él, creo que todos se han dado cuenta. Las mujeres quieren un pedazo y lo arrebatan y las tripas ruedan por el barro. El gato y los compinches agarran y saborean lo que pueden y yo llego para recoger los pocos humores que quedan.

Los meto en una lata de manteca rancia y cierro con asco. El festín ha callado.

Por primera vez, África se cubre el rostro con las manos cuando papá eleva el corazón aún caliente de Magmarión. Es un milagro, pero África es una maga de milagros.

Papá me lo pasa a mí y mido mis puños con el músculo, pero ya ha perdido su color en contacto con el aire de la mar fría.

Quedan pocos aposentos por recorrer y llenarlo todo del ungüento.

Las viejas, encargadas, traen hielo para sellar y disparan sal por todos lados. Yo tropiezo con las congojas.

Papá se ha dejado desaparecer y se mete en el cuerpo limpio y ajeno de Magmarión. Cuando sale trae una llave de oro para África, un legado de dioses extintos.

Papá le tapa la boca y coloca muchas monedas sobre las cuencas espectrales. La noche entra en el cuarto y las velas también aparecen. La luz es poquísima y no quiero caer sobre el muerto.

Papá se seca por vez primera el sudor con las manos sucias. Finalmente, hay que recoger los gigantescos testículos y repartirlos entre los hijos de África y Magmarión, como está escrito.

Pero se hará después de los funerales. Por ahora, el cadáver brilla a la luz de hogueras en la playa y la tromba se ha calmado.

Las anacondas están furiosas y África las calma con unas ventosidades y grasa animal.

Papá está pagado con el último obsequio: el paladar de plata y algunos dientes de oro que extrajo y llena ahora la boca con lino y algodón. Luego me deja los cosidos a mí y yo halo para lograr el hilván perfecto, pero era fétida y tiesa. Nadie me ayuda.

Tengo terror en mis manos heladas y a la sombra de la ceremonia veo las transfiguraciones del cráneo, la osificación del aliento.

El cuerpo se mueve y hasta quiere levantarse, pero son sólo mis propias manos que tiemblan y combaten con las sombras. Ya no cae agua; es más, el crepúsculo es un crepúsculo para dioses. ¿O para adioses?

El funeral se hará al anochecer y en silencio, para que nadie sepa el lugar exacto de la sepultura. África designa dos o tres hijos jóvenes para que mueran con su padre. Otros salen corriendo y desaparecen.

Las viudas se negrean ante la palidez encalada de los muros.

Magmarión está, por fin, preparado para el armazón en madera de la muerte.

Papá vuelve con metros de paja para tallar el pequeño ataúd. El cuerpo ha sido disminuido a menos de metro cincuenta. La estrategia del embalsamador.

Aguanto el olor y la náusea mientras corrijo en mi mano un viejo diente que ha caído del cortejo. Yo estiré demasiado, entonces la mueca placentera sobresale de las sombras para maldecirnos.

Pocas cosas quedan. África se abraza a sus hijos vivos y el mausoleo viviente camina para las aguas.

La playa está vacía y blanca. Algunas luciérnagas y dos hombres con la boca tapada acuden al incendio.

He perdido la noción de los tiempos, pero es de noche. Sale el sol.

Papá se enjuga su cuerpo en la espuma lechosa del bálsamo. Atrás queda el farallón sin ecos. La multitud de viudas ha sacrificado una anaconda, pero África no dice nada.

Bordeamos la intensidad petrolera de la laguna.

De día, las boas y yo nadaremos por estos charcos en busca de la presa, pero ahora el ritual sigue la estela de luz sobre el agua, como un cocodrilo sagrado que se tragara su propia leyenda.

El calor nos quema.

Siento la brisa atosigada y nuclear.

Parpadeo y lloro líquidamente, pero papá no lo nota. Veo su rostro y está tallado en el marfil de la niebla lunar por efecto de los rayos del sol.

Papá está visible, invisiblemente cansado, pero está satisfecho con rumiar su triunfo antes que los gusanos.

África ahora invoca a los antepasados de Magmarión. Es el momento culminante para los fuegos de artificio.

Una o dos trompetas rayan el espacio.

Volotean mariposas negras al pie del túmulo. Nadie más solloza.

El silencio nos cobija, mientras las cuerdas funerales poco a poco anegan en el pus de la tierra el cuerpo burbujeante y sin vida de Magmarión.

La tinta del olvido

Roberto Castillo

(Honduras)

Roberto Castillo incursiona, con este fascinante relato, en el género realista por excelencia de nuestra época, la ciencia-ficción, desdeñada hasta ahora por las letras centroamericanas. La historia va tan lejos, que quizás fuera mejor calificarla de ficción filosófica, en la medida en que explora –con los medios propios de la imaginación, como es lógico una paradoja tremenda de la praxis humana, balbucida por los antiguos mitos y formulada en el ocaso de la metafísica clásica en Occidente. En la ficción del escritor hondureño, el proceso hipertrofiado de la civilización no conduce a un resultado final utópico, ni a un estadio superior, sino a un apocalipsis cuyos síntomas se parecen demasiado a lo que estamos viendo ya en torno nuestro...

En la antigua China, el papel permitió construir, por primera vez, un artefacto capaz de vencer la fuerza de la gravedad. En los albores de la Edad Moderna, proporcionó la superficie de inscripción más apta para retener las operaciones del entendimiento, y determinó su difusión, hasta el aparecimiento de la informática. En esta desconcertante ficción futurista, los "amos de la memoria" deciden un destino fatal. Advienen entonces dos revoluciones tecnológicas vehiculadas por el dócil, plegable, absorbente papel, que deja de ser el soporte de la memoria, en provecho de otros usos industriales... perfectamente posibles, por otra parte. El colapso inmenso de la cultura bajo el peso de una civilización *desorbitada, que ha perdido todo control de sí misma, y toda proporción humana, obliga a recomenzar todo, desde cero. Como los buenos escritores de ciencia-ficción, Roberto Castillo deja que la imaginación discurra sobre un futuro colectivo que podría haber comenzado ya, sin que hayamos querido, o podido, asumir lo que significa....*

Obra narrativa: Subida al cielo y otros cuentos, *Tegucigalpa, 1980;* El corneta *(novela), Tegucigalpa, 1981;* Figuras de agradable demencia *(cuentos), Tegucigalpa, 1985;* Traficante de ángeles *(cuentos), Costa Rica, 1995.*

"Quisimos preservar la memoria y no logramos más que aniquilarla", repetía todo el tiempo mi padre. Para él nada tuvo en el mundo tanto poder de sugestión como aquella misteriosa sustancia, volátil y nerviosa, que fue conocida como la tinta del olvido. Se jactaba de haber escrito con ella y se lamentaba de haber sido uno de sus fanáticos; pasó los últimos años de su vida trazando garabatos con la inefable pluma de ganso, que remojaba una y otra vez en esencias vegetales preparadas por él mismo con la corteza de los árboles del patio.

Mi padre nació el mismo día que terminaron la construcción de Eniac, un monstruo de máquina de treinta toneladas de peso y que trajo al mundo la tinta del olvido. Los primeros que se dedicaron al manejo de estos artilugios, alquimistas de la memoria en un tiempo devorador de sí mismo, fueron tenidos por seres raros y vistos con desconfianza, pues pertenecían a un grupo de gente que operaba realidades apartadas de todo lo demás. La tinta del olvido tuvo al comienzo usos militares, científicos, de tecnología secreta, financieros y políticos; no fue sino hasta treinta o treinta y cinco años después del advenimiento de Eniac que surgió como medio al alcance de todo el mundo, fenómeno que se vio acompañado de un "boom" comercial como nunca se había dado en la historia. Aquella época presumía de haber dotado a cada individuo de una fuente virtualmente inagotable de la famosa sustancia. Las empresas dedicadas a esta línea obtuvieron pingües ganancias en todo el planeta; y el furor que despertaban crecía y crecía, sin que se supiera dónde ni cuándo podría detenerse.

La tinta ofrecía información sobre todas las cosas, daba respuestas a todas las preguntas y manipulaba todas las ilusiones. Ahora vemos que no es bueno que el hombre se sienta capaz de superar la velocidad natural de la mente. "El pensamiento corre más que el viento", escribió el viejo Sófocles hace muchísimos años; una afirmación que merece ser meditada siempre.

El problema mayor no provino de que supiéramos de todo sobre todas las cosas, sino de que llegáramos a eso que se llamó la sustitución total. Nadie quería despegar la vista de su pantalla; pues ésta proporcionaba tanto una ilusión amorosa como un sentimiento de permanente hilaridad, aleladas ansiedades o sensaciones de sabor extático a la hora de masticar cualquiera de los concentrados comunes que se vendían en las tiendas de comestibles. Eran muchos los que se entretenían experimentando enfermedades olvidadas o sonidos agradables como el canto de los pájaros en la selva tropical y el concierto de los delfines en el mar. El colmo de los colmos fue el caso de un hombre que falleció tras vivir simuladamente la intensidad orgásmica durante siete semanas. El día que las máquinas dejaron de funcionar, fecha funesta, fueron millones los que ya no pudieron adaptarse a una realidad que encontraron demasiado irreal.

Las máquinas no se terminaron a causa de que fueran "imbecilizadas" por un caos general introducido desde la pista universal, sino que "murieron" repentinamente, sin preaviso, tras el ataque de un virus que indujo el mal conocido como SIDAT (Síndrome Internacional de Deficiencia Automática Transmitida), que primero se propagó por los cables de corriente eléctrica y luego por el aire y el polvo, de modo que no dejó espacio sin penetrar. Yo fui el único que, adelantándome a los hechos, hice construir un cuarto brujo donde practiqué el vacío e instalé un generador de energía. No lo digo por vanidad, pero el procedimiento de que me valí para poner a funcionar la pequeña usina, incontaminada, potente y silenciosa, es un homenaje al ingenio humano. Más adelante cuento algunas cosas relacionadas con esta experiencia.

Tanto oír historias sobre la tinta del olvido me despertó el instinto del comercio, pues mi padre siempre repetía que en aquellos tiempos y a través de las pantallas se movían miríadas de millones en ganancia sin límite. Que qué se había hecho todo ese dinero, solía preguntar. Fue así que al heredar mis extensos terrenos de Lepacón, Gualcececa, Sunsunquira, Gualgüilaca y Coquinteca, decidí convertirme en un empresario productor de papiro, pionero de este cultivo en el continente americano. Logré despegar con buen pie y el éxito ha coronado mis esfuerzos. Ésta es la verdad y no lo que dicen mis detractores: que patrocino y escondo a los miembros de una siniestra hermandad fundamentalista que, en breve, eliminará a todos los escritores importantes del mundo para que sólo mi nombre pueda destacarse en las hojas de papiro, tersas y lucientes, apetecidas por los pocos privilegiados de la tierra que pueden permitirse la lectura como arte.

Nosotros, los artesanos de la tinta, como me gusta que nos llamen, que al principio criábamos becerros para escribir en su piel y hoy cultivamos árboles de papiro, constituimos el futuro del mundo. Somos herederos de la más vieja y eficaz fórmula de sabiduría: "Quien domina la escritura lo domina todo". Yo soy el gran proveedor; y no se crea que sólo de los consumidores locales, también de los internacionales. Menachem Zacarías II, rey de Israel, por ejemplo, está entre mis mejores clientes. Conservo una hermosa carta de su puño y letra, de la cual se hicieron diecisiete copias que llegaron a las manos de otros tantos monarcas y presidentes de Europa, Asia y América. En ella, Su Majestad elogia la calidad del producto que me compra, poniéndolo por encima del que importa de Egipto. El Parlamento Latinoamericano, que tiene su sede en las islas Santillana, emitió hace poco una disposición por la cual establece que sólo empleará papiro proveniente de mis plantaciones.

Aquí hablo extensamente del papiro, su cultivo y preparación; y de la tinta apenas doy vagas referencias, pues la revelación de su secreto únicamente podría traer calamidades a mis empresas. La historia me ha curado en salud y no quiero que se repita con mis negocios ni la sombra de lo que pasó con la tinta del olvido.

La última asamblea general de las Naciones Unidas rechazó mi propuesta. En ella se contenía la base de un nuevo entendimiento entre el Norte y el Sur. Mientras que el primero seguiría como dueño exclusivo de las finanzas, nosotros podríamos equipararnosle mediante el control de la escritura. Cubriríamos el proceso global: desde la producción de papiro en una extensa franja que le daría vuelta a la tierra, comprendida entre los 40º N. y los 40º S., hasta la redacción de todos los textos educativos, burocráticos, científicos, técnicos, comerciales y religiosos por las habilidosas manos de calígrafos salidos de nuestras escuelas. Esta iniciativa llevaba aparejado el más coherente plan de protección medioambiental que se haya concebido jamás: no sólo garantizaba la presencia de árboles en vastos territorios donde no los hubo nunca, sino que daba esperanzas para que el abastecimiento natural de oxígeno –tan precario desde la irresponsable destrucción total de la selva amazónica durante las dos primeras décadas del presente siglo– pudiera mejorar sustancialmente. También contemplaba la única solución sensata para el problema universal de las etnias que, por su incontenible atomización, han hecho ingobernable el planeta. Si todas ellas uniformaran sus patrones de pensamiento y acción en torno al cultivo, preparación y manejo del papiro, entonces el mundo estaría en condiciones de hablar nuevamente de bien común, virtud ciudadana, racionalidad estándar y otras hermosas utopías cuya materialización bien podría ser nuestro aporte y legado histórico. En las visiones de mi sueño aparecen laborando juntos: actínicos, adamistas, alanos, albigenses, amorreos, bóers, cátaros, celtas, depredantes, ergotistas, fariseos, filisteos, goliardos, hippies, hortularios, iridiscentes, kampfalienses, lenguatroces, liquidacionistas, mamelucos, maratruchos, mirmidones, multiplicantes, nets, ojranistas, ostrogodos, oxonianos, partos, pogromistas, popotitos, punks, quididadores, rotarienses, saduceos, selenizantes, terrenales, vándalos, visigodos, yuppies y zigzaguistas. He mencionado, a guisa de ejemplo, sólo unas cuantas nacionalidades: todas mirando hacia un mismo sol que las alumbra, imán de atracción irresistible.

Muchos piensan y proceden como si la tierra fuera un bosque de papiro. Apenas unos pocos tenemos idea clara de los conflictos que nos condujeron a la situación actual. La penúltima de las grandes épocas bien podría ser llamada la del papel, ya que los seres humanos llegaron a depender absolutamente de sus propiedades. Y no se crea que sólo para escribir.

Primero fue la ropa. Una iniciativa de las naciones opulentas se propuso vestir con papel a cada habitante de las regiones pobres. De aquí nació, paradójicamente, una especie de neofiebre consumista, insoportable y contagiosa que se extendió a lo largo y ancho del mundo. Toda la población de la tierra llegó a ser forrada diariamente con ropa desechable, un récord que los escépticos creían inalcanzable. Se saltó de los discursos filantrópicos, que hablaban de lo mucho que se había podido hacer por el hombre en tan poco tiempo, a erigir una industria de la moda y de la alta costura. En París, por ejemplo, una firma sofisticada lanzaba colecciones *Prêt a porter* cuyo atractivo residía en que estaban hechas con pulpa extraída de árboles diferentes: un año era el arce, otro el nogal, cedro, caoba, naranjo, pino, carreto, guanacaste, quebracho, laurel, san juan, pochote, liquidámbar, ceiba, etc. Hubo trajes para cuantas circunstancias y climas sea dable imaginar; tanto los llevaban aquellos soldados que combatían en los desiertos petroleros como los esquimales que pescaban entre los hielos del norte, los policías de las ciudades y los escolares de todos los países.

Las expectativas de consumo, disparadas velozmente a partir de esta revolución en la vestimenta, crecieron de manera incontrolable. Un técnico de la FAO, el doctor Charles Peach Melber, sostuvo que si había sido tan fácil darle ropa a toda la humanidad, entonces también sería viable hacer que nadie se quedara sin comer. Fue así como nació el papel comestible, base del plan alimentario más ambicioso y exitoso de todos los tiempos. En efecto, su creador demostró que podía diseñarse una hoja que contuviera el mínimo de elementos nutricionales para el diario y normal funcionamiento del organismo. Además de colaborar con su adecuada composición, su poco peso la haría muy transportable. Una vez que el proyecto pasó a ser ejecutado, el planeta se vio saturado por el nuevo producto. Las previsiones se cumplieron espléndidamente. Desde flotillas de aviones se arrojaba el alimento sobre territorios muy aislados y especialmente sobre las grandes ciudades-miseria, donde las condiciones de violencia impedían que la ayuda llegara de otro modo. Tantas hojas descendiendo en el aire, al alcance del que quisiera hincarles el diente, aseguraban una alimentación que a nadie costaba el menor esfuerzo. Pero también aquí lo que era de uso corriente para los seres comunes, estandarizado y simple, fue potenciado a productos refinados, destinados a satisfacer necesidades que no eran vulgares. Apareció un extraño ciudadano: el *gourmet* papelero, insaciable en su afición por el espárrago artificial que se obtenía con el procesamiento del sándalo, la langosta que venía del roble o del encino y las trufas del nogal. Cuando Charles Peach Melber vio las consecuencias negativas de su invento, entró en una profunda depresión. Escribió un libro desesperado, *Ética y papel*, y se suicidó espectacularmente en las gradas del monumento a Víctor Manuel, en Roma.

El ascenso de la neofiebre no se detuvo ante nada, ni siquiera ante las advertencias de unos cuantos locos que hablaban de que íbamos hacia la destrucción absoluta. Vino luego el motor de papel, que abrió las puertas al automóvil, avión y barco del mismo material. La casa y el edificio crearon una nueva y floreciente especialidad arquitectónica. Algunos ecologistas respondieron a las múltiples objeciones con el cuento del reciclamiento, una cancioncilla que sólo convenció brevemente. El aprovisionamiento de materias primas para las fábricas se volvió asunto de vida o muerte y negocio altamente jugoso, tanto que las mafias cocaineras dejaron su anticuada actividad y pasaron del polvo a la pulpa. En cosa de diez años desaparecieron los extensos bosques de Canadá, Rusia y Finlandia, debido a una tala y un tráfico clandestinos que ni ejércitos ni policía fueron capaces de detectar ni controlar. La selva amazónica fue arrasada en la década siguiente, y el gran río se metamorfoseó en la cuenca arenera del mundo.

Las corporaciones de la memoria estimularon esta voraz e incontenible papelización universal; y se valieron de un recurso muy sugestivo: inundaron el mundo con maravillosas máquinas de impresión. Nació un gusto inculto por la letra de molde y el afán de vender logró que cada individuo tuviera su impresora personal, que descansaba siempre junto a la fuente de tinta del olvido. Cada quien quiso reproducir por escrito cuantos desastres la humanidad había hecho; y así se multiplicaron los que por simple afán lúdico elaboraban sus propios periódicos, llenándolos de tonterías que a nadie más importaban, y luego los hacían circular por todos los países: mandaban ejemplares aquí y allá, en la distribución más insensata de que se ha tenido noticia.

Gracias a la tinta del olvido, también supimos que el derroche de papel había rebasado con mucho los límites reales y que las reservas forestales de todo el mundo estaban aniquiladas desde hacía bastante tiempo. Ahora las pantallas mostraban, en el instante mismo de encenderse, parajes desolados y desérticos; y luego fue que estas escenas se convirtieron en otras: las de millones de hombres esqueléticos destruyendo la maquinaria de la industria papelera y de impresión.

Con los años comprendimos que fueron los grandes empresarios, autoproclamados amos de la memoria, los que manipularon a la masa para que desmantelara cualquier instalación que tuviera que ver con el papel. Así sucumbieron también los recicladores, unos pobres ingenuos que creían remediar con tan débil recurso el inmenso mal que ya estaba hecho. La tinta del olvido fue declarada dueña exclusiva del universal reino de la letra, el icono y la voz, ya que estos tres elementos se unificaron con su poder. Las pantallas se impusieron sin que nada las adversara; se las veía en el interior de las casas o en las calles, en los campos, los automóviles y los centros de trabajo. Cada quien cargaba permanentemente la suya.

Todo se repartió entre dos mundos: el del olvido y el de la memoria. Los poetas fueron los primeros en prevenir contra la tinta del olvido y su manera de penetrar la conciencia de los humanos, que merced a su encantamiento se creyeron dioses sin serlo.

"No escapéis hacia la perdición", gritaba Jonatán Gallardo, poeta estilita y visionario, constructor del estípite más raro de la tierra y que pronto le sirvió de morada y tribuna a la vez. La suya fue la protesta más importante contra la tinta del olvido. El estípite comenzó a erigirse el 2 de junio de 2006, en la extensa plaza que está frente a La Cagalera, y contó con el arrebato de unas cien personas que pedían a gritos el triunfo de la creación sobre la repetición. Pronto se sumaron unas cuantas más, llegadas de diferentes países. Desde su firme plataforma, Jonatán pronunciaba hermosas y proféticas palabras sobre el valor de la memoria. Ponía solamente una hilada diaria de ladrillos, lo que significaba una altura de aproximadamente diez centímetros. Al cabo del primer mes ya había ascendido más de diez metros, y sus entusiastas le alcanzaban cada mañana los materiales que necesitaba para proseguir la obra. Con el paso de los días, las semanas y los meses, esta operación tuvo que realizarse mediante cuerdas cada vez más largas y una garrucha sujeta a la estructura de hierro que iba por el centro. La voz impresionante, bien timbrada y potente del poeta, se oía despotricar muy temprano, justo al amanecer, y al caer la tarde. Ningún ruido fue capaz de apagarla ni de competir con ella. Las firmas aludidas en los parlamentos acusatorios vieron bajar sus ventas, pero no dijeron nada y se sumieron en un profundo silencio. Alguien sostuvo después, al interpretar y comentar estos hechos extraordinarios, que tales empresas nunca se dieron por enteradas de lo que pasó y que en sus informes solamente hablaron de un loco encaramado en una columna con forma de pirámide invertida, etc. Pero cómo no iban a darse cuenta, si el poeta atacaba de frente el principio que les permitía obtener ganancias fabulosas. Decía diariamente: "La tinta del olvido no termina de brotar cuando ya te está pidiendo que compres una nueva máquina, porque la que digitas ha nacido obsoleta".

Tres años después, la construcción tenía unos cien metros de altura; y como la base mayor se agrandaba cada vez más, se dejaron venir vagabundos de toda laya y gentes necesitadas para cobijarse a su sombra, sin que les importara el mensaje de arriba ni el justo clamor de los que se congregaban para escuchar. En cosa de pocos días convirtieron aquel lugar en un espantoso hervidero que soportaba un palabrerío caótico y malsano, como el que imperaba en el mundo cuando la tinta del olvido comenzó su incontenible ascenso.

Del poeta no volvió a saberse ni oírse nada. Un día, la cuerda que recogía los alimentos y materiales ya no bajó; el desvencijado helicóptero de la Cruz Roja no encontró ningún resto de vida encima del estípite. Las conjeturas no se hicieron esperar, y una de ellas sostuvo que fueron las compañías tintaolvideras las que maniobraron para que Jonatán Gallardo desapareciera por completo.

Después de Jonatán Gallardo se desarrolló la poesía mural. Muchos rascacielos fueron levantados para exhibir las composiciones de los poetas. Por esta vía nació la lectura como arte y despegó una floreciente industria sin máquinas ni chimeneas. Los turistas empezaron a visitar aquellas construcciones revestidas con el texto de los poemas más valiosos; desfilaban ante ellas en manadas conducidas siempre por un guía, como antes lo hacían para ver las obras escultóricas o pictóricas de los museos. El muralismo poético no vale sólo como expresión genuina sino también como rescate de figuras y obras del pasado, la mayoría de las cuales no se encuentra en los papiros. Un ejemplo ilustre dejará una idea clara sobre alcances y límites: el Garcilaso de la Vega, edificio más alto de Toledo, está destinado a perpetuar la memoria del insigne poeta y los versos que lo cubren podrían leerse desde muchos kilómetros, de no haber smog. Pero ocurre que el poema expuesto no es tal, sino un amasijo de líneas que proceden de lo que recordó un anciano centenario antes de morir, casi en el instante mismo de la agonía. Todo lo demás se consumió con la sustancia perdida; así es como la ignorancia que se cierne sobre tan alta figura de la lírica es muy grande, y a nadie le importa, porque el principal signo de nuestro tiempo es la total pérdida del modo poético de entender y decir las cosas. Acaso aquí esté la verdadera causa por la que desapareció Jonatán Gallardo, pues un poeta clamante era lo más incómodo que podía brotar en esta era de la desolación espiritual absoluta.

La existencia triunfante de la tinta del olvido fue saludada por Maura Esquizábal en su poema *La cocina y los condimentos de la memoria*, que a pesar de su poca trabajada arquitectura era de fácil aprendizaje y por eso pudo transmitir de boca en boca la información sobre el completo exterminio de los árboles. Por aquellos mismos años, no antes ni después, los millones de desesperados que ya habían destruido las máquinas donde se papelizaba todo, se lanzaron contra cuanto tuviera que ver con el procesamiento del plástico, porque se dijo que la suya con la del papel eran vidas paralelas.

Tras esta situación vino la fase moribunda, pues se vieron drásticamente limitadas las posibilidades de reproducir los aparatos que soportaban la memoria, hechos todos de plástico. El primer año de los graves incidentes, esta industria se contrajo en un 50 % y, a partir del siguiente lustro, sólo se pudo contar con plástico reciclado como materia prima. Pero poco tiempo después las plantas recicladoras también fueron atacadas, y la humanidad tuvo que dedicarse a cuidar las máquinas sobrevivientes. Nació un infernal saqueo y contrabando de piezas. Cada quien se volvió guardián celoso de su fuente de tinta del olvido. Y así vivieron los hombres hasta el día que las pantallas, afectadas por el virus, pusieron en blanco su suave curvatura, callaron y se paralizaron.

A la caída de la tinta del olvido siguió la desaparición de todas las cosas, de los nombres y de la memoria. Fue en medio de este terrible desasosiego que mi padre descubrió la utilidad de los gansos y propiedades tintóreas en las plantas del jardín. De su puño y letra salieron unos cuantos párrafos que dieron fe de lo que ocurría. Produjo un asombro enorme y se ganó la admiración universal. Como en el pequeño huerto existían unos cuantos árboles de papiro que supo aprovechar, pronto ocurrió que el corte diestro ejecutado por su mano, sagrado para quienes lo vieron la primera vez, fue aclamado como genuino aporte al nuevo nacimiento de la escritura.

Inicié la redacción de este libro de memorias en aquel medio extinto. Dispongo de la única máquina sobreviviente, cuya existencia nadie más que yo conoce. Es turbador por sí mismo este artefacto, hecho con partes que proceden de cuantos aparatos hubo en otro tiempo. Usted hallaría en su pantalla impresionantes colecciones icónicas, que en el común de los mortales sólo provocarían desconcierto. Pero no se crea que estoy intentando revivir lo que ya murió. Hay muchas cosas que no podrán volver a nacer. Hoy día las gentes se asustarían ante la imponente presencia –y no lo digo por el tamaño– de un armatoste así, y más si vieran surgir de su fuente la mismísima sustancia que trastornó a la humanidad de otros días. Yo la uso con fines lúdicos: cuando uno de mis hijos cumple diez años, le llevo con los ojos vendados al interior del cuarto brujo. Al quitarle la venda se siente como en otro planeta y goza viendo cómo la voz se transforma en letras y las letras se vuelven voz, un juego que bajo estas circunstancias no encierra ningún peligro. Después le saco con los ojos nuevamente cubiertos, y más tarde contará al grupo de sus amiguitos una experiencia en la que nadie creerá. No es, entonces, casual que se haya regado la fama de que tengo poderes, y una de las pruebas que exhiben es el éxito en mis plantaciones de papiro y demás negocios. No ha faltado quien diga que me desenvuelvo gracias al dominio de las malignas artes de la hechicería, pero yo me río de esas tontas ocurrencias que no pasan de ser una bola de chismes y rumores ignorantes. Claro que a veces se dan situaciones que no son para bromas. En la ciudad de Loudon, por ejemplo, descuartizaron hace diez meses a un pobre diablo, loco, que andaba ofreciendo sus servicios como conocedor de la aruspicina. Pero estos hechos son insignificantes, y nadie querrá ponerlos nunca en ningún papiro.

Solititos en todo el universo

Horacio Castellanos Moya

(El Salvador)

Horacio Castellanos Moya (1957) ha sabido destripar, como nadie hasta ahora, la llaga de nuestra miseria social e ideológica, hurgar en nuestro vacío existencial acorde con una época mediocre, sin proyecto histórico ni heroísmo alguno. Pocos son los centroamericanos que no se reconocen en El asco. Thomas Bernhard en San Salvador, *su obra más conocida, especialmente si son nicaragüenses, y ya no digamos salvadoreños o guatemaltecos. Menos celebrado como cuentista, el salvadoreño da pruebas, en este difícil género, de una inventiva de estructuras narrativas y un tremendismo todavía mayor que el de la novela corta que le valió la celebridad y el destierro.*

La elección de la obra que debía representarlo en esta antología no ha sido fácil, ya que raros son los cuentos suyos que no alcanzan la excelencia. Al final, hemos optado por Solititos en todo el universo, *que hace gala de un erotismo crudo obviamente a lo Castellanos: exacerbado, brutal. El erotismo también puede ser crítica social, como en este cuento que desentraña las relaciones morbosas de una pareja, en el cuadro del gran bostezo de la falta de valores de nuestra época.*

Entre las obras más conocidas de este escritor se cuentan: ¿Qué signo es usted, niña Berta?, *cuentos,* Tegucigalpa, Guaymuras, 1981; Perfil de prófugo, *cuentos, México,* Claves latinoamericanas, 1987; La diáspora, *novela, San Salvador,* UCA, 1988; El asco.

Thomas Bernhard en San Salvador, *novela, San Salvador, Arcoiris, 1998 (1997, para la primera edición);* El gran masturbador, *cuentos, San Salvador, Arcoiris, 1993;* Con la congoja de la pasada tormenta, *cuentos, San Salvador, Tendencias, 1995,* y El arma en el hombre, *novela, España, Tusquets Editores, 2001.*

1

Ha llegado, expansiva, los ojos brillosos, un poco despeinada, su minifalda negra ajustadísima, las piernas torneadas, morenas, tentadoras, quizás aún erizadas por el tacto de unas manos sin duda demasiado ansiosas.

—Estuve con Guillermo anuncia, triunfal, fresca, con la culpa hecha una pelusilla en el fondo de su bolsa de mano—, el director de cine del que te he hablado.

Cierro la revista y me repantigo en el sillón, a escuchar una historia redonda, sin aristas ni flancos, en la cual yo debería hurgar casi con delicadeza.

—Estoy contentísima —afirma—. Me propuso que adaptara un cuento de Ben Caso. ¡Imaginate! Guillermo es uno de los directores más importantes del país. La producción está asegurada, con publicidad y todo. Aún me cuesta creerlo...

Se tira en el sofá, despatarrada; su calzoncito rojo, el más sensual, apenas un cordón entre las nalgas, estará húmedo, impregnado de placer, oloroso a semen.

—¿Fue a tu oficina? —aventuro.

—Pasó por mí —explica—. Fuimos a una cantina preciosa, en el centro. Ahí estaba buena parte del grupo que siempre trabaja con Guillermo. Son unos tipos alivianadísimos, entusiastas... Me tomé tres tequilas; vengo medio japi...

Calculo la hora: si salió de la oficina como a la una, pudo haber pasado revolcándose en un motel, o en el apartamento del director lo más probable, el tiempo suficiente como para que sus labios vaginales estén encarnados, exhaustos.

—Para mí es un reto —dice—. Por primera vez tengo la oportunidad de demostrar mi capacidad como guionista. Y no con cualquiera, sino con un director de prestigio. No sabés cómo me alegra que Guillermo tenga fe en mí, que me apueste en serio...

Ahora se tiende sobre el sofá, boca abajo, el trasero voluptuoso ceñido a la perfección.

—El cuento es muy loco —continúa—. Ahí está en mi cartera. Me gustaría que lo leyeras para que me dieras tu opinión.

Me pongo de pie, como si fuera por su cartera, pero enfilo hacia el sofá. De un brinco me siento a horcajadas sobre su cintura, cabalgándola; presiono su nuca y la increpo:

—La verdad, putía...

—¡Me hacés daño! —exclama, tratando de darse vuelta para tirarme al suelo—. ¡Soltame!

Sin aflojar la presión, me acerco a su oreja y le susurro:

—La verdad...

—¡Te digo que me soltés, pedazo de idiota!

Caigo sobre la alfombra. Vuelvo al sillón.

—Por eso no me gusta contarte nada —dice, indignada, mientras se arregla la falda, la cabellera—. Sos un mugriento celoso. Para vos todo mundo es como vos, que te acostás con la primera que se te pone enfrente....

Se dirige a las escaleras, soberbia; los muslos inflamados podrían reventar esa faldita. Cierra la puerta del baño.

Alcanzo su cartera. Reviso su agenda, los cierres laterales, el cuaderno de apuntes. Nada. Tomo el libro de cuentos. La dedicatoria es suficiente. "Para Pamela, con la certeza de esta intensidad".

Vuelvo a mi sillón. Entonces comprendo. Subo a los brincos las escaleras. Toco la puerta del baño.

—Me estoy meando. Podrías apurarte por favor...

En este momento ella ha echado el agua. En seguida sale, empurrada. Apenas expelo un chorrito. Abro el grifo al máximo y destapo el bote de basura. Mi suerte no puede ser mejor: la sirvienta, Natalia, recién limpió el bote. Sólo veo un papelito higiénico arrugado y un minikotex. Éste tiene un olor agrio, pero el otro despide un vago aroma a semen.

Ha bajado las escaleras y ahora pone un disco de Miguel Bosé.

Salgo del baño con el papelito en la mano. Lo huelo de nuevo y lo guardo en el armario, entre mi ropa interior.

—¿Viste los cuentos? —grita desde la sala.

—Ese tipo te ha tomado el pelo —digo mientras bajo las escaleras—. No creo que exista ningún guionista que pueda hacer algo mínimamente decente con esos cuentos...

—Ni que ya los hubieras leído...

—Basta con la portada del libro.

Tomo el teléfono y marco el número en el que dan la hora: son casi las cinco de la tarde. Vuelvo a mi sillón, a la revista, al artículo sobre comunicación en el espacio.

—Este artículo dice que nunca hemos podido comunicarnos realmente con otros mundos allá en el espacio sideral —comento.

—Voy a hacerme algo de comer —dice.

Debe estar hambrienta. La sigo a la cocina.

—Nunca se ha detectado una señal definida de que alguien quiera comunicarse con nosotros —agrego—. ¿Captás? Solititos en todo el universo. Deberían hacer una película sobre eso.

Me siento en un banco.

—Con vos no se puede hablar —dice, con fastidio.

Le paso la sal. El dichoso director se la habrá cogido con la faldita puesta, así de pie, con los brazos apoyados en la estufa, el culo parado y el calzoncito en el suelo. Empiezo a excitarme. Me paro detrás de ella, como si fuera a inspeccionar lo que está preparando.

—¡Dejame! —gruñe cuando le sobo el trasero.

—No entiendo por qué en lugar de escribir tus ideas tenés que adaptar ese ripio —regreso al banco—. Alguien te está tomando el pelo. No hay duda. A menos que vos seás la deseosa de quedar bien. O quizás todo sea un tremendo cuento que venís a recetarme.

Ahora me ve con seriedad, preocupada. Pero no dice nada. Termina de sazonar la carne y se empina a buscar una cacerola en la alacena. Nada tan sensual como la curva donde inicia su trasero. Tiene que haberle mordisqueado esas nalgas, ensalivado los muslos, ni dudarlo.

Salgo de la cocina, subo las escaleras, entro al cuarto, abro el armario, saco el papelito higiénico, lo aspiro una y otra vez: por momentos el olor resulta escabullizo, inasible.

Entonces suena el teléfono.

Ella corre desde la cocina.

—Aló —dice, agitada.

Guardo de nuevo el papelito entre mi ropa interior. Sigiloso, evitando el menor ruido, me desplazo hasta el borde de las escaleras.

—Esperame un momento, que voy a apagar lo que tengo en el fuego —dice.

Me acomodo en el escalón para hurgar en sus murmullos.

2

—Describime a Guillermo —le pido.

Estamos acostados, frente al televisor. Un tipo habla con entusiasmo sobre la próxima serie mundial de beisbol.

Recién la he besado, he acariciado su vientre, como en el inicio de una tregua. Pero ahora ella está alerta de nuevo.

—No vayás a comenzar otra vez con esa necedad —advierte.

—No es necedad —explico, mientras beso sus párpados—. Pura curiosidad. Describilo...

Le muerdo el labio inferior: lo succiono, pacientemente.

—No en este momento —dice. Empieza a excitarse.

Le desabotono la blusa. Beso sus senos, pequeños, casi masculinos. Ríe. Afirma que siente muchas cosquillas.

—¿Es alto? —pregunto, mientras ensalivo el caminito de su ombligo. Le quito la faldita.

—Necio... —murmura, contorsionándose.

—¿Es alto? —insisto.

—Ajá...

Muerdo su pubis, el elástico del calzoncito rojo.

—Es alto y medio gordo...

Mordisqueo sus labios vaginales, pero por sobre la tela del calzoncito.

—¿Blanco o moreno?

—Pálido...

Ahora la punta de mi lengua comienza a recorrer sus muslos. La pongo de espaldas. Le quito el calzoncito. Ensalivo sus nalgas, las muerdo. Juego con mi lengua en su ano.

Empieza a gemir.

Lamo el caminito de su columna hasta la nuca.

—¿Es peludo? Quiero decir: ¿tiene el pecho velludo? —susurro en su oreja.

—No sé. Nunca le he visto el pecho... —musita.

—Teneme confianza. Contame...

Chupo su oreja. Me deshago de mis pantalones, calzoncillos, camisa. Mi lengua se regodea en la curva del caminito donde se quiebra su cintura. Le hurgo su coño ya tremendamente humedecido.

—¿Coge mejor que yo? —pregunto.

—Ya dejá eso. No seás tontito... —jadea.

Me encaramo en ella. Froto mi verga en su culo. Le pido que se ponga de rodillas, en cuatro patas. La penetro y me agarro con fuerza de sus caderas. La vista de ese trasero encumbrado, ensartado, me excita al máximo.

—¿Te cogió así? —murmuro.

No dice nada. Agitada, jala aire con la boca. Súbitamente, me salgo y me pongo de pie sobre la cama. Gimotea. La tomo del cabello. La acerco a mi pene palpitante. Lo succiona, casi con ferocidad.

—¿La tiene más grande que yo? —insisto.

Parece que no me oye. Glotona, chupa, succiona, da lengüetazos, se lo restriega en las mejillas. Me imagino que soy un tipo alto y medio gordo, pálido, con el pecho velludo. Mi placer se intensifica. La veo distinta, tal como pudo haber sido con él. Soy Guillermo y ella la mujer de un tipo que no sabe que ahora me la está chupando con furor, moviendo cada vez más frenéticamente la cabeza, pidiéndome que la llene de semen. Siento que me vengo. La empujo hacia atrás. Pienso en mi abuelita, después en la gorda asquerosa que despacha en la tienda de la esquina.

Ella está tirada, con las piernas abiertas, anhelando que la penetre. Un poco más relajado, me acuesto sobre ella. Entro despacio en su agujero resbaloso y comienzo a moverme, lenta, delicadamente.

—Quiero que me hagás un favor... —le soplo al oído.

—Dejame cerrar las piernas, apretarte... —pide.

Ahora empiezo a rotar mis caderas. Por momentos sólo la cabeza adentro. Ella gime.

—Si me prometés cumplir el favor te dejo hacer lo que querrás —musito.

—¿Qué favor?

—Te lo explico después, cuando ya me vaya a venir. Nada más se trata de decirme lo que te pida...

–Quiero apretar las piernas –repite–. Te digo lo que querrás.

La dejo cerrar las piernas.

–Me encanta... –gime.

Imagino que desvirgo a una adolescente; la presión sobreexcita los bordes de mi bálano.

–¡Más rápido!... –grita.

De nuevo soy el tipo alto y medio gordo, pálido con el pecho velludo. Me muevo con mayor intensidad.

–Me voy a venir –anuncia–. ¡Más, por favor, no parés!...

Reafirmo mis rodillas y arremeto con todo. La verga que tiene adentro no es la mía, sino una más grande, la de Guillermo.

–Ahora cumplí tu promesa. Decime "¡Más, Guillermo, más!..."

Mis movimientos son terminantes, definitorios.

–No seás tonto... Besame... ¡Aquí vengo!...

–"¡Guillermo, mi amor, cogeme hasta que reviente!". ¡Repetilo! –ordeno.

Pero ella no responde, en el vórtice del espasmo. Entonces me tiro a un lado de la cama. Se retuerce, de pronto vacía, incontrolable. Se me abalanza, manoteando para agarrar mi verga y meterla entre sus piernas. Forcejeamos hasta que de nuevo quedo sobre ella. Ahora me muevo frenéticamente.

–Me vas a decir lo que te pida o me salgo otra vez... –advierto.

Enrolla sus piernas en mi espalda. Se agarra a mis caderas, revolviéndose.

–¡No parés, por favor!...

La tomo con ambas manos del cuello. Culeo al máximo, como para destrozar las paredes de su vagina. Una vez más está en los linderos del orgasmo. Sin dejar de moverme, voy apretando su cuello.

–¡Repetí!: "¡Guillermo, mi amor, sos increíble!..." –la increpo.

Abre la boca, como si quisiera decir algo, pero tan sólo busca aire, pues mis manos se han cerrado con fuerza.

Elvira

JOSÉ RICARDO CHAVES

(Costa Rica)

El lector apreciará la progresión irónica de este relato, en la cual el personaje que le da título está casi todo el tiempo ausente... hasta llegar a la sorpresa final. En otro aspecto, Elvira *trata uno de los temas más viejos de la literatura, ya que fue presentado por la Antigüedad (*Iliada, *pasaje en que Tetis le pide a Vulcano que construya las armas de su hijo, el iracundo Aquiles). La Edad Media lo conoció igualmente. Pero es sobre todo a partir de la Edad Moderna donde cobra importancia. Su conjunción con el erotismo podría provenir de Villiers de l'Isle Adam y, entre los hispanoamericanos, de Macedonio Fernández. Consciente de éstos y otros antecedentes, Chaves redescubre con originalidad la temática, gracias a una escritura capaz de insuflarle, no tanto novedad, cuanto vida propia, intimidad y misterio. Esta creación forma parte del libro* Casa en el árbol, *publicado por Editorial Costa Rica, San José, 2000.*

Puede decirse que las dos pasiones de Marcelo son las armas y Elvira o, quizás más apropiadamente, Elvira y las armas. Las paredes de la casa de la vieja residencia están cubiertas de ellas, provenientes de distintas épocas y lugares. De España, de Francia, de Holanda... fusiles, arcabuces, pistolas... también dagas con puños bruñidos o con piedras enquistadas (brillantes lunares de luz). Forman un conjunto, una totalidad que, como dijera un viejo escritor, "es más que una estructura hecha de metales". Las intenciones que produjeron ese paulatino universo que Marcelo diseñara, y que aún no concluye, son bien disímiles de las que forjaron cada arma en su individualidad. El turco que diseñó y formó esa pistola de largo tubo y puño espiralado jamás pudo imaginar que, siglos después, su artefacto, estético y mortal, fuera a tener por única función el yacer, noche tras noche, día tras día, en la madera lustrosa de un mueble de caoba.

La casa de Marcelo ha quedado atrapada: situada en las inmediaciones del Paseo Colón, en una calle originalmente tranquila y arbolada de San José. Hoy el barrio ha sido copado por judíos ricos. Sin embargo, basta con caminar unas cuantas cuadras, atravesar la gran avenida transitada, para encontrarse entonces en otra zona donde moran los descendientes de libaneses: los "turcos", los "árabes", como dice él. Por supuesto, también ricos.

Judíos, cuyos padres y abuelos fueron polacos errantes, y católicos, de ascendencia libanesa, apenas separados por el Paseo Colón, conviven en un área cada vez más agobiada por el delirio urbano de la capital. La estatua de un leonino y cortés ex presidente autoritario, al final del Paseo, parece querer separar, con su dedo enhiesto, las dos comunidades.

Las distinciones que Marcelo establece entre sus vecinos son puramente nominales. Para nada le importan las procedencias o los credos, tal vez por el hecho de haber sido durante muchos años un extranjero (vivió casi quince años en París). Si bien no se visitan con frecuencia, mantiene buenos tratos con algunos de sus vecinos. No obstante, sigue tan solo como en París. Aquélla era soledad a solas. La de ahora es soledad en compañía (a ratos).

A pesar de que la mayoría de los antiguos moradores de ese barrio ya no están (por migración o por muerte), él se obstina en no abandonar la antigua casa, enorme y misteriosa, que le heredaron sus padres.

Dos sinuosos y serpentescos jazmines crecen en el jardín delantero de la mansión. Luego de abrir el portón de hierro forjado se observa un oscuro y perfumado túnel de jazmines. Con una extensión de unos pocos metros, los arbustos se han unido con el paso de los años, han entremezclado sus ramas y formado ese pasaje que un jardinero, con tijeras y buen oficio, remató tan diestramente. Al término del pasadizo vegetal, la puerta de madera luce brillante.

A Marcelo le gusta vivir en ese barrio josefino. Caminar por esas calles cada vez menos tranquilas, cada vez más transitadas por vehículos de toda índole. Diariamente se levanta a las siete de la mañana, se asea, desayuna y luego sale a caminar un poco, al menos por media hora. El sol calienta, pero no hace sudar. Es tibio, vitalizante. Ayuda contra el reumatismo que desde joven lo aqueja. En su paseo puede encontrarse con muchachas y muchachos que se dirigen a sus colegios, que esperan en una esquina el arribo del autobús privado que los llevará a los planteles. Una sirvienta uniformada de rosado, con delantal blanco, está en un jardín con el niño rubio de los patrones en los brazos, recibiendo el sol matinal. Marcelo saluda cortésmente a una anciana judía que, con ayuda de un bastón de madera lustrosa y puño de marfil, ejercita su entumecido cuerpo. La dama lo invitará a tomar el té en la tarde. Entonces, mientras ella habla en francés del tiempo perdido, él observará las mejillas agrietadas, cubiertas de polvos rosáceos, los labios secos, los dientes pequeños y amarillos, los dedos temblorosos de la dama cuando lleve una galleta a su boca.

Sin embargo, los paseos dominicales son los que más agradan a Marcelo. Las calles están con pocos autos pues la gente duerme hasta tarde. Sólo entonces percibe la diferencia entre domingos y días laborales. Como nunca ha tenido que trabajar, como vive de sus rentas (casas de alquiler, intereses bancarios, bonos, etc.), para él la semana transcurre de una forma distinta, más vaporosa, menos rígida, que para el común de la gente que sí labora.

Marcelo dispone de todo el tiempo para sí mismo y, desde luego, para Elvira. Decide con libertad, sin pensar en horarios, mientras sus ingresos se renuevan incesantemente, como los fantasmas de un cementerio. Para el cobro de los alquileres tiene a un empleado de su total confianza, que también sirvió a sus padres. Los domingos Marcelo se levanta como de costumbre, inicia su particular rutina y camina por el despejado Paseo Colón, con esporádicos y pertinaces segmentos arbolados. Mira los nuevos edificios, trata de recordar los que ya no están, añora el desaparecido jardín que ahora es un estacionamiento. Es inevitable esbozar una sonrisa ante las pequeñas estatuas que adornan el pequeño Hospital San Juan de Dios. Si no está muy cansado, continúa caminando. Al llegar al sector de las pequeñas tiendas de judíos, abiertas desde temprano, las jóvenes vendedoras se limitan a mirarlo, alguna quizás sonríe, pero no lo abruman con sus ofrecimientos de telas y ropas. Ya lo han visto en otras ocasiones y saben que nada de lo que ellas ofrecen le interesa al paseante. El dueño de una de las tiendas se encuentra tras el mostrador, junto a la caja registradora. Es un hombre calvo y seco, con lentes pequeños y corbatín, que levanta la mano y saluda sonriente a Marcelo.

En las inmediaciones del Mercado Central, Marcelo compra flores para Elvira. Calas, rosas, claveles, gladiolas: la flor elegida depende de la temporada.

Elvira ha estado mucho tiempo en la casa, tanto como él, quizás más. Cuando Marcelo regresó de Europa, después de vivir muchos años en su blanco y ascético apartamento de Saint Louis-en-L'Ile, ella estaba allí. Por una carta materna se había enterado de su existencia y de su nombre. Cuando la madre se aficionó a la costura como pasatiempo, la trajo para hacer más fácil su labor.

Los primeros días después del retorno, la presencia de Elvira perturbó a Marcelo. Su cuerpo espigado, sus largos y finos dedos, le boca pequeña y roja. Con el pretexto de interesarse en el trabajo de su madre, pasaba horas en compañía de Elvira. Fue cuando comenzó a ampliar la reducida colección de armas de su padre, ya difunto. Mientras Elvira sostenía en su elegante mano algún encaje o tafetán, mientras la madre, sentada en su enorme sillón, bordaba despaciosamente, Marcelo pulía, con igual fervor, el cuerpo de alguna pistola de Flandes o Venecia. Muchas tardes el ruido pausado de la máquina de coser se mezclaba, furtivo, con el brillo que las armas despedían desde sus puestos en las paredes o en los muebles sin polvo con vidrios esmerilados.

La madre murió al cabo de dos años y sólo quedaron Marcelo y Elvira. Sin que mediaran palabras se dio como un hecho que ella seguiría en la casa. La perturbación que Elvira causara inicialmente en el hombre poco a poco fue tomando la fluidez de un sentimiento cálido.

En las noches él podía despertar bruscamente de una pesadilla, confirmar su soledad, la oscuridad de la habitación, el rayo de luna que llegaba hasta la silla de tela gastada. En medio de su situación, saber que más allá, tras esas paredes, estaba Elvira, silenciosa, bella, lo serenaba extrañamente. Tomaba un poco de agua, el tranquilizante, miraba el despertador, y después se hundía entre las sábanas y cobijas. Recordaba el rostro de ella que, sin poder evitarlo, lo remitía a un óleo de Picasso, "Paulo vestido de Pierrot". Pensando en ella, se dormía.

Una noche de insomnio pertinaz, una de esas noches en que el somnífero habitual no hizo efecto, Marcelo dejó su habitación. Como una sombra entre las sombras, lentamente, llegó hasta Elvira. Sus ojos se encontraron con los de ella. Luego, la besó.

A la mañana siguiente, al ir a hacerse la barba, descubrió en el espejo una plácida sonrisa. Durante el paseo matutino decidió regalarle a Elvira la ropa de su difunta madre, que guardaba en un viejo baúl. Nadie más merecedor de tal regalo, pues muchas de esas prendas habían sido hechas con su ayuda. Día a día, desde entonces, gusta de verla luciendo ese guardarropa.

Algunas noches, en la penumbra del salón, teniendo como escenario pistolas de Amsterdam o rifles que quizás alguna vez dieron muerte, Marcelo desnuda a Elvira, mientras ella permanece en silencio.

Entonces es él quien se viste con algunos de esos trajes cosidos por su madre y, después, apaga una lámpara, otra, y otra más, y se retira a su habitación.

Sube la escalera lentamente, al principio un poco a tientas; después con el aplomo de quien se ha acostumbrado a la oscuridad. Abajo, en el salón silencioso, el maniquí queda desnudo.

Pequeña biografía de un indeseable

JACINTA ESCUDOS

(El Salvador)

Los hitos narrativos de esta escritora dan prueba de una variada y poderosa invención. Escogimos para esta antología Pequeña biografía de un indeseable, *de su primer libro, debido a su originalidad en el manejo de la primera persona narrativa. El narrador, incorporado a la ficción, relata el acontecer que determinó su existencia misma, pero en el cual él ya no puede tener ninguna participación. Dentro de este cuadro, el empleo de la primera persona suena extraño, aunque el lector advertido deduzca, por la excelencia de la escritura, que se trata de una anomalía controlada, y lo acepta como un rasgo constructivista original: un capricho, una coquetería de estilo. Pero he aquí que, de pronto, la progresión de la historia transfiere el yo-origen de la palabra narrativa al centro mismo de la acción. El rasgo injustificado pasa a ser entonces una necesidad de la trama. Esta inteligente adecuación de la ficción enunciativa a la ficción de lo enunciado funciona como un silogismo, que convierte el rechazo en violencia y en marginalidad.*

Jacinta Escudos ha publicado, en ficción, Contra-corriente *(cuentos),* UCA Editores, San Salvador, El Salvador, 1993; Cuentos sucios, *Dirección de Publicaciones e Impresos, San Salvador, El Salvador, 1997;* El desencanto *(novela), Dirección de Publicaciones e Impresos, San Salvador, El Salvador, 2001; y* Felicidad doméstica y otras cosas aterradoras *(cuentos), Editorial* X, *Guatemala, 2002. Tiene en prensas* Crónicas para sentimentales *(cuentos), Litera-tour Ediciones, San Salvador, y por lo menos seis obras inéditas engavetadas, que aguardan el descubrimiento del editor de gran prestigio que merece su calidad.*

Cuando La mujer que me parió, Lina Miranda, supo que me tenía en su barriga, se asustó mucho. Tenía dieciséis años, vivía con sus padres y hermanos y estudiaba el segundo año de bachillerato. A mi papá, Chucho Prado, lo había conocido en una fiesta en el parque. Él tenía diecisiete años, se graduaba de bachiller ese año y quería irse a la capital a estudiar medicina. Luego volvería a su ciudad, pondría un consultorio, se casaría y tendría hijos. Esas cosas que desea la gente cuando no tiene telarañas en el corazón.

Lina sintió miedo cuando el doctor le dijo que estaba embarazada y que era demasiado tarde para pensar en un aborto. Ella se maldijo siempre por el descuido de no vigilar sus menstruaciones y no apuntarlas en el calendario. Lo que sí recordaba con cuidado y marcaba sin olvidos en el día correspondiente, era las veces que hacía el sexo y el nombre del hombre con quien lo hacía para tener aunque fuera buenos recuerdos anotados en alguna parte.

Yo fui una X marcada junto al nombre de Jesús Prado, escrito en tinta roja. Me hicieron en los pastos de un parque, en uno de los rincones más oscuros y ante las insistencias de Prado. Lina contaría después que no le dio tiempo de quitarse a Prado de encima, joven fuerte y ancho de espaldas. Que para el momento en que ella recuperó un poco la compostura, ya él estaba como quien dice en lo mejor y de hecho le gustaba lo que le estaba haciendo, por lo que dejó que Prado siguiera y terminara tranquilamente. Después se limpiaron con papel higiénico, se repartieron los libros, se dieron un beso y cada cual a su casa.

A Lina le gustaba Prado, pero en realidad no tanto. Ella estaba enamorada de Mauricio Campos, el pitcher del colegio. El deporte le hizo desarrollar un cuerpo de actor de cine que era la envidia de los compañeros por el éxito que tenía con la muchachas. Mauricio Campos hacía con ellas cualquier cosa. Lina Miranda era una de las que corría y babeaba detrás de él. Hacían el sexo en unas caballerizas en las afueras de la ciudad donde, según ella misma tuvo el descaro de contar posteriormente, la desnudaba todita y hasta le hacía el sexo por detrás.

Lina Miranda no se arrepentía de sus pecados. Lo único que en el fondo resentía era que yo no fuera hijo de Mauricio Campos, quien le daba un sexo más gozado, más animal. A pesar del embarazo, no dejaba de sentir ganas de estar con un hombre. Su preñez le hacía recordar aquellas escenas con una mezcla de morbosidad y desilusión. Al final le remordió el recuerdo del parque, su falta de lealtad para con su verdadero amor que era Mauricio, su descuido al olvidar tomarse todos los días la pastillita y su dejar pasar el tiempo que no le dio ni el chance de un aborto.

Su papá de seguro la obligaría a casarse con Prado para evitar los chismes. Ella no quería. Si hubiera sido con Mauricio Campos ni lo hubiera pensado dos veces. Pero con Chucho Prado ni loca. Buscó parteras, curanderas, yerberos. El tiempo corría. Era demasiado joven Lina para esos caminos, para esos anonimatos peligrosos, para toparse con el tipo de gente que hace cualquier cosa por un precio: nadie quiso hacerle el trabajo.

Comenzó a desesperar. No le podía contar a nadie su desgracia. Ni siquiera a alguna amiga, porque tenía miedo de ser delatada. Tampoco le contó al causante de la desgracia, o sea a Prado. Más bien le dijo que no quería volver a verlo. Él no entendió ni jota, insistió, ella se molestó y hasta lo abofeteó. Chucho Prado dio la vuelta y dijo "al carajo con las mujeres".

Sin darse cuenta, comenzó a sentir un peso interno, no sabía bien dónde, y el bajo vientre le creció poco a poco, como si tuviera lombrices. Entonces empezó a fajarse. Lo hacía todas las mañanas, muy escondida, maldiciendo mi existencia. Nadie debía sospecharlo. Soportó los achaques en silencio. Tuvo que alejarse de los hombres. Ya no podría dejarse tocar por ellos, notarían la faja y querrían un poco más de pasión. Por la noche soñaba de su sexo con Mauricio Campos, y cuando despertaba mordía la almohada, primero para ahogar su placer y después para llorar de rabia por mí.

Intentó vivir con toda la normalidad posible para evitar las sospechas. Nadie adivinaba que bajo su sonrisa o sus gestos, Lina gastaba sus pensamientos en la búsqueda de una solución. Tenía que hacer algo conmigo. No podría seguir ocultándome después de nacido. Pensó salir de la ciudad, inventar algún paseo para regalarme o dejarme tirado en el camino. Buscaba provocarse accidentes, golpes, tomaba brebajes extraños hechos con hierbas y raíces. Adentro, yo me daba cuenta de todo. Es bastante simple de entender: estás amarrado a tu madre y te da aire, comida. Sangre. Sin ella no se es nada. Por el ombligo me entraba su comida, su oxígeno, sus recuerdos obscenos, sus maldiciones revueltas con café y azúcar.

Yo estaba, como quien dice, entre la espalda y la pared, aunque debería decir entre su pellejo y sus tripas, hecho un nudo en mi oscura cápsula espacial, casi sin lugar para estirarme o darme vuelta, por lo apretado de la faja. Oía ruidos, voces, sentía todos sus movimientos. Aprendí a reconocer la voz de Lina, sus tonos. Y a medida que pasaba el tiempo tuve que reconocer que cuando estábamos solos y hablaba en voz alta, no disimulaba su desprecio hacia mí.

En año nuevo bailó. Bebió y fumó. Bailó hasta las cuatro de la mañana. Tomó tanto que nunca supe si el mareo que yo sentía fue por el licor o por la brincadera del baile. El primero de enero se sintió mal, muy mal. No se había soltado la faja desde hacía muchas horas. Ella estaba segura que era el desvelo, la resaca. Pasó en cama ese día, pero al siguiente se sintió peor y le comenzaron los dolores. Sabía que ya era la hora y supo lo que era el miedo en serio. Dijo tener diarrea y se pasó la noche cruzando el patio con una linterna para llegar hasta la letrina y gemir a solas su parto. Llegó al punto que no tuvo fuerza para caminar de vuelta a la casa y se quedó acostada en el piso de madera. Se convenció de que era la hora de su muerte. En la casa todos dormían. Le tocaba el momento de su única verdad: enfrentar su pecado y pagar con la vida su arrepentimiento, mientras el dolor aumentaba y yo me sentía empujado sin remedio hacia fuera.

Comenzó a rezar como para hacerse compañía a sí misma. Recordó su propio cuerpo dado a los hombres. Sintió vergüenza por primera, por única vez en su vida. Le prometió a Dios no volverlo a hacer jamás. Estaba dispuesta a cualquier castigo con tal que no le siguieran aquellos dolores, que al fin naciera ese niño que la tenía tan harta.

Nací. Caí en el piso de madera de la letrina. Ella sólo dijo "al fin". Se sentó para verme. Mi aspecto le dio asco. No sabía todavía qué hacer conmigo. No podría entrar en la casa con una historia tan increíble como "miren lo que me encontré en la letrina". Lloró reclinada contra las tablas del asiento. De pronto levantó la cabeza y miró por el hoyo. Luego me miró a mí. Me alzó un momento y me vio, muy seria. No sé qué pudo pensar aquella mujer en ese momento, sólo sé que sus manos me soltaron y que caí literalmente en medio de todas las cochinadas de la familia.

No tuvo gesto de arrepentimiento. Quizás yo hubiera muerto sin que nadie lo supiera, pero como le dolía mucho el vientre, se metió a la casa a buscar a su madre. Se descubrió todo el asunto: Lina Miranda, fajada nueve meses, parió un varón y lo tiró por la letrina. Comenzaba el día. Su padre le hizo decir el nombre del mío y los hermanos se fueron a traer a Chucho Prado con quien la familia necesitaba saldar serias cuentas.

Dos sorpresas más hubo aquel día: Chucho Prado, quien no sabía nada, fue enterado del asunto por mi abuelo y lloró al saber lo que me había pasado, sumándose al grupo que me buscaba en la inmundicia.

La segunda sorpresa fue que me hallaron todavía vivo, después de tres horas, desangrándome por el cordón umbilical que ella había cortado contra un borde filoso de la caseta de tablas. Fue un auténtico milagro que no me ahogara en la porquería.

Cuando me sacaron y me exhibieron con cierto aire de alegría, todos callaron. Fue un chispazo de silencio, breve. Suficiente para comprender que ninguno de los presentes se sentía capaz de entender algo. No sabían qué decirse, a quién culpar.

Lina lloraba en el cuarto y era atendida por una enfermera vecina mientras llegaba por nosotros la ambulancia. Se negó a verme. Cuando le preguntaron por qué lo había hecho, contestó que porque le daba miedo lo que fueran a decir de ella cuando la vieran preñada y sin casarse.

Aquello quiso transformarse en el secreto familiar mejor escondido. Ninguno de los parientes ni amigos que frecuentaban la casa debían decirme nada jamás. Lina pasó ante mí como una tía más. Me dijeron que mi madre había muerto al nacer yo y nunca se hablaba de ella. De papá dijeron que había ido a buscar trabajo a los Estados Unidos, y hasta cierto punto no era tan mentira: la familia Prado se negó a que Chucho arruinara su vida casándose con una persona como Lina. Primero lo mandaron a la capital y luego le pagaron un pasaje para irse tan lejos que pudiera olvidarse de la impresión que toda aquella historia le había causado. Los Prado evitaron cualquier contacto con nosotros y al final decidieron trasladarse a otro pueblo. Pero mis papás no me hacían particular falta, pues mi familia era numerosa y los abuelos fueron siempre cariñosos conmigo.

Pero se olvidaron de los vecinos, de la gente de la calle, de todos los demás. Sería imposible ocultar semejante escándalo eternamente. Mis amiguitos en la escuela me hacían bromas que no entendía. La gente parecía tan obligada a demostrarme cariño que yo pensé era lástima por mi supuesta condición de huérfano.

Cuando tuve trece años, un borracho en la entrada de la iglesia me lo aclaró todo:

—¡Ahí va Caquita Miranda! —gritó al verme pasar.

La abuela, que estaba conmigo, se ofendió muchísimo. Calló al hombre con dinero o intentó hacerlo porque el borracho, en su delirio, la tomó contra mí. Gritó todo lo que había pasado. Caminé en silencio con la abuela hasta la casa. Me fui directo donde Lina y le pregunté si era cierto lo que el borracho había dicho. Ella no lo negó. No pudo. Su vergüenza fue peor porque ya tenía marido y otros dos hijos que, supe entonces, eran mis medios hermanos.

Ese día me fui de la casa. Vine a la capital, el único lugar donde se podía hallar un poco de suerte. Me buscaron, preguntaron por mí en todas partes. Me cambié el nombre. Me metí al mercado, que es el mejor sitio del mundo para esconderse si uno en realidad quiere desaparecer.

Aprendí a hacer de todo: abro carros, bolseo a la gente en los buses, arranco cadenas a veces. Ahora están de moda la droga y el cambio de dólares. Mal que bien gano algo para la comida y voy pasándola.

No he sabido muy bien qué hacer con mi vida desde entonces. Cuando me baño, me restriego con fuerza hasta dejarme roja la piel para arrancarme el recuerdo de mi primer día en el mundo. Y cuando camino en el mercado, con el puñal en la chaqueta, no siento miedo. No me importa nada. No le temo a nadie. Nadie puede ser superior a este muchacho que, desde el primer día de nacido, triunfó sobre la mierda y la muerte.

Uno en la llovizna

Rodrigo Soto

(Costa Rica)

Cuentista prolífico, original, sorpresivo, Rodrigo Soto desarrolla, en Uno en la llovizna, *el tema de la ruptura generacional. El mundo de los padres es tratado con ironía, pero no sin piedad. El humor inteligente define el interregno: distanciamiento sin intolerancia. Este cuento no se ciñe a un argumento. Recrea solamente un acontecer, de manera viva y convincente: una fiesta de jóvenes, en el marco de la intolerancia "adulta". El estilo vivo, sorpresivo, original, no decae, como es frecuente en este tipo de temática, en el pintoresquismo urbano, ni en una ideología "juvenilista" dogmática. Aquí los acontecimientos mismos parecen narrar, sin apelaciones grandilocuentes al bien o al mal.*

Soto nació en San José, en 1962. En ficción ha publicado Mitomanías, *cuentos, 1982;* La estrategia de la araña, *novela, 1985;* Mundicia, *novela, 1992; y* Dicen que los monos éramos felices, *cuentos, 1995.*

Aquella misma tarde le había dicho a Juan Carlos y a la Poison que pasaran a buscarme para ir donde Renato, pero ya estaban media hora tarde y seguían sin aparecer. Como si fuera poco mi tata tenía un arrebato de inspiración musicológica, y llevaba horas oyendo unos tangos de sepulcro. Creo que era Gardel, veinte años no es nada, decía el animal, y yo acababa de cumplir los veinte y sentía la muerte en la acera de enfrente.

Iba a darle un poco más de tiempo a Juan Carlos pero no pude resistir. Tomé la chaqueta de mezclilla y cuando estaba a punto de salir mamá vino a buscarme. Estaba alegre porque también disfrutaba de Gardel, pero yo la encontré terriblemente vieja; veinte años es mucho, mamá, quise decir. Preferí mentirle que iba sólo al barrio y regresaría temprano, pero su sonrisa desapareció y entonces la vi más vieja todavía, casi anciana, y fue tan fuerte que preferí salir sin dar explicaciones.

Aunque era temprano las calles estaban desiertas. Hubiera ido a la casa de Juan Carlos, pero él vivía en Tepeyac y la distancia desde el centro de Guadalupe era demasiada para un lunes de octubre. La Poison vivía más cerca pero no podía ir a su casa desde hacía unos meses, cuando le encontraron unos *cannabis* en su tocador y dijo que eran míos para salvarse. No pudo ponerme sobre aviso, y cuando al día siguiente fui a buscarla, su mamá salió a corretearme crucifijo en mano, amenazando con decirle todo a la policía. Aquellos eran otros tiempos, y caerse con la ley, aun por cosa de uno o dos puritos, era serio.

Caminé por las calles solitarias y humedecidas. No sé por qué me puse a tararear algo de Dylan, aquella que Jean Luc nos tradujo, de una fuerte, fuerte lluvia que iba a caer. Me hubiera gustado un purito y seguir caminando, pero no tenía ni siquiera una semilla y la lluvia arreciaba.

Entré donde el Caníbal, la cantina que utilizábamos como punto de reunión. Al dueño le decíamos Caníbal por su nombre. Aníbal Núñez, un español con casi treinta años de vivir en Costa Rica. Le gustaba la gente joven y veía en nosotros el futuro de la humanidad, a menudo nos hablaba del anarquismo, la explotación y cosas por el estilo. Nosotros lo escuchábamos condescendientes y él nos dejaba fumar. Lo único malo era la música, porque el Caníbal era adicto a la zarzuela y eso era lo peor que nos podía pasar. En el primer momento no pude distinguir a nadie. Lo único que vi fue el gran ojo enrojecido del habano que el Caníbal nunca se sacaba de la boca. Después reconocí a Jean Luc y a Remedios, la fea. Hacía meses no se aparecían y me alegró encontrarlos. Él era francés y hablaba bien el español, y ella bogotana y espantosa. Iban de camino a Estados Unidos financiados por el padre de Jean Luc, un respetable comerciante parisino. No, no habían visto a Juan Carlos ni a la Poison y también los buscaban; les pregunté si iban a ir donde Renato y Jean Luc me respondió que sí.

Poco después llegaron Fernando y Lucy bastante borrachos y contentos, y pidieron cerveza

para todos. A pesar de sus fervientes discursos anar-
quistas, el Caníbal era inflexible en contabilidad, de
modo que mientras Fernando rebuscaba en sus
bolsillos los billetes, aguardó junto a nosotros,
escuchando a Remedios, la fea, que en ese momento
afirmaba que en Bogotá llovía mejor, con esas palabras o parecidas. Fernando y yo nos volvimos a ver
horrorizados, seguros de que el Caníbal la interrum-
piría para iniciar una disertación a favor de las lluvias
españolas, pero en ese instante entraron, heroicos,
empapados y sonrientes, Juan Carlos y la Poison.
    La Poison me besó en la boca y se sentó
sobre mis rodillas. Vestía una camiseta anaranjada
y unos *jeans* que apenas comenzaban a desteñir.
Juan Carlos acercó una silla y dio una larga, increíble
explicación sobre su atraso. Fernando y Lucy querían
tomar otra cerveza, pero ya eran más de las ocho y
la casa de Renato estaba lejos. De no ser porque esa
noche Fernando tenía el carro no hubiéramos
podido ir. De nuestras familias, la de Fernando era
la única con carro, un pequeño Sumbean color caca.
    Nos despedimos del Caníbal y nos embu-
timos en los asientos. Seguía lloviendo y debíamos
viajar con las ventanas cerradas, en pocos minutos
sudábamos a mares. La Poison iba de nuevo sobre
mis regazos y eso me encantaba. Era baja y gordita,
y las mechas le caían ocultándole la cara. Nos
acostábamos cuando podíamos, o sea muy pocas
veces, porque los dos vivíamos con la familia y los
hoteles resultaban caros. Siempre estábamos calientes y no dejábamos pasar un momento sin
acariciarnos. Metí la mano por debajo de su camiseta
y la subí hasta topar con el sostén. Después de
acariciar un rato di el siguiente paso y encontré los

pezones, grandes como los conocía, morados. Ella se apretó contra mi cuerpo y sentí que una de sus manos me tocaba. Lo hacía muy bien y generalmente yo no lo soportaba mucho tiempo. Cuando la Poison comenzó a gemir (mi mano sudaba y también su pecho y estábamos tan cerca) nos hicieron algunas bromas, la Poison que era tímida dejó de acariciar, tomó mi mano y me obligó a sacarla.

Renato y sus amigos tenían con nosotros la sencilla, y sin embargo decisiva afinidad, de fumar mota como desesperados. Eso bastaba para entendernos, siempre y cuando ellos no se enfrascaran en una de sus enrevesadas discusiones universitarias. Casi nos había decepcionado descubrir que los ricos se aburrían tanto como nosotros (con la diferencia sustancial del aderezo, pues si ellos podían emborracharse con vino o coñac, nosotros debíamos conformarnos con las humildes pero incomparables cervecitas, de las que consumíamos cantidades admirables). El recelo que nos producían sus barbas bien cuidadas, las pieles bronceadas en playas a las que jamás tendríamos acceso, se disipaba en el momento en que nos invitaban a una de sus fiestas. De vez en cuando hasta podíamos acostarnos con muchachas de ese medio, que acaloradas por las discusiones y estimuladas por los *Peace and Love* que iban y venían, se sentían muy libres encamándose con uno de nosotros, aunque si luego nos encontraban en la calle seguían de largo sin siquiera dirigirnos la palabra.

Renato nos abrió la puerta; aunque era evidente que había tomado mucho, nos acompañó a servirnos el primero y bebió el suyo de un sorbo. La sala estaba llena y no conocíamos a nadie. Jean Luc descubrió a un tipo con cara de europeo y arrastró a Remedios hasta él. Los demás nos acercamos a un grupo en el que la gente hablaba a gritos y fumaba mucho. Sobre la mesa había platos con comida y yo, que no probaba bocado desde la mañana, me escabullí hasta allá. Iba a engullir el primer bocado cuando dos manos me taparon los ojos. Palpé y eran de mujer, inconfundibles, alargadas. Dije todos los nombres, que me vinieron a la mente, pero me sacudieron suavemente la cabeza. Vino el ofrecimiento de rendición y la consiguiente respuesta afirmativa. Las manos se retiraron y era Leda. Besos, abrazos, dónde estabas, cómo te ha ido y todo eso. Mi vecina de toda la vida, fumamos los primeros puros juntos antes que su familia cambiara de casa y perdiéramos toda comunicación. Alguien me dijo que se había hecho amante de ejecutivos y empresarios. Se veía bien, a pesar de todo. Al menos sabía disimular que no era cierto. Iba a preguntarle todo pero ella volteó los ojos indicándome que la esperaban. Un tipo alto, de pelo rubio, vestido con corbata nos miraba desde lejos.

–¿Dónde vivís? –pude preguntarle antes de que corriera hacia el tipo. Creí que respondía "en Guadalupe", pero no escuché bien. La vi abrazarse con el hombre y besarlo varias veces.

Devoré un par de bocados. Se me acercó la Poison y me preguntó por Leda, le dije nada más que era una amiga, para abrir la llaga y el misterio. La Poison celosa era el ser más posesivo de la tierra, las caricias en el carro me habían excitado y di la bienvenida a los gestos seductores con que me hizo saber que le desagradaba mi encuentro con Leda.

Sonaba algo de Janis Joplin cuando ella tomó mi mano y la llevó hasta su pecho. Nos abrazamos y decidimos buscar algo de yerba antes de subir. Nos acercamos al grupo en el que estaba Fernando y nos pasaron dos puros descomunales. *Talamanca red*, nos anunciaron, y antes que terminaran de decirlo ya nos habíamos dado cuenta, Janis Joplin seguía cantando y nosotros la amábamos. Hubiéramos amado a cualquiera que cantara en ese momento, pero era Janis y eso era lo mejor que nos podía pasar. Su voz de hierro mutilado nos ponía los pelos de punta, y aunque no entendiéramos lo que decía sabíamos que era cierto, porque sólo alguien que dice la verdad puede cantar de esa manera.

Los dedos de la Poison acariciaban mi brazo. La miré y sus pequeños ojos asomaban detrás de los mechones. Ahora sé que estábamos lejos de amarnos, pero juntos la pasábamos bien y eso era suficiente. No podía verla sin sentir que a la primera palabra que dijera yo reventaría a reír; en ese momento, sin embargo, no me dieron ganas de hacerlo, sino de decirle que nosotros, ella y yo y Juan Carlos y todos los demás, estábamos fuera de lugar. Quise preguntarle si sentía lo mismo, pero al verla la sentí tan frágil, y por primera vez advertí en su mirada un tono de súplica o temor. Entonces apreté su mano y comenzamos a caminar hacia los cuartos.

Cuando bajamos era tarde pero la fiesta seguía y mejor. Más gente había llegado y algunos bailaban en la sala. Nosotros estábamos contentos porque en la cama todo anduvo bien, jugamos mucho y nos dijimos estupideces cariñosas.

En las mesitas distribuidas por la casa habían puesto fuentes llenas de fruta y marihuana, encendimos un *joint* y compartimos una tajada de piña. Un tipo con los ojos como tomate se acercó para decirnos que la ley de la gravedad ejercía mayor influencia durante la noche que durante el día, por eso los humanos dormíamos de noche, acercándonos al centro gravitacional del planeta. La Poison y yo nos miramos tratando de contener la carcajada, pero fue imposible y estallamos mientras el tipo continuaba desarrollando su teoría, como él mismo la llamó.

En ese momento Renato corrió hasta el tocadiscos, levantó el brazo metálico y desapareció el encanto de Santana. Después alzó una mano en un gesto terminante y supimos que era en serio. Todos callamos. Renato caminó muy despacio hasta una de las ventanas, entreabrió el cortinaje y miró. Me acerqué a la Poison y le acaricié el brazo. Renato se volvió con el rostro lívido y tartamudeó que había dos carros de policía frente a la casa. Aunque algunos gritaron y otros quedaron paralizados durante un momento, en pocos segundos nos habíamos organizado bastante bien; mientras unos recogían las fuentes con la yerba y las llevaban a los baños, otros lanzaban los puros dentro de la taza y halaban la cadena.

Golpearon la puerta. Renato interrogó con la mirada, nadie se opuso y comenzó a abrirla despacio. Desde afuera empujaron y Renato salió disparado hacia atrás. Corrimos en todas direcciones, la Poison y yo hacia el cuarto, en medio de los gritos y la confusión.

Mientras subíamos me rezagué para mirar el grupo de policías que se lanzaba en pos de todo lo que se moviera. Llegué al cuarto agitadísimo y busqué a la Poison que se había escondido debajo de la cama. La saqué de un jalón y miramos al mismo tiempo la ventana. Corrimos hasta ella, la abrimos y la mancha silenciosa del patio era, lo juro, el paraíso. Primero se lanzó la Poison. Se colgó del marco de la ventana con lo que disminuyó algo –no mucho– la altura de su caída, después sus manos se soltaron y escuché el golpe de su cuerpo contra el zacate. Dejé pasar unos segundos antes de seguirla. El patio estaba oscuro pero poco después se dibujaron las siluetas de los arbustos. Más allá, terrible y maravillosa a la vez, la tapia en donde terminaba la propiedad. Corrí a esconderme tras el primer arbusto y llamé a la Poison. Nada. Sabía que ninguno podría saltar la tapia solo, casi había llegado al muro cuando escuché que me llamaba. Había descubierto un árbol desde donde se podía saltar al otro lado. La Poison estaba arriba, y aunque mis ojos se habían acostumbrado no la pude distinguir. Rápidamente me indicó la forma de trepar; lo hice sin mucha dificultad –nada es difícil con los polis a tu espalda– y cuando estuve arriba sentí su mano sobre la mía. Nos separaríamos, ella saltaría primero y yo la seguiría unos minutos después. Le di el dinero que tenía para que tomara un taxi. Tranquila, todo saldría bien, nos hablábamos mañana por teléfono. Creo que sonreía cuando se acercó para besarme. Luego escuché el sonido de las ramas que se agitaban con su peso y después no supe más. Dejé pasar unos minutos antes de deslizarme por las ramas, cuando me supe sobre la acera me colgué y dejé caer. Me convencí de que nada dolía y caminé lo más serenamente posible.

Había dejado de llover hacía varias horas pero las calles seguían húmedas. Después de atravesar algunas avenidas poco transitadas, salí a la carretera. Reconstruí mentalmente el momento en que la policía entró: estaba casi seguro de que a Juan Carlos, Fernando y Jean Luc los habían agarrado. Sobre Remedios no tenía dudas. A Lucy no la había visto, quizás se había marchado antes. En fin, habría que esperar.

A lo lejos, vi la silueta de alguien que caminaba en la misma dirección. Iba como a cincuenta metros de distancia, por la acera opuesta y sin prisa. Pensé que podía ser la Poison y aceleré el paso. Enseguida me di cuenta de que era un hombre. Aunque la calle estaba de por medio y no lo podía ver con claridad, me pareció que no era joven ni viejo, supuse que venía de una fábrica al terminar su jornada nocturna. No sé por qué, me dieron unas ganas inmensas de cruzar la calle y caminar con él. El hombre me miró con recelo al principio y luego con indiferencia, enderezó la cara y siguió caminando. Los pasos del tipo golpeaban a mi izquierda, traté de adelantármele pero fue inútil. Parecíamos sincronizados, avanzando en la misma dirección, al mismo paso, con la calle de por medio. En ese momento pensé en hablarle. Hubiera sido fácil acercarse, lo difícil eran las palabras, siempre las palabras.

Era imposible hablar aunque camináramos en plena madrugada y con viento. Algo hay podrido en Dinamarca, recuerdo que pensé, y en el resto del planeta para que esto pase. Algo hay podrido en Dinamarca. Me moría de ganas de contarle a alguien lo que nos pasó: de pronto nos cayó la ley y por poco nos agarran, mi chamaca y yo salimos escupidos.

Por primera vez en mi vida pensé que tal vez, casi seguramente, algo importante decían las frases garabateadas en los muros de San José. Y en un instante pasaron por mi mente las imágenes que había visto en los periódicos sobre las manifestaciones juveniles en México, París, Río de Janeiro y California, y sentí que mi garganta se trababa y estuve a punto de gritar, no sé, tal vez de llorar. Algo hay podrido en Costa Rica, en Dinamarca y en todos los que somos incapaces de hablar con un desconocido. Y supe que Janis Joplin decía lo mismo, y que en su voz de diosa herida se mezclaban la furia y los lamentos.

Por eso al día siguiente, todavía sin desayunar, antes de llamar a la Poison y comprobar que había llegado bien, robé de la casa un poco de pintura y caminé hasta el final del callejón. Lloviznaba despacio y las gotas me humedecían la cara. Ahí con grandes letras celestes y con las manos temblando por la emoción, escribí:

ALGO HAY PODRIDO EN DINAMARCA

La lluvia arreciaba y deformó un poco las letras. Levanté la vista y me salió al encuentro el cielo gris y entristecido. Era temporal del Atlántico, sin ninguna duda. Miré una vez más las letras y la pintura resistía el embate de la lluvia. Serenamente, conteniendo una alegría indomable que me venía de atrás, metí una mano en el tarro de pintura y deslicé los dedos por mi cara. Sentí la pintura aferrándose a la piel y caminé hacia la carretera, ignorando las miradas de asombro de los vecinos, mientras recordaba la canción del viejo Dylan: una fuerte, fuerte lluvia iba a caer.

Color del otoño

CLAUDIA HERNÁNDEZ

(El Salvador)

Contado por un narrador anónimo, a manera de una averiguación para resolver un enigma, Color del otoño *hace gala de un procedimiento familiar al género policiaco, en tanto que, por el horror futurista, se emparenta con la ciencia-ficción, a lo Philip K. Dick o Stanislas Lem, sin que decir esto signifique postular la influencia directa de estos maestros en la salvadoreña. Hernández efectúa su camino sin ajustarse a ningún parámetro rígido, en uno u otro de estos aspectos, así como suscita, igualmente, un eco retro, con su cosecha de Margaritas suicidas en el otoño de la urbe, como una primavera al revés, descendientes (o casi) de las románticas deshojadas por la tisis en otra época. El desierto humano de su megalópolis es dulcemente sombrío, lánguido y, a pesar de todo, estremecedoramente poético.*

La escritura de Claudia Hernández desconoce la frontera entre lo fantástico y lo realista, tal como entendemos ordinariamente estos términos. La etiqueta de realismo mágico *no parece convenirle, si se la damos como modelo cualquiera de las grandes creaciones de tipo Rulfo, Carpentier o Asturias, o el costumbrismo fantástico de* Cien años de soledad. *Ahora bien, la ruptura con estos escritores no es en ella un programa deliberado, sino una sensibilidad que capta lo nuevo. La asimilación al Gran Supermercado de la Cultura, empeñada en tornar la página del pasado con una estrategia programada de tipo Mac-*

Lo-Que-Sea, no es lo suyo. Lo suyo es una desgarradura en un mundo que se transforma con nosotros y a pesar nuestro a la vez.

Este cuento forma parte del libro Otras ciudades, *Alkimia Editores, San Salvador, 2001. Ha publicado, igualmente,* Mediodía de frontera, *San Salvador, Concultura, 2002.*

1

Se llama Margarita, señor. Tendría que haber muerto hace tres días, según los cálculos, pero sigue ahí. Por supuesto, no he llamado a su puerta para reclamarle por no haber cumplido con la fecha de la muerte ni pienso cobrarle los días más que se quede en la habitación (siempre y cuando no excedan de cinco).

A mí también me parece atractiva ahora, pero sé que su belleza actual es sólo un espejismo. Todas las mujeres que van a morir se ponen así de hermosas. En su lugar, no me dejaría seducir por su mirada suelta ni permitiría que me hiciera sentirme responsable por ella, correría de inmediato en la dirección contraria a sus ojos y me escondería en la primera casa que me abriera sus puertas hasta olvidarla. Claro que a mí me resultaría mucho más fácil que a usted: soy un hombre viejo, ya no me importa si puedo salvar a alguien; además, he vivido con ella ya varios meses, no me engaña su encanto de ahora, sé cómo es en su estado natural: una mujer opaca, más bien marchita, como es propio de cualquier mujer de su raza a los 24 años. El cuerpo esquelético de ahora no se parece en nada a la silueta de animal con que se presentó a mi puerta para alquilarme la habitación que me sobraba. Eso sí, la voz era mucho mejor antes, hoy es sólo un chillido ofensivo que, sí, claro, usted no la ha escuchado hablar aún, ni creo que lo haga: a ella no le gusta recibir visitas, nunca las recibió, tampoco vinieron a buscarla muchas veces, tres o seis, tal vez fueron menos, seguramente los parientes, siempre uno distinto cada vez, le dejan recados conmigo y números de teléfono, pero ella no los visita –no sale– ni los llama –su habitación no tiene teléfono–. Sólo nos recibe a mi señora –que le llevaba comida y cumple con sus encargos– y a mí –que le cobro las mensualidades–. Pero tiene un amante (no se lo digo por desalentarlo). Al principio, mi señora y yo pensábamos que se trataba de pasos insomnes, pero el sonido era demasiado delicado para ser el de simples pies, por eso dedujimos que eran besos de ella para alguien a quien nunca vimos salir por la puerta de nuestro apartamento. No le reclamé porque me apenó que supiera que estábamos escuchándola siempre; mi señora en cambio sí lo hizo, le dijo que le habíamos rentado la habitación porque –aunque moribunda– nos había parecido una chica decente, pero que estaba desilusionándonos con su actitud. Ella la miró indiferente, se dio la vuelta y dijo no saber de qué le estaba hablando. De los besos, le dijo alterada mi señora, y la chica repitió con voz aún más baja que no sabía acerca de qué le estaba hablando. Concluimos que a lo mejor da besos dormida a un amante del pasado. O a un fantasma. Es todo lo que le puedo decir, lo demás sería indiscreción de parte mía. Pero puede preguntar al 7038131700, ese número marcó la única vez que pidió prestado el teléfono. Llame. En el 7038131700 vive alguien que sabe de ella.

2

En el 7038131700 viven un fumador y una histérica. No se hablan entre ellos desde hace tres años. Tampoco saben de la chica. Jamás escucharon de ella. En cambio, sí oyeron hablar alguna vez de un amante, pero no están seguros de que se trate del mismo, amantes hay miles.

La mujer me dice en voz baja que a lo mejor su marido es el amante ese. Él alcanza a escucharla, la toma por la cintura la sienta en una silla lejana. Me dice que no le crea: él no tiene amantes, lo que tiene son mariposas, una colección impresionante, me la muestra, me dice sus nombres y las fechas en las que su mujer y él las atraparon. La última tiene escrita la fecha de ayer con la letra de ella. Creí que no se hablaban desde hace tres años. La mujer, desde su esquina, cuenta en voz alta las historias de amantes que ha escuchado. No nos hablamos desde hace tres años, pero seguimos coleccionando mariposas juntos. Hay cosas que no cambian porque uno deje de hablar: seguimos bebiendo leche entera por las mañanas —300 ml cada uno—, comiendo ternera cuando se da la ocasión y cazando mariposas. También nos abrazamos de vez en cuando, dice ella desde su silla. Miente, no nos abrazamos; alguna vez —y en muy raras ocasiones— chocamos en el intento por atrapar una mariposa, pero nada más. Si seguimos viviendo juntos es porque no queremos dividir la colección y porque nos resulta más barato mantener el apartamento. Y porque no podemos pagar el precio del divorcio, agrega ella. Es cierto. Asienten al mismo tiempo.

Después de un rato me dicen que ha sido un gusto recibirme en su hogar, pero que es hora de que me vaya. Ellos no pueden ayudarme más. Ella me pide la dirección de la chica, irá a verla desde la acera, por curiosidad, dice —nunca ha visto a una moribunda—. Él ni siquiera está interesado, pero me pide que no se la proporcione. Conoce a su mujer: quiere preguntarle a la chica si él pasa con frecuencia por ahí y si alguna vez fueron amantes. No quiero que la incomode. Me levanto tan pronto como puedo. La mujer me exige el dato, me pregunta si soy acaso cómplice de su marido. Él cierra la puerta. Pregunto desde el pasillo por qué la chica llamó al número de ellos. Ella me abre, dice que porque su marido es el amante ese al que besa por las noches; me pregunta si quiero ser su amante, para vengarse. Él grita desde la cocina que lo más seguro es que la chica llamaba al antiguo inquilino. ¿Antiguo inquilino? ¿Sí o no? ¿Qué? Sí, nos mudamos acá hace dos meses apenas. ¿Será mi amante o no? ¿Sabe el nombre del antiguo inquilino? No, pero el agente que nos hizo el contrato debe saberlo o —por lo menos— sabrá contactarlo con el dueño; voy a conseguirle la tarjeta, espere un momento. Espero un momento. La mujer espera mi respuesta. El fumador me da un papel color del moho con un nombre y un número de teléfono. La mujer intenta acercarse a mí. Me despido de él. Me desea suerte. Me despido de ella. Me desea que fracase. Bajo las escaleras.

3

Bajo las escaleras espera una anciana. A cualquiera.
Me mira de frente. No hay color en sus ojos. Le
tiembla la barbilla. Me dice que está muerta.
Margarita. No ha entrado a su apartamento y ya
–por el silencio que se escapa de su dentro– lo sabe.
Estaba advertida. Me lo dice: su hija cedió a la
tentación del otoño, se fue. Me toma de la mano y
me conduce hasta su puerta. Me pide que la
acompañe mientras llegan los de medicina legal a
reconocer el cadáver. No se atreve a entrar. Tras la
puerta yace su hija, Margarita. Es el día. Lo advirtieron en la radio.

4

Lo advirtieron en la radio: es epidemia de un día.
Las llamadas Margarita se dejan cautivar por el color
del otoño y se van a perseguirlo en esta fecha si se
las deja solas y si no se les presta atención. Se despo-
jan de la vida para alcanzarlo. La gente no suele creer
en la veracidad de esas advertencias hasta que se
hacen ciertas frente a sus ojos, cuando ya es muy
tarde. Esa señora hizo mal en ir a comprar a la hora
en que se llena la panadería. Fue un descuido. Yo
he tomado precauciones a pesar de que no tengo una
sola familiar o amiga que lleve ese nombre. Esta
misma mañana, por ejemplo, salvé a una chica de
que fuera a ser atropellada por un camión. A Dios
gracias, el conductor detuvo a tiempo su marcha

también –ya estaba advertido, la radio había anunciado día de Margaritas suicidas– y no hubo víctimas. Él y yo nos sonreímos. La chiquilla ni siquiera nos dio las gracias, se largó ansiosa, por lo que concluimos que debió haber sido una de esas Margaritas suicidas que tanto lío andan dando por la ciudad, y nos dispusimos a seguirla.

Lo intentó en dos calles más. Fracasó gracias a que el camionero y yo alertamos a coro Margarita suicida, Margarita suicida. Finalmente, la atamos de pies y manos y la llevamos a la dirección que tenía anotada en su identificación. Sus padres ignoraban que la muchacha había salido de casa, ni siquiera sabían que era día de suicidios. Por un momento, hasta pensaron que los estábamos engañando. Después, claro, estaban avergonzados. A la señora le dio por llorar. El señor tomó de inmediato las llaves de su automóvil y se puso en marcha: quería estar seguro de que su madre se encontraba bien. Le pidió a su esposa que la llamara y la mantuviera en línea hasta que él llegara a acompañarla. También se llamaba Margarita.

Por supuesto, uno no puede andar salvando a todas las Margaritas que conoce y a las que no conoce, no puede uno andar por la vida resolviéndole la existencia a los demás. El mío fue un caso excepcional. Lastimosamente no estuve cerca para ayudar a esta dama. Me siento culpable. Usted por lo menos la acompañó hasta que le hicieron el reconocimiento al cadáver, pero yo ni siquiera la conozco, no puedo acercarme para darle el pésame porque seguramente no va a reconocerme como amigo suyo, rechazará mis condolencias y me reclamará por haber osado entrar en un dolor que no me pertenece. Y tendrá razón: el dolor es lo más privado que una persona puede tener. A nadie le gusta recibir a extraños en sus funerales. Será mejor que me vaya. A lo mejor pueda salvar a otra Margarita este día. A lo mejor sólo me dedique a caminar un poco. Aún no estoy seguro.

5

Aún no estoy seguro de que sea él. Lo he seguido de cerca por casi tres cuadras y no termino de convencerme de que sea el amante del que habla el casero. Para mi gusto, tiene las manos demasiado blancas y las ojeras muy marcadas, sin embargo luce como amante de una chica moribunda, como dijo el casero que debía lucir.

Es él. Lo han llamado por el mismo nombre que el casero dijo que la chica pronunciaba a veces. Me le acerco. De cerca tiene otra fisonomía y otras maneras, pero sigue pareciendo amante de la moribunda. Se lo pregunto. No. No es su amante. Es su hermano. Le extraña que ella pronuncie su nombre, tampoco a él ha querido verlo y no cree que esté arrepintiéndose a última hora, ella no se arrepiente, por eso no ha ido a buscarla como el resto de los parientes. Pregunta si a mí me ha permitido acompañarla. Le tranquiliza saber que tampoco. Pero yo no se lo he pedido siquiera. Él no lo sabe. Cree que soy uno de sus amigos. Le pregunto por el amante, el de los besos. No sabe. Dice que nunca le conoció uno. A cambio, me habla de la manía de ella por caminar con pasos suaves en las noches de insomnio y de los árboles que le gustan; me señala su favorito: tiene el color de su piel. Nos sentamos a mirarlo. Lo escucho conversar con él como si se tratara de su hermana. No le pregunto más por temor a que descubra que no la conozco. Termina el encuentro. Se despide. Me pregunta si por casualidad hablé ya con Agustín, si sé algo de él. Estuve con el señor Aguilar esta mañana. No, con el casero no, me dice, con Agustín Aberasturi. Agustín Aberasturi.

6

Agustín Aberasturi está muerto, tendrá que esperar un momento. Me hacen sentar: van a desenterrarlo. Murió hace una semana. No tiene caso, entonces, me voy. No, por favor, espere: él pidió que lo desenterráramos si alguien venía a preguntar por él, le gustaba atender a sus visitas personalmente. No se moleste por causa mía. No se preocupe: no es el primero que ha venido a buscarlo, parece que no dejó arreglado todos sus asuntos. Lo mío no tiene que ver con él. Entonces, ¿para qué vino a buscarlo? Por curiosidad: el hermano de Margarita me preguntó si había hablado con él. ¿Cuál hermano de cuál Margarita? No supe responder. ¿Cuál hermano de cuál Margarita? Conocemos muchas Margaritas con hermanos. Una que debió morir hace tres días. Ah, sigue viva, murmura. Es una tragedia que no se haya cumplido con ella como con mi padre. Se conocían, entonces. Claro, en el hospital: a ambos le dieron la fecha de muerte el mismo día, juntos. Esa noche vino a cenar, al día siguiente nos llevó a casa de su familia, una chica simpática. Y muy hermosa. No me lo pareció. Debería verla ahora. Puede ser, es un síntoma. ¿Su padre también se volvió hermoso? No padecían la misma enfermedad, por eso ella viviría cuatro días más, según el cálculo, pero parece que ha tenido un atraso, ¿por qué?, ¿no pagó sus impuestos? ¿Impuestos? ¿No lo sabe? Uno puede dejar pendiente cualquier cosa, pero no el pago de impuestos por muerte, sin eso no le está permitido suspender la respiración. No lo sabía. A lo mejor sea ésa la causa del retraso; pregúntele, es posible que lo haya olvidado. A mi padre tuvimos que recordárselo nosotros: con eso de las fiestas a las que van antes de morirse se vuelven olvidadizos. Ella no va a fiestas, si sale es sólo al balcón. Debí suponerlo, era una chica muy tímida, nunca aceptó que pasáramos a recogerla para ir a una. De hecho, los últimos meses ni siquiera respondió a nuestras llamadas. Se mudó.

7

Se mudó sin avisarnos. Una noche trajo a cenar a una familia escandalosa y, al mes siguiente, simplemente ya no estaba. Creímos que se había ido con ellos. La llamaban frecuentemente. Luego nos enteramos que se iba a morir, nos lo dijo el señor Aberasturi, nos lo confirmaron en el hospital, donde había dejado todas las facturas pagadas, incluso el impuesto por muerte del que usted me habla. Nos desesperamos. Preguntamos a sus pocos amigos si sabían algo, pero ni uno supo darnos respuesta, estaban tan sorprendidos como nosotros, nadie había sospechado siquiera que estuviera enferma, nunca hablaba acerca de sí. A veces nos daba la impresión de tener a una extraña en casa, pero no se lo decíamos, no queríamos perturbarla –parecía estar siempre ocupada pensando en algo importante–, mucho menos herirla.

Al principio decidimos esperar un poco, imaginamos que deseaba estar un tiempo sola, y nos pareció justo. Pero cuando transcurrieron los meses y seguíamos sin saber de ella, formamos una cuadrilla y salimos a buscarla por toda la ciudad (no podía ir más lejos, no sabía cómo).

Quien la encontró fue su tío Raúl: estaba asomada en el balcón de una cuarta planta. Llamamos a la puerta, pedimos hablar con ella, verla, pero no quiso recibirnos. Dijo estar ocupada. Esperaba el final del otoño, no quería perderse ni un instante, nos lo dijeron los señores que le alquilan la habitación. Ellos nos hacen el favor de interceder por nosotros y de transmitirle los mensajes telefónicos que recibimos para ella. Aún no responde al primero, pero esperamos que reaccione. La queremos de vuelta en casa. Antes de que llegue el invierno.

8

Antes de que llegue el invierno ella habrá muerto. Nosotros erramos de vez en vez –casi nunca–, pero no con márgenes grandes. Si le dijimos a ella que moriría para esta fecha, morirá, téngalo por seguro. Que siga viva no significa que haya mejorado, sino que o es muy terca o nos dio mal la fecha en que tuvo su primer síntoma. Si gusta, revisemos su expediente. No, no es ninguna molestia. Al contrario, para nosotros es importante que los familiares y amigos de nuestros clientes se informen lo más completamente posible, eso les ayuda a saber cómo tratarlos. Siéntese.

9

Siéntese, por favor, la señora vendrá en un minuto. Aparece una vieja con una amplia bata amarilla que me mira fijamente a las arrugas de la frente, a las manos, a la boca. Antes de que le pregunte por la chica, me dice que no debo preocuparme más, que no es asunto mío. Sé –de alguna manera– que debo irme, pero permanezco un rato más en su sala intentando hacerle creer que no sabe para qué he llegado a verla. Me advierte que el invierno se está acercando, que el color del otoño está desapareciendo, que la última hoja está por caer, que debo irme pronto si quiero contemplar el espectáculo. Quiero saber por qué la llamó. No: quiere saber por qué no le contesté. Ella lee mi mente mejor de lo que yo lo hago. ¿Por qué? Yo no hablo con muertos. Ella está viva. Nadie puede contra el otoño. Me insiste en que la última hoja está por caer, que vaya a recogerla.

Voy a recogerla.

10

Voy a recogerla en cuanto caiga. Mientras, la observo sucumbir a la tentación, entregarse al asfalto, abrir las manos, cortar el viento, provocar la angustia del balcón, que se queda huérfano de ella. Se mira hermosa aún con los ojos cerrados, mucho más que antes. Puedo salvarla, correr hacia ella y esperarla con mi cuerpo en tensión. Puedo salvarla, pero estropearía su encuentro con el color del otoño.

Me detengo en la esquina y la miro en su silencio, que también es el mío. La contemplo. Hasta que la ceremonia termina. Miro cómo la detiene el suelo y se esparcen su belleza y su aliento sobre él. Me acerco para recogerla. No hay nadie en la calle. Es nuestro único momento a solas. Aprovecho para acariciarle una parte del rostro, cualquiera, para darle un beso. Su cuerpo no opone resistencia. Luego pido que llamen a una ambulancia. Se acercan los vecinos. Acuden las autoridades. Me preguntan si la conozco. Me preguntan si sé su nombre. Se llama Margarita, señor.

Ascensor

MAURICE ECHEVERRÍA

(Guatemala)

Una visión fragmentaria, sincopada, estridente, de la metrópoli del subdesarrollo que es la capital guatemalteca actual, inspira los textos de Sala de espera *(2001) de Maurice Echeverría. La escritura alerta, inventiva, nerviosa, recrea lo grotesco suburbano en trance de globalización que da la convivencia de paraísos artificiales y miseria, nuevos ricos y pobres eternos.* Este cuerpo aquí (antidiario I) *reveló a Echeverría como narrador, difícilmente clasificable, dueño de un realismo suciomágico citadino, irónico, tremendista.* Ascensor *(de* Sala de espera*) es una transcripción a un lenguaje humorístico y surrealista de una de las trampas de la jungla urbana, y también un viaje vertiginoso hacia lo poético, un ascenso, una transfiguración. La trayectoria rectilínea del cuento, según el precepto de Quiroga ("como la piedra al blanco") revalidado por Cortázar, es aplicada en este caso gracias a que el dispositivo mecánico no es un simple escenario de la acción, sino un verdadero modulador de la misma, como corresponde a una práctica en que ciudad y escritura se compenetran. Al lector toca apreciar esta simbiosis, con toda su economía verbal y sus pirotecnias ingeniosas.*

Obras: Este cuerpo aquí (antidiario I), *Guatemala, Editorial X, 1999;* La ciudad de los ahogados; Tres cuentos para una muerte; Encierro y divagación en tres espacios y un anexo; Sala de espera, *Guatemala, Magna Terra Editores, 2001.*

(Ésta es la dilecta historia de la violación de una niña/Lolita en un ascensor que va del lobby al piso trece, y los avatares extraordinarios de esta violación, llevada a cabo por el mismísimo Mefistófeles, llamado por terceros el Macho Cabrío, sí.)

Rebeca, nuestra niña/Lolita, llega al edificio. En el edificio vive su abuela, y su abuela pacientemente la espera. Su abuela es vieja: se muere.

Rebeca presiona el botón, espera. Estos ascensores siempre tardan, piensa. Pero recuerda el rostro de un amigo en el colegio, se distrae, no le importa la demora. Finalmente, las puertas se abren. Entra.

Piso 1. Imagine el lector un ascensor cualquiera, un anónimo ascensor. Allí, adentro, está Rebeca, y Rebeca empuja el ligero botón que indica: 13. Rebeca quiere ir al piso13, pues allí vive su abuela, allí su abuela, que muere, la espera. Justo acaba de presionar el botón (13) cuando comienza a sentir un calor exacerbado, vehemente. Qué calor, piensa. Y entonces es cuando aparece Mefistófeles, llamado por terceros el Macho Cabrío, sí.

El Macho Cabrío es denodado, maléfico, magno, impetuoso, fascinante, único, inadaptado, fragoroso, ímprobo, hermoso, grotesco, locuaz, sentimental.

Rebeca tiene miedo.

Y razón tiene de tener miedo, pues Mefistófeles, llamado por terceros el Macho Cabrío, sí, la quiere violar. El calor aumenta sensiblemente. El Macho Cabrío bromea, molesta a la señorita: bromas latinoamericanas, machistas. Con encono le acaricia los senos, se agita. En un arrebato, extrae su falo megalítico. Rebeca se asusta.

Piso 2. A Mefistófeles, llamado por terceros el Macho Cabrío, sí, le salen cucarachas por la boca cuando habla: nerviosas, como llevadas por un pánico, por una disolución. Es una romería, una diáspora negra de bichos. El ascensor se ahoga por dentro de cucarachas. La niña/Lolita se asfixia en este movimiento negro y eléctrico.

Rebeca escucha la voz pavonada del Macho Cabrío. A la vez siente el falo de este personaje, adentro ya, enorme, vasto. Rebeca puede sentir el dolor, grita. Abuela, grita. Pero nadie la escucha.

Rebeca se siente como en una caja negra, sabe que el elevador es una caja negra.

Hay un olor, una muerte balbuceada en el ambiente.

Piso 3. El Macho Cabrío le aplica un tanto de *baby oil* a Rebeca en el culo, pues ahora la quiere penetrar de modo distinto, de otro modo: es un hombre de mundo, un hombre civilizado. Rebeca ya no puede llorar más, se cansa de llorar. Aunque también, a la vez, le empieza a gustar un poquito todo esto.

Piso 4. Aquí el ascensor se detiene. Las puertas se abren. Rebeca grita, está feliz. Todo va a terminar, piensa. Pero piensa mal. Se abren las puertas, y entra presuroso Michel Foucault, calvo y complejo. No repara en nada de lo que sucede. Se posiciona en una esquina, y empieza a discurrir sobre la locura. Mefistófeles, llamado por terceros el Macho Cabrío, sí, cesa su labor, su faena, para poder conversar con el pensador francés. Dicen los dos cosas interesantes, cosas que pueden levantar el entendimiento del mundo, del hombre. Hablan de la muerte del hombre.

Piso 5. En este piso se baja Foucault, total y filósofo. El Macho Cabrío toma una jeringa, una jeringa amarilla, y se inyecta una substancia negra, densa. El placer le transfigura el rostro. Cuado el sopor ya le ha pasado un poco, le toma el bracito a la niña/Lolita, y le pincha también. Espasmos beatos, angelicales formas de delirio, pausas apoteósicas. Rebeca nunca había conocido una sensación así. Ahora sí que le empieza a gustar el vaivén, la reiterada carne de su acompañante. Suena el *Emperador*, de Beethoven.

Piso 6. El ascensor es una suite, un recinto amoroso, un espacio abastecedor y espiritual. Rebeca está profundamente enamorada de Mefistófeles, llamado por terceros el Macho Cabrío, sí.

Son amigos, amantes. Pueden decirse las cosas más íntimas, pueden no mentirse. Rebeca juega sin pudores con la mierda del Macho Cabrío, de nuestro gran macho latinoamericano. Esto la excita, vean, Rebeca ya ha entrado a un plano excrementicio de afectividad. Y sus pequeños senos, que son apenas unos bocetos, de tan mínimos, se hinchan de placer. Mefistófeles ríe con risa oscura.

Rebeca desliza su lengua menuda por las portentosas cicatrices de nuestro querido diablo, Toma su falo majestuoso, lo chupa entero.

Piso 7. Rebeca quiere avisarle de algún modo a la abuela que ya va en camino. Saca entonces su teléfono celular, se recuesta en el pecho boscoso de su compañero, y habla con la vieja, que muere.

—Mi'ja, ¿en dónde estás?

—Voy en camino, abuela.

—Mi'ja, ¿cuánto te vas a tardar?

—No sé, abuela, no moleste.

Pues Rebeca ya empieza a rebelarse contra las estructuras. Rebeca: un individuo actuante, sin conmiseraciones.

En el ambiente se escucha alguna gymnopedia de Erik Satie.

Piso 8. Algo grave pasa en el cuerpo, en el espíritu de Mefistófeles, llamado por terceros el Macho Cabrío, sí. Empieza a enamorarse de la pequeña Rebeca. El gran Mefistófeles, el diablo mismo, la sustancia propia del mal, se ha enamorado. Nuestro hombre (bueno, no es un hombre exactamente) tiene sensaciones borneadizas, que escapan a su control. Cuando Rebeca duerme, llora secretamente en una esquina. ¿Qué hacer? ¿Cómo dominar esto?

El macho —ya no tan macho, después de todo— deja de comer, se siente como sin peso, ingrávido. Lo sacuden fuertes depresiones. Surgen graves inquietudes en su persona y preguntas sobre su naturaleza. Por lo mismo empieza a leer a los filósofos, pero más a los poetas. Tiene, de hecho, una secreta afinidad por los versos franceses del siglo XIX. Ah, Musset.

Du temps que j'étais écolier...

Piso 9. una lluvia al principio tenue, después francamente intempestiva, sacude el interior del elevador. Llueve. Rebeca se desnuda y recibe la lluvia, como en un acto prístino y definitivo. Mefistófeles le teme a esta lluvia, a este chubasco grandioso que él no ha causado. Todo es humedad, todo es elemental. Vegetaciones grises y verdes empiezan a desarrollarse, trepan, atrapan. ¿Qué presagio es éste?, se pregunta Mefistófeles (llamado por terceros el Macho Cabrío, sí). Tiene miedo. Siente: deliquio, pena, pánico. Rebeca le mira y ríe, le escupe.

Piso 10. A Rebeca ya no le gusta este Macho Cabrío, que no es tan macho después de todo, como ya quedó claro. Mírenlo nomás: en la esquina, gimoteando, susurrando (en algún viejo dialecto germánico).

Ahora le mira débil, delicado, asténico, decaído, fachudo, enclenque, mermado, lánguido, flojo, endeble, debilitado, marica.

Su sexo, antes hipertrofiado, ahora es una piltrafa sin vida, algo repugnante, ignominioso, más que banal: risible.

Su rostro enverado le resulta demasiado decrépito, tan obsceno.

Piso 11. La abuela está preocupada por su nieta, que ha dado muestras extrañas de rebeldía. Sospecha que el Macho Cabrío ha metido mano aquí. Y cuánto.

La abuela recuerda cuando alguna vez, en su pueblo natal, en provincia, en un camino errático y escondido, le salió de la nada el mismísimo diablo. Recuerda el sexo grande, eterno, como una callosidad, como un castigo. Todavía recuerda el dolor, el dolor.

Ella también se volvió rebelde, entonces.

La abuela se pone nerviosa, siente cómo su corazón tiembla demasiado.

Piso 12. Rebeca es ahora la que viola a Mefistófeles, llamado por terceros el Macho Cabrío, sí. El Macho Cabrío grita, implora, pero Rebeca, la pequeña Rebeca es implacable, segura, deseosa. Rebeca alardea. Hay sangre en el piso, sangre borboteante en el sexo de nuestro Macho, sangre en la luz.

Piso 13. Mefistófeles yace en la esquina del ascensor, con un libro de Musset en la mano, muerto. Se ha suicidado.

Ha muerto de amor.

Y de dolor.

Rebeca ríe con risa oscura.

Se abren las puertas del ascensor.

Rebeca camina por el pasillo.

Abre vehementemente la puerta del departamento de su abuela, y su abuela, que ha muerto, sostiene contra su pecho precario una caja negra, en cuyo interior hay un daguerrotipo de Mefistófeles, llamado por terceros el Macho Cabrío, sí.

Batallas lunares

URIEL QUESADA

(Costa Rica)

Entre los narradores más jóvenes que se dan cita –involuntaria– en estas páginas, parece esbozarse, hasta donde es posible registrarlo, a partir de la escritura haciéndose que transforma el futuro en presente, un programa común, no deliberado. Algunos de los puntos de convergencia parecen ser, entre otros, una experimentación asimilada, que abandona el experimento a ultranza, aprovechando los juegos de la voz (los juegos con el tiempo son menos frecuentes); una preferencia por la temática urbana, a partes iguales entre el horror y la fascinación poética (cf. aquí mismo los relatos de Claudia Hernández y Echeverría) y superación de la antinomia entre lo realista y lo fantástico, en provecho de cierto hiperrealismo, libre y ambicioso a la vez. Uriel Quesada suma a estos caracteres, en sus relatos inéditos, que hemos tenido ocasión de leer, un rasgo singulativo suyo, a saber, la hiperestesia de los detalles, en una escritura demorada, como de cámara lenta, no obstante ceñida a una exigencia rectilínea en el desarrollo del tema, que salta de una a otra operación de lenguaje, sin caídas ni desfallecimientos. Batallas lunares conjuga, espléndidamente, la fascinación por la luz hipnótica del astro, aprehendida con ecos retro como desde una perspectiva aparentada con la ciencia-ficción. Por la magnifición de los detalles, el costarricense evoca también algo a Carver.

Para mí la luna siempre ha sido así, como te la cuento: un círculo de leche manchada que se encoge y regresa, algo que una espera encontrar siempre cuando alza la vista, aunque haya nubes, o ella se haya vuelto un punto invisible. La luna es el cielo de noche. Ni los colores oscuros, desde el azul al negro, ni las estrellas nerviosas, nada es tan cielo como ella.

Dicen que es buena para los hechizos. No sé. Que los perros se comunican con ella y por eso le ladran. Tampoco sé. Ahora que yo no la veo tal vez la entienda mejor. Ojalá. De esa forma podré rezar con verdadera fe, rogar a Dios para que no la destruyan quienes se han metido en esa guerra incomprensible y tonta.

Hoy me toca ir a la iglesia. Pronto pasará el lazarillo por mí. Me irá contando de la gente en la calle: todos vestidos como de domingo, algunos preocupados, los más sin entender. ¿Cómo es posible una guerra en el espacio por la propiedad de la luna? ¡Esa bolilla siempre fue de todos! Yo misma la reclamo, aunque mi mano no la alcance ni mi corazón le tenga cariño.

Me acuerdo de papá, él siempre estuvo pendiente de los menguantes, las llenas, las nuevas, pues a su entender las plantas le hacían caso a los movimientos lunares.

"Allá arriba está mi novia", decía pícaramente, "la de los buenos consejos para la milpa".

Pero no era verdad. Ella tenía mañas feas y a menudo le mentía a mi pobre padre. Las órdenes del cielo eran confusas y a pesar de los esfuerzos, la confianza y la preocupación del viejo, los sembradíos se echaban a perder quemados por enfermedades repentinas, o producían menos de lo que él esperaba, o los frutos eran amargos cuando debían ser dulces.

Entonces nosotros pasábamos hambre. De muy dentro mi memoria trae el reclamo de papá, sus puños cerrados con fuerza, la imagen de la luna pegada al cielo tan orgullosa, como si nuestra desgracia no tuviera relación con ella. Mi viejo pedía respuestas, pero ninguna voz bajó jamás a consolarlo. Nunca tuvieron importancia los gritos de cólera y tristeza de un pobre campesino.

Por eso nunca quise a la luna, aunque me sorprendiera a menudo. Por ejemplo, cuando todo iba bien en el pequeño terreno que mi papá cuidaba, y junto a la oración a Dios iba una para ella. Por ejemplo, si un chiquito nacía con el cuerpo marcado por manchas, y la gente preguntaba si la madre había salido a la calle durante un eclipse, y los chiquillos frotábamos al bebé con agua bendita sólo para estar seguros de que era algo para toda la vida, y más tarde jugábamos a inventar cuál país lunar se había pegado a la piel del recién nacido. Por ejemplo, la noche en que vimos por el televisor de la escuela a unos señores con vestidos flojísimos bajar de un juguete y decir que estaban en la superficie de la luna, y fui a buscarlos con mis ojos de niña, y a pesar de no ver nada seguí creyendo. Pero cuando aparecía el hambre, el desprecio venía con ella y siempre fue más poderoso que la fascinación. ¿De qué servía una luna con tantos poderes, si nosotros no nos liberábamos de la angustia de las cosechas tostadas por el verano, inundadas por lluvias implacables, herrumbradas por los hongos, comidas por la plaga? No la quise, ni volví a pensar en ella hasta que conocí a Santos Camacho.

Hoy no está Santos Camacho conmigo y yo voy a pedir por la luna. Dice el cura que la guerra lunar tendrá consecuencias terribles: el océano se desordenará, la vegetación se va a volver loca, los días y las noches, los puntos cardinales, todo perderá el sentido. Es el fin del mundo, dicen, se acabará incluso este pueblito polvoriento donde toda noticia llega de último. Vamos a rezar para que vuelva la cordura a los que aprietan el botón de la guerra. Es inútil, lo sé, pero unas cuantas oraciones no hacen mal a nadie y estoy segura que Santos Camacho estaría contento.

Él fue mi novio, mi esposo, el único hombre. Siguiendo lo que dice La Biblia, abandonó a su familia y fundó una nueva conmigo. Me hizo feliz, pero vivió más pendiente de la luna que de mí. Nos conocimos en una carrera de cintas, como muchas otras parejas de pueblo. Era común que los muchachos hicieran gala de sus habilidades atrapando a galope en sus mejores caballos lacitos de colores prendidos de un cordel, o haciendo equilibrio montados en el lomo de los toretes bravos. A veces las jóvenes oíamos sus cuentos sobre el trabajo de campo, mirábamos sus poses mientras bebían cerveza —la ropa ajustada para marcar las líneas del pecho— y eso nos bastaba para suspirar y llenarnos de promesas. Santos me vio y anduvo detrás de mí mientras yo me paseaba por los carruseles, comía algodón de azúcar, me reía a carcajadas en el laberinto de los espejos, o fingía tenerle miedo a los fuegos artificiales. Él averiguó mi nombre, se acercó constantemente a decirme piropos, me sacó a bailar bajo las palmas de un gran palenque. Nuestros primeros movimientos fueron distantes y prudentes, pero conforme avanzaban las horas acercamos más y más el ardor de nuestros cuerpos y los latidos de cada piel. Al rodearme, sus brazos me recordaron la firmeza y suavidad de ciertos árboles. Al apoyarse en mí, los músculos de su pecho y su vientre me transmitieron una agitación que hasta entonces creí que sólo existía en mi soledad. Sus muslos presionaron los míos, abriendo paso a su paloma misteriosa y dura, que aún apresada por la ropa me ofrecía la felicidad. No me dijo casi nada, no hubo proposiciones. Bailamos mucho, hasta sentir cierta humedad entre las piernas que nos dio vergüenza y nos hizo caer en razón y separarnos.

A partir de la semana siguiente, Santos Camacho se apareció por la casa todos los martes, jueves y domingos. Nos sentábamos en el corredor a refrescarnos con Coca-Colas y mirar a la gente en la calle. Poco hablábamos. Nuestras vidas se acababan en la acera del frente, por lo tanto no teníamos mucha historia para intercambiar. Como al descuido, mis pechos terminaban en sus manos, su paloma en las mías, nuestras lenguas recogían los sabores de nuestras bocas. Íbamos a misa, a muchos bailes. Era un noviazgo normal, de buen ver de acuerdo a la época.

Santos creía firmemente en la luna. La adoraba. Para él ningún campesino podía vivir ignorante de las cosas que comunicaba la bola lechosa con su movimiento en el cielo, su constante transformación en un cuerno y en nada, su relación con las estrellas… Creía por ejemplo que había nubes delante y detrás de la luna, y que ella decidía dónde estar de acuerdo con su gusto. Pensaba que el cielo de Dios estaba al otro lado de la cara luminosa, como si la entrada al paraíso fuera una puerta redonda, oscura y silenciosa. Guardaba revistas, libros, recortes de periódico, se sabía las canciones dedicadas a la noche y sus astros. Me encantaba Santos por trabajador y tonto. Yo estaba muy enamorada, pues él siempre hacía comparaciones de mi belleza con la luna y a mí me parecía muy romántico, aunque en el fondo no le creyera.

Nos casamos, por supuesto, en plenilunio. La casita que había alquilado Santos Camacho no estaba en su pueblo ni en el mío, sino en uno montaña arriba, cercano a la cresta de un volcán. Era un lugar tan frío que toda la gente se volvía de piel blanquísima y cachetes rosados como manzanas. La noche de bodas yo temblaba, no por miedo sino por el clima tan terrible. Santos quería jugar. Colocó una vela en un extremo del cuarto, sobre una mesita, y dijo: "el sol". Me quitó la ropa con delicadeza y me tendió sobre la colcha: "la luna". Se puso de pie entre la cama y la mesita, de tal forma que su cuerpo proyectó sombras en las paredes de madera. Empezó a girar lentamente, "la tierra, la tierra", mientras su ropa iba cayendo. Era muy bello sin ropa. Una luz naranja seguía el contorno de su cuerpo marcando las líneas de los músculos, en tanto daba una vuelta y otra. Tenía una paloma magnífica, que se levantaba de un lecho de musgo negro y rizado, que me provocó risas nerviosas por imponente y deseada. "Sale el cohete en su misión científica, por primera vez el hombre toca el suelo lunar." Yo no paraba de reír. Lo hice cuando rozó mis nalgas con sus manos, lo hice al sentir su poderosa nave deslizarse por mis muslos, buscando posarse dentro de mí. Hubo besos y risas, menciones al lado oscuro de mis superficies, su lengua entró y salió creando mares tranquilos. Dijo que quería muestras minerales y se prendió de mis pezones, que había agua oculta y aspiró gotas de mi sudor, que cada cráter era un misterio y un nombre y se demoró en mi ombligo. Pronunció unas frases con el aliento entrecortado: "Llega el hombre a la luna y todo cambia… ella empieza a aprender de él, a conocerlo y predecirlo…" "No hablés, Santos, no digás nada." Pero él insistía, cabalgaba e insistía. "Éste es un corto paso, pero un gran salto." "Santos, Santos, Santos." Lo dejé hablar, ese susurro entraba a mi cabeza con un cosquilleo, yo sentía la luz naranja en nuestras pieles, reconocía el olor a macho y hembra de la noche, me derramaba, se derramaba, me dolía, se enfebrecía, me daba gozo, se desbocaba, me volvía carne firme, se transformaba en un calor lechoso, que a empujones se deshacía dentro de mi cuerpo mientras Santos repetía obstinadamente: "la humanidad, la humanidad…"

Lo quise, me reía con él, me daba pena. Él deseaba estar muy cerca de la luna. Trabajaba la tierra en homenaje a ella, apostando como mi papá toda la dicha a sus misterios. Le tenían sin cuidado el frío, el aislamiento, lo difícil de empezar en un pueblo que uno no conoce. Por el contrario, yo solamente contaba los inconvenientes: "el mal clima se está metiendo en nuestra carne, estruja y muele nuestros huesos". A eso yo sumaba la vida en silencio que impone la montaña, pues visitarnos era difícil para nuestras familias, y la gente del pueblo no desperdiciaba amistad en nosotros.

Las exploraciones nocturnas quedaron de consuelo. Santos inventaba sobre mí continentes, eclipses, lagos, bosques. Teníamos todo un mundo nuestro, que constantemente confundía sus partes: se iba el mar a la montaña, un país quedaba destrozado por terremotos imaginarios, se levantaba una isla en minutos... Jugábamos hasta que su paloma se deshacía en ese líquido caliente y lunar del que salieron nuestros niños, no muchos, apenas los suficientes para traer orgullo y desvelos, y convertir en un ahogo la urgencia de irse del pueblo.

Pero Santos Camacho seguía loco por la luna. Mientras yo resolvía los asuntos sin encanto de la realidad –la escuela de los chiquitos, la poca ropa, la comida–, él se ponía furioso porque los científicos habían dejado de interesarse por el círculo de leche:

"Ya no les atrae, nadie habla de ella", se quejaba. "Después de cometer el abuso de colocar una bandera en su superficie, luego de tomar muestras de piedras y suelo, de fotografiar todo cuanto había, resulta que ya no es importante ni interesante..."

"Buscá el lado bueno", le decía yo, "tenés luna sólo para vos, podés reclamarla como propietario. Tal vez así los chiquitos comerían mejor..."

"Para qué la quiero", respondía con cansancio. "¿De qué me sirve tener un pedazo de luz?"

A partir de entonces, Santos se empezó a apagar sin remedio. No hubo consuelo posible. Si los niños y yo queríamos tenerlo en cuerpo y alma había que esperar esos días en que por obligación uno debe ser feliz: navidad, año nuevo, resurrección, día de la madre, independencia. Sólo entonces respondía. Pero eran muy pocas fechas, en tanto el año se volvía pesado luna a luna, estación a estación. "Yo no quiero que te murás, Santos Camacho", le rogué incapaz de disimular la desesperación. "Los hijos todavía están muy chiquitos. Yo soy una mujer que sólo sabe oficios de casa. No te murás. Hacé algo. La alegría ya se nos fue, la esperanza también, la ilusión, el futuro. Yo no quiero que mi vida ya no importe, pero eso no depende sólo de mí."

Fue cuando tuvo la idea de buscar otro sitio para vivir. Para nuestra desgracia pensó en la costa. "Donde haya la mayor distancia entre el cielo y la tierra", dijo. Pidió consejo a sus patronos y nos vinimos a este pueblo donde me hice anciana a fuerza de enterrar seres queridos, y me quedé ciega de un momento a otro. Cambiamos frío por calor, paisaje verde por arenoso, sólo la pobreza siguió igual. Hasta la obsesión de Santos cambió, se hizo peor, eso lo supe desde la primera noche. En tanto yo apuraba el acomodo de nuestros pocos muebles en la nueva casita, él cometió el error de mirar al cielo. Mientras yo golpeaba las paredes para darme cuenta que casi toda la madera estaba podrida, él se enfrentó a todas las constelaciones reunidas sobre el pueblo. Yo vi con horror que los alacranes corrían de un lado a otro, él vio por primera vez estrellas fugaces. Yo escuché las láminas de zinc del techo quebrarse por los cambios de temperatura, él sintió una vibración bajar desde lo inmenso para abrir comunicación entre su espíritu y los seres desconocidos que habitan la luna. Yo salí a la calle y una ola de polvo se me vino encima, él se acercó por primera vez en su vida al mar, la luna se reflejó en el horizonte y él se dio por vencido. Yo me prometí en este mismo corredor donde hoy espero el juicio final, el que vendrá de los cielos, que aguantaría hasta el último minuto, Santos perdió la fuerza definitivamente.

"No puedo escapar, Dios mío, no puedo", se lamentó sin oír mis quejas. "Nunca voy a levantar la vista, nunca más."

Él se volvió un hombre feo y yo una mujer amargada. Decidió andar cabizbajo, y con los años se le formó una horrible joroba y fue empequeñeciéndose hasta desaparecer como un caracol dentro de su concha. Yo tercamente seguía con la vista en alto, para que esa mancha colgada de las noches sintiera mi desprecio. Mandé a los niños a trabajar al campo, "ojalá crezcan rápido", me decía a mí misma, "ojalá el aburrimiento los obligue a dejar pronto este pueblo". El mayor de mis hijos se fue sin avisar, sin una muda de ropa, seducido por alguna aventura aparecida de repente. Los otros, con más cariño, por lo menos dijeron adiós. Para entonces yo no lloraba y Santos era incapaz de entender lo que sucedía en torno a él.

Otra vez tuve que sacar a la luna en mis pensamientos y mis sueños. Sólo oírla mencionar me revolvía el estómago. Ya en esa época Santos y yo vivíamos sólo de mi trabajo. Yo bordaba mantelitos y pañuelos, servilletas y vestidos para niñitas. Lo hice por años, hasta que mis ojos se llenaron de telillas de araña y empezaron a engañarme. Las cosas a mi alrededor perdieron su forma, quedando como bultos borrosos atravesados en los caminos de mis pies, mis manos y mis intenciones. Sin decir nada fui aprendiendo a ver con mi piel, mi nariz y mis oídos, todo para seguir caminando sin bajar la vista. Ni siquiera con mis ojos muertos quería dejar a la luna en paz. La desafiaba moviéndome por los cuartos con seguridad, hacía burla de ella cada noche en que salía a refrescarme al corredor del frente y devolvía el saludo a los vecinos que cruzaban.

Mis otros sentidos me hicieron más fuerte, más segura en mi guerra contra la luna. Gracias a ellos, por ejemplo, supe que mi marido había muerto. Entré a la cocina y allí estaba Santos, una madeja gris colocada sobre una mecedora de plástico junto a la lumbre. Mi nariz reaccionó al contacto con el aire podrido por la desgracia. Mi piel extrañó el suave palpitar del corazón de mi hombre, que flotaba siempre dentro de la casa. Pude oír la ausencia, el vacío, la soledad.

"¿Santos?", llamé desde la puerta. "Levantáte y prendé la luz."

Seguí gritando órdenes, sacudiendo el espacio en espera de una reacción. Pero no oí otra cosa más que un lejano *humanidad, humanidad, un gran salto, un corto paso…* sólo sentí un susurro inexplicable, imposible de entender, metido en el espacio formado por las paredes podridas, una sacudida que me rodeó por un instante, salió por la puerta y se deshizo dejando un amargo aroma de calas.

El cuerpo quedó enrollado, caracol tan tímido, y hubo que romperle los huesos para meterlo en el ataúd. Mandé llamar a unos muchachos robustos, famosos por su poder para dominar ganado grande y bravo. Les expliqué la situación y ellos, aunque un poquito dudosos, aceptaron enderezar al muerto. Santos Camacho se quebró igual que las figuritas de harina, un poco a su capricho, con un sonido breve y preciso, dejando caer un polvo extraño que se nos metió en la nariz y nos hizo toser. Asustados, los jóvenes pusieron el cuerpo boca arriba sobre el viejo catre de los niños e hicieron una reverencia antes de salir.

"Santos, Santos", empecé a llamar con ternura. Lo fui palpando poco a poco, reconociéndolo después de tanta lejanía. Se había vuelto un muñequito desordenado, blanquísimo según me dijeron, tan triste que llamaba al miedo. Unas vecinas llegaron con trapitos perfumados, jabón de lavanda, ropa buena que algún otro difunto jamás estrenó. Fueron respetuosas, pero incapaces de disimular el espanto.

"¿Desde cuándo estaba así? ¿Cómo pudo soportar usted sus miradas de dolor?" Yo me encogí de hombros. "¿De dónde habrá sacado tantísima pena?", insistieron. "Pobre Santos, pobre usted…"

"A mí no me tengan lástima. Pocas cosas no permito, y una de ellas es la lástima", dije con firmeza pero sin cólera.

Les pedí a las mujeres que se fueran, ya me encargaría yo del cuerpo de mi esposo: "Sólo quiero que le pidan a los muchachos que me den un tiempo antes de ponerlo en su caja", dije.

Solita limpié su piel de periódico viejo. Entibié agua y con los trapitos perfumados fui frotando los músculos tiesos, los huesitos separados de la piel apenas por una gota de grasa. Su pecho se había caído sobre las costillas. La querida paloma —indiferente desde hacía tiempo— se había vuelto una cola arrugada y diminuta. Le puse la ropa, pero sobraba tela por todos lados. Sentí que no vestía a un hombre, sino a un maniquí de tienda, al que se debe ajustar el brazo, la pierna y hasta la expresión con tal de que muestre con elegancia una camisa o un traje. Pero Santos no se dejaba acomodar.

"Dejá de achicarte, no me pongás en problemas."

A tientas trabajé con hilo y aguja para quitar sobrantes al saco y a los pantalones. Peiné las hebras duras de lo que antes fue un pelo hermoso.

Cuando estuvo listo, los jóvenes entraron de nuevo. Se había empequeñecido tanto, que todos los féretros resultaron demasiado grandes.

"No pesa nada", comentaron, "sería mejor buscar una piedra o un yunque para sostenerlo. No vaya a suceder que flote y se vaya por la ventana."

"Eso no es necesario", respondí. "Nada más colóquenlo boca abajo. Santos se sentiría muy mal si ya de muerto le toca ver la luna."

Sin otras dificultades los muchachos lo pusieron en el ataúd. Para evitarle cualquier tentación, puse sobre sus ojos un trozo de tela negra y los anteojos de un vecino ciego que siempre le reprochó a mi marido su terquedad.

"Usted se niega a ver la vida, Santos Camacho", le decía, "¡su esposa, yo, tantos otros quisiéramos disfrutar al menos un minuto esa bendición que usted desaprovecha!"

"Yo veo y le agradezco a Dios poder hacerlo. Lo que me da mareo es la obra de la luna, y todo a mi alrededor tiene su marca. Por eso centro mi atención en el pequeño círculo que abarco al contemplar mis pies. Así gozo de un poquito de paz, amigo."

Rezamos toda la noche con las puertas y las ventanas abiertas. Algunos se sentían incómodos, pues evidentemente la luna entraba por todos lados. "¿No le parece mejor quedarse a oscuras por un momento? Tal vez el alma de Santos lo necesite." Yo movía la cabeza indicando que todo debía seguir como hasta el momento, no por mala fe sino porque mi marido ya no estaba en nuestro mundo, y las congojas de su alma debían ser resueltas por él mismo. Me apenaba más mi cansancio, el peso que desde ahora el futuro dejaba en mí. Estuve firme durante toda la vela, aunque abrieron el ataúd algunas veces para reacomodar el cuerpo, que resbalaba incómodo dentro de su nuevo hogar. No permití cambios, ni aun cuando me informaron que el cadáver se retorcía con gestos de dolor y espanto. No hice caso cuando los amigos insistieron en que Santos se volvía polvo, una harina blanquísima regada entre los pliegues de la mortaja.

"Sellen el ataúd entonces", dije sin mirar.

La noche fue pasando sin que la luna, enorme, redonda, dominante, se decidiera a marchar. Ya de madrugada, los pocos que aún me acompañaban empezaron conversaciones en voz baja. Los temas eran los mismos de siempre: la política, el fútbol, los padecimientos. Tomábamos café, reíamos de chistes discretos, todo anduvo bien hasta que alguien lanzó un comentario:

"La otra tarde vi en la televisión que los científicos están de nuevo interesados en la Luna. Los japoneses, por un lado, han podido desarrollar un material de construcción basándose en materiales lunares, los gringos están seguros de haber descubierto dónde hay agua escondida. Además, ya se han podido reproducir vegetales y frutas, huertas enteras, en condiciones parecidas a las que se necesitarían para hacerlo allá arriba". Luego no hubo más charla, sino solamente el silencio de las esperas.

A la hora del funeral, muchos dudaron que en verdad hubiera un hombre dentro del ataúd, pues estaba demasiado liviano.

"A mí no me importa si mi marido flota dentro de su caja convertido en suciedad", respondí al cura cuando me consultó si era posible abrir de nuevo el féretro, no fuera a ser que lo enterraran vacío, condenando al difunto a vagar por ahí. "Yo misma ayudé a ponerlo en su lugar, no me moví durante toda la noche de su lado, le toqué la cara hace apenas unas horas. Sea lo que sea en este momento no es asunto de nosotros. Déjelo, él y la luna sabrán arreglarse."

Eso fue a principios de julio, en el dos mil treinta, el día que enterramos a Santos Camacho. De inmediato me quedé sola. A los meses cumplí sesenta años y ya estaba totalmente ciega e inútil para hacer muchas cosas. Luego empecé a entender cada mañana como una broma de Dios, quien le da al viejo toda la libertad de los que tienen el tiempo contado, pero lo amarra con las enfermedades y las chocheras. Nunca tuve prisa por alcanzar a Santos Camacho en la otra vida, pero tampoco esperé llegar a esta edad tan exagerada, vulgar incluso: hace dos semanas celebré ciento ocho años. Vinieron los del pueblo, convertidos todos en voces irreconocibles, pues la gente de mi tiempo ya está enterrada. Vino la televisión a hacerme preguntas tontas: "¿Es usted

la persona más vieja de este país? ¿Piensa llegar al
año dos mil cien? ¿Qué espera de la vida?"

Tal vez alguien fue con cuentos y por ello los
de la tele me preguntaron por Santos y la luna, hasta
me pidieron opinión de lo que ocurre ahora: "los
países más industrializados están peleando por ciertas
partes de la superficie lunar donde hay minerales
valiosos para energía y construcción... ya está todo
listo para levantar estaciones habitadas por seres
humanos, sacar agua de fuentes ocultas, sembrar
verduras bajo enormes techos de algo parecido al
cristal, pero hay personas con papeles donde se
demuestra que son los verdaderos propietarios... ya
los presidentes no quieren hablar más sobre el tema
y en cuestión de horas puede declararse una guerra
en el espacio y otra aquí en la tierra, todo para dejar
claro quiénes son los únicos y verdaderos poseedores
de la luna... ¿Qué opina? ¿Se imaginó alguna vez tal
nivel de progreso en relación con la luna?"

"Yo no sé", respondí.

Hoy tampoco entiendo nada, excepto que en
la iglesia repican llamando a misa para rogar a Dios
su intervención, y que rezaré como cuando pido por
el alma de mi marido.

Ahora estoy sola, esperando. Dicen que salí
muy bien en las noticias, muy guapa y muy joven.
Mentiras. Estoy vieja, encogida como Santos Camacho. Soy una mujer ignorante, ciega y casi sorda, que
ya no disfruta ni del brillo de la mañana. Espero a
mi lazarillo, iré a misa. Sentada en el corredor de
mi casa me preparo para rogar. No lo haré por
Santos Camacho, mi marido que tal vez descansa
en paz, ni por mis hijos, nietos, bisnietos, sino por
la luna. El sacerdote quiere además que yo hable de

ella. ¿Cómo voy a hablar de algo tan lejano y tan raro? ¿Cómo voy a explicarle a la gente lo que siento por la luna, si ella se ha vuelto apenas un recuerdo? El cura quiere mi memoria, ¡qué tonto! Me ve como un ejemplo de que alguna vez los seres humanos fuimos inocentes. Dice que los viejos sentimos respeto por el cielo y que aceptamos con humildad nuestro lugar en el universo... ¡Yo qué sé! Por mi parte, sólo puedo aclarar la voz y decirle a todos que la luna siempre ha sido así, como te la cuento: un círculo de leche manchada que se encoge y regresa...